톱스타
이건우

톱스타 이건우 1권

크레도 장편소설

초판 1쇄 찍은 날 § 2018년 7월 25일
초판 1쇄 펴낸 날 § 2018년 8월 1일

지은이 § 크레도
펴낸이 § 서경석

총괄팀장 § 최하나
편집책임 § 이선근
편집 § 최광훈
디자인 § 신현아

펴낸곳 § 도서출판 청어람
등록번호 § 제387-1999-000006호
등록일자 § 1999. 5. 31
어람번호 § 제1-2939호

주소 § 경기도 부천시 원미구 부일로 483번길 40 서경B/D 3F (우) 14640
전화 § 032-656-4452 팩스 § 032-656-4453
http://www.chungeoram.com
E-mail § chungeorambook@daum.net

© 크레도, 2017

ISBN 979-11-04-91797-4 04810
ISBN 979-11-04-91462-1 (세트)

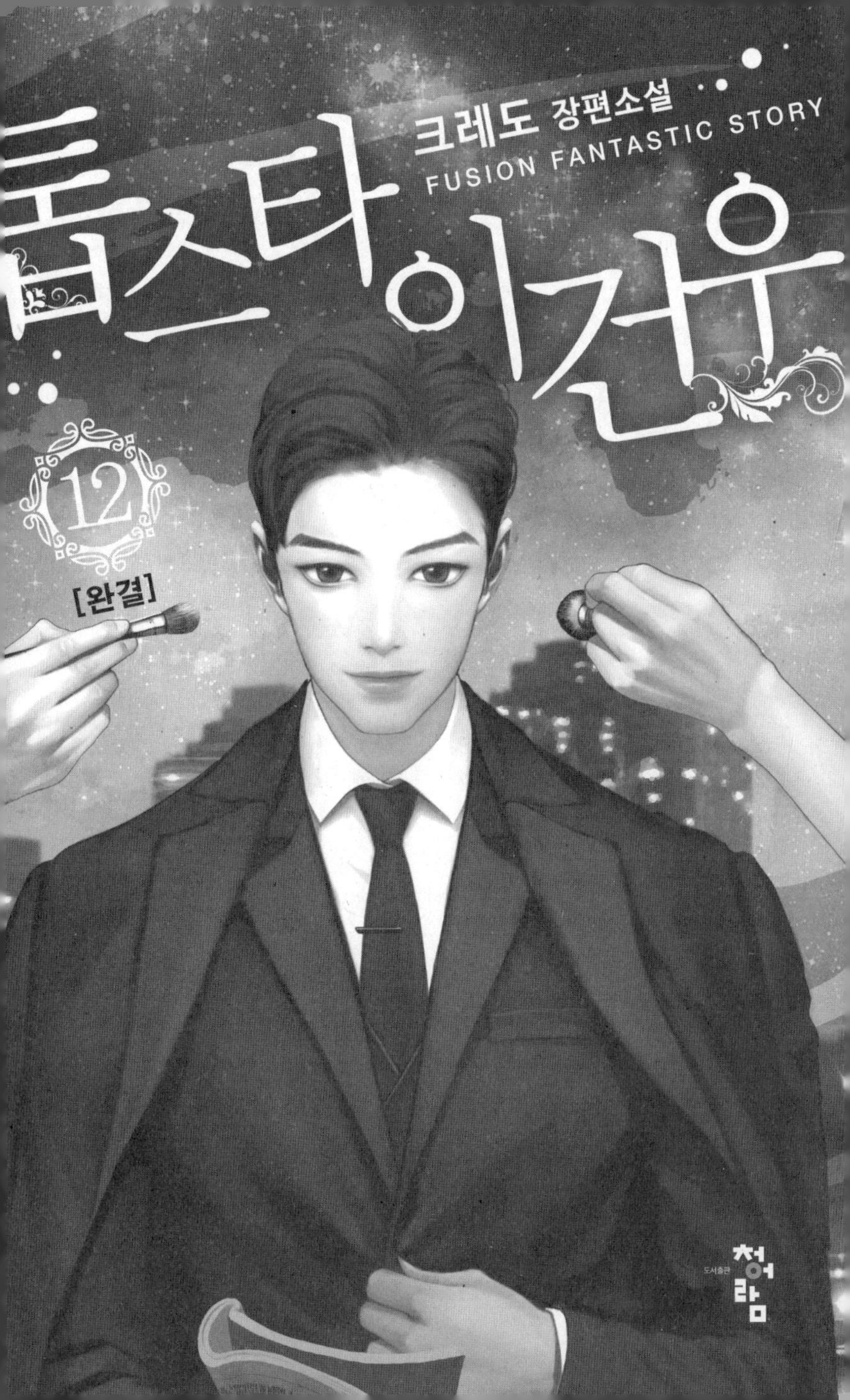
크레도 장편소설
FUSION FANTASTIC STORY
톱스타 이건우
12
[완결]
도서출판
청어람

Contents

1. 첫, 그리고 마지막 스캔들

요즘의 건우를 뜻하는 단어가 존재했다.

백수.

그것도 돈 많은 백수였다.

그 단어에 맞게 건우는 일을 전혀 하지 않았다.

핸드폰으로 오는 연락은 거의 받지 않았고, 가끔씩 톡을 통해 지인들에게 생존 신고를 하고 있을 뿐이었다. 당연히 전 세계에서 밀려오는 작품 제의는 단 하나도 보지 않았다.

일을 하고 싶은 의욕은 전혀 없었다. 아무래도 '존 리 페인'을 촬영하면서 정신적으로 방전된 탓이 컸다. 그리고 요즘 이런 생활이 너무 행복했다.

진희를 가르쳐 줄 때 빼고는 하루 종일 누워 있었다. 백수 생활이 길어지면 그것도 질린다는 말을 들은 적이 있었지만 건우는 전혀 질리지 않았다.

그냥 바닥에 누워 있는 것만으로도 행복했다. 누워 있다가 부스럭거리며 일어나서 영화를 보거나 게임을 했다. 요즘은 모바일 게임을 시작해서 현질을 하기 시작했는데, 그게 또 나름 현질 하는 맛이 있었다.

'진우전생록도 당분간 신경 쓰지 않아도 되겠지.'

진우전생록은 이미 많은 분량을 미국으로 보내놓았기에 신경을 쓰지 않아도 되었다. 다만 엔딩 때문에 고민하고 있었는데, 아직까지는 잘 떠오르지 않았다. 분량이 많이 남아 있으니 일단 그냥 놔두는 중이었다.

진우전생록은 이제 '골든 시크릿'을 제치고 가장 많은 팬을 자랑하게 되었다. 이미 하나의 문화로 자리 잡은 지 오래였다.

전문가의 분석에 따르면 한국으로 오는 관광객이 늘어난 이유 중 하나라고 하는데, 그래서인지 서울시와 에드스타가 협업해서 관광 상품을 만드는 중이었다. 에드스타가 일의 진행을 건우에게 알리고 대신 처리했기에 건우가 신경 쓸 것은 아무것도 없었다.

그냥 흐뭇하게 지켜보기만 하면 되었다.

재미있는 점은 건우가 긴 백수 생활을 하고 있음에도 미국 시사지 타임에서 선정한 가장 영향력 있는 인물 100인에 건우와 진우 작가가 동시에 뽑혔다는 것이었다. 건우가 1위였고 진우 작가가 7위였다. 중복 선정된 것은 아마 건우가 최초일 것이다.

"'존 리 페인' OST 음반도 출시되었다던가?'

건우가 작곡한 '존 리 페인'의 OST 음반이 출시되었는데, 폭발적인 관심을 받고 있다고 한다. 각종 방송이나 예능에서도 심심치 않게 들려왔다. 얼마 전에는 꽤 큰 연주회가 있었다고 한다.

'음, 오늘은 좀 늦으려나?'

건우는 진희를 떠올렸다. 건우는 백수 생활을 하고 있었지만 진희는 요즘 들어 스케줄이 급격히 많아졌다.

무공의 힘이라고 볼 수도 있었다.

진희의 미모가 그야말로 빛을 발하면서 각종 CF 제의가 물밀듯이 밀려들었고, 그로 인한 화보 촬영을 하는 등 아주 바쁜 날들을 보내고 있었다.

그 미모는 여신이라 불리기 충분했다.

건우는 진희가 그랬던 것처럼 진희에 관련된 기사를 꼼꼼히 챙겨보았다. 내조하는 기분이 드니 묘하기는 했다. 건우를 제외한다면 YS에서 대표 스타라고도 할 만했으니 석준도 진희를 전폭적으로 지원해 주고 있었다.

"오……."

다이버에 검색하니 진희의 기사가 보였다. 방금 올라온 따끈따끈한 기사였다.

제목: 리즈 갱신! 김진희 여신 미모

제7회 서울 세계 영화 축제에 등장한 여배우 김진희의 우월한 미모가 화제이다. 화려한 드레스를 입고 등장한 김진희는 포토 라인에서 압도적인 아름다움을 뽐내었다.

[사진 첨부: 포토 라인 김진희.jpg]

초청된 할리우드 스타들을 압도하는 미모를 보여주었다. 할리우드 배우들이 김진희에게서 눈을 떼지 못하는 장면이 포착되었다.

[사진 첨부: 배우들 중 김진희.jpg]

관계자에 따르면 할리우드에서는 김진희에게 러브 콜을 보내고 있는 상황이라고 한다.

한편, 네티즌들은 '대한민국 톱 여배우', '미모와 연기력을 다 갖춘 배우', '최강 동안' 등 반응이 뜨겁다.

김준구 디스저널 기자
jun9jj@disnew.com

　　그런 기사가 건우를 흐뭇하게 만들었다. 네티즌들의 반응도 굉장히 뜨거웠다. 악플도 있었지만 진희를 칭찬하는 글들이 훨씬 많았다. 전에는 대한민국 미녀 배우 중 하나였지만 이제는 대한민국 최고의 미녀 배우라고 말해도 무방할 정도였다.

　　동영상이나 사진을 보면 그럴 수밖에 없었다.

　　'무공의 효과가 발군이기는 하지.'

　　20대 초반 배우들과 나란히 서 있어도 나이를 먹은 티가 전혀 나지 않았다. 오히려 어린 배우들이 진희에게 밀려 같은 화면에 보이지 않으려 애를 쓸 정도였다. 진희는 자신이 예쁘다는 것을 잘 알고 있었지만 건우와 마찬가지로 크게 신경을 쓰고 있지는 않았다. 여배우로서의 스펙 정도로 인식하고 있었다. 건우와 같이 있다 보니 본인의 외모에 대해서 무뎌진 부분도 있었다.

오히려 얼굴을 다루는 방법이 조금 심각했다. 요즘 들어 초식의 운용이 꽤 날카로워졌는데 건우가 가끔씩 감탄할 정도였다. 어떻게든 건우에게 한 방 먹이기 위해서 박치기까지 해오는 모습에 크게 놀랐던 것이 떠올랐다.

'안면 박치기는… 조금 심하긴 했어.'

건우는 대단한 의지라고 생각했다.

그녀의 소원이 궁금하기는 했다.

아직까지는 짐작조차 가지 않았다.

'음…….'

아무튼, 낭만과는 거리가 멀었지만 어쨌든 그녀가 건강함을 넘어 강력함을 뽐내고 있으니 그걸로 충분하다고 생각했다.

'배터리가 없네.'

한동안 충전을 안 해놔서 곧 꺼질 것 같았다. 충전하려면 자리에서 일어나야 해서 귀찮았다. 어차피 연락도 잘 받지 않아서 상관이 없기는 했다. 건우는 핸드폰을 내려놓고 소파에서 뒹굴거렸다.

'진희가 올 때까지 잠이나 자야겠다.'

화경의 경지에 좋은 점이 또 하나 있다면 언제 어디서든지 아주 깊게 잠을 잘 수 있다는 점이었다. 아무것도 하기 싫을 때 잠을 자는 것만큼 좋은 것은 없었다.

가끔, 지금은 잘 생각나지 않은 그리운 꿈을 꾸기도 했으니 말이다.

*   *   *

정신이 들었다. 정신이 몽롱했다. 언제나 육체와 정신을 최상의 상태를 유지하는 건우로서는 낯선 감각이었다. 온몸을 잠식해 오는 고통도 굉장히 오랜만이었다.

'꿈……'

꿈이 분명했다.

건우는 자신이 꿈을 꾸고 있다는 것을 알아차렸다. 꿈치고는 고통이 너무 생생했다. 점점 더 심해지는 고통은 절로 이를 악물게 만들었다.

잊고 있었던, 떠올리려고 하지 않았던 기억 속인지도 몰랐다. 건우는 가장 외면하고 싶었던 기억 속에 있음을 깨달았다.

어째서 지금 나타난 것일까?

건우에게 있어서 지금이 가장 행복할 때였다.

건우가 눈을 떴다. 온몸이 붉게 젖어 있었다.

건우는 마교 교주의 최후를 보고 절벽에서 뛰어내렸던 것이 떠올랐다. 더 이상 무공을 펼칠 수 없을 정도로 몸이 망가져 있었다.

숨을 쉬는 것만으로도 핏물이 흘러나왔다.

살아 있는 송장이나 마찬가지였다.

'어떻게……'

동굴 안이었다. 건우는 몸을 일으켰다. 본능적으로 검을 찾았지만 그의 검은 사라지고 없었다. 이제 검은 더 이상 필요 없을 것이다. 자신의 목숨이 얼마 남지 않았음을 느끼고 있었기 때문이다.

"깨어나셨군요."

들려서는 안 되는 목소리에 건우의 눈동자가 커졌다. 마교의 교주와, 고수들과 정면으로 싸우면서까지 그녀를 위해 시간을 벌려고 했었다. 그녀가 여기에 있다는 것은 떠나지 않았다는 말이 된다. 자신이 한 모든 것들이 무용지물이 된 것이다.

자신의 속도 모르고 그녀는 건우를 보면서 웃었다. 그녀가 저렇게 환하게 웃는 것은 처음 보는 것이었다.

하고 싶은 말이 수만 가지나 떠올랐지만 그 미소를 보니 화가 가라앉았다. 그저 어이가 없어졌을 뿐이었다.

서로를 바라보며 그렇게 웃었다.

이미 모든 운명을 받아들인 자만이 지을 수 있는 미소였다.

"어째서 여기 있는 것이오?"

건우의 말에도 그녀는 대답하지 않고 그저 건우를 바라만 보았다. 마치 이 시간이 영원했으면 좋겠다는 듯한 눈빛이었다. 그걸 본 건우는 더 이상 아무것도 물을 수 없었다.

그녀는 건우에게 손을 뻗었다. 건우는 피투성이가 된 자신의 손을 바라보았다. 참으로 흉한 손이라고 생각했다. 그녀는 말없이 그의 손을 잡고 그를 이끌었다.

멀리서 기척이 느껴졌다. 수십의 기척이 느껴지는 것으로 보아 마교의 추격대들이 틀림없었다.

그녀도 느꼈을 것이다. 그러나 아무런 내색 없이 그를 이끌고 동굴 깊숙한 곳으로 걸어갔다. 어두웠던 동굴에 빛이 가득했다.

건우의 얼굴이 놀라움으로 물들었다. 어떤 기하학적인 도형 사이사이에 놓인 야명주들이 굉장한 기운을 머금고 빛을 발하고 있었다. 야명주들이 반응을 하고 있는 것은 여러 가지 도형과 글자들이 그려져 있는 붉은 피였다. 건우의 시선이 그녀의 손으로 다른 손으로 향했다. 한 손에 붕대를 감고 있었는데 손가락 하나가 없었다.

그녀가 손가락을 잘라 바닥에 알 수 없는 것들을 그렸음을 짐작할 수 있었다.

'…대체 무엇을……?'

무엇을 하려고 하는 걸까?

그녀가 쫓기는 것과 관련이 있는 걸까?

"당신은 아무것도 묻지 않았죠."

"그럴 필요가 없었으니까."

건우는 그녀에게 아무것도 묻지 않았다. 정파, 사파, 마교, 황실에서까지 그녀를 찾아다녔지만, 무언가 그들이 탐낼 만한 것을 지니고 있다고만 추측했을 뿐이었다.

건우의 욕심은 오로지 그녀뿐이었다. 처음 만난 순간부터 정해진 운명이라고 생각했다.

그녀는 다시 한번 웃었다.

"당신은 영원한 생명을 믿나요?"

"믿지 않소. 있다고 해도……. 그렇게 욕심이 나지는 않는군. 영원을 살아봤자 항상 그대가 만든 술을 마실 수 있는 것은 아니지 않겠소?"

"늘 느끼한 말만 하는군요."

"하하……. 내 유일한 장점이지. 유일한……."

모든 것을 체념한 상황이어서 그런지 마음이 한결 가벼웠다. 기척들이 점점 가까워지는 것이 느껴졌다.

내력이 바닥나고 기혈이 모두 뒤틀린 지금, 얼마나 버틸 수 있을까? 생명의 근간인 선천지기마저 거의 다 소모되어 이대로 가만히만 있어도 곧 죽을 것이다.

움직이는 것조차 힘들다.

마교의 추격대가 자신을 발견하기도 전에 목숨이 끊어질지도 몰랐다.

이대로 끝인 걸까?

방법이 없는 걸까?

도저히 길이 보이지 않았다.

"…도망치시오."

그저 도망치라는 말밖에는 할 수 없었다.

"도망친다고 해도… 곧 잡히겠지요. 걱정 마세요. 탈출구를 알고 있어요. 당신은… 살 수 있을 거예요. 산다는 개념이 조금 다르기는 하겠지만……."

운이 좋아 마교의 추격을 뿌리친다고 해도, 더 많은 추격대들이 기다리고 있을 터였다.

"말도 안 되는 소리."

건우는 그녀의 말을 부정했다.

탈출구는 없었다. 그리고 그녀는 몰라도 자신은 곧 죽을 테니까. 자신의 묘지는 바로 이곳이었다.

그녀는 아무런 설명도 해주지 않고 야명주가 있는 곳으로 건우를 데려왔다. 건우는 온몸에 힘이 빠져 그 자리에 주저앉았다. 벌어진 상처에서 피가 후드득 떨어졌다. 그녀는 슬픈 눈으로 그를 바라보면서 소매로 피를 닦아주었다.

시야가 흐릿해졌다. 일어나야 하는데 일어날 수가 없었다.

죽음.

그것이 목전에 다가왔음을 깨달았다.

죽음은 너무나도 고요한 형태였다. 의지를 놓아버리라고 속삭이는 듯한, 편안함이 찾아오고 있었다.

그녀의 목소리가 웅얼거리듯이 들렸다.

"마교의 교주는 긴 세월을 살아왔지요."

"그렇게 말하긴 하더군."

"그 비밀을… 제가 가지고 있어요."

교주의 말을 듣고 대략 짐작하기는 했었다.

"당신도 알고 있을 거예요. 제가 가르쳐 주었으니까."

"무슨 말인지……."

"미안해요. 대법이… 완전치 않아요."

고개를 간신히 들어 그녀를 바라보았다. 건우의 눈이 크게 떠졌다. 그녀의 몸이 야명주가 뿜어내는 빛에 휩싸여 부서지고 있었다.

죽음이 가까워져서 환상을 보고 있는 걸까?

간신히 손을 뻗어서 잡을 수 있는 건 눈물의 감촉뿐이었다.

"탈출구는 미래예요."

"…미래?"

"당신이 깨어날 때… 그곳이 어떤 곳인지 알 수 없어요. 아무것도 기억하지 못할지도 몰라요. 저 역시도… 우리가 만났던 것처럼 수많은 우연이 겹친다면… 다시 보게 될지도 모르죠."

"……"

입이 떨어지지 않았다.

무슨 말인지 이해조차 하지 못했다. 다만 이제 그녀를 영원히 볼 수 없을지도 모른다는 불안감에 휩싸였다.

"이것만은 기억해 줘요. 당신을 만나게 되어 좋았어요."

무슨 일이 일어나도 잊을 리 없다고 말해주고 싶었다.

그녀가 자신을 안았다.

그녀의 모습이 흐릿해지는 순간 환한 빛무리가 치솟았다. 그 빛이 건우에게 스며들었다.

"대, 대법이……!"

"미친……!"

"막아!"

마교 놈들의 외침이 들려왔다. 몸에 암기와 날붙이가 박히는 느낌이 들었지만 통증은 전혀 느껴지지 않았다. 자신의 육체와 의식이 분리된 것 같았다.

건우는 의식이 어디론가 빨려 들어가는 감각이 들었다.

살아온 날들이 주마등처럼 스쳐 지나갔다.

슬펐던 일, 기뻤던 일 모두 그를 스쳐 지나갔다. 그 기억들이 이내 흐릿해지며 사라지는 것을 느꼈다.

건우는 필사적으로 기억하려 애썼다. 마치 혼백이 깨져 나가는 것 같은 고통이 밀려들었지만 포기하지 않았다. 조각조각 깨진 기억을 간신히 부여잡는 순간 의식이 하얗게 물들었다.

"윽!"

건우가 소파에서 벌떡 일어나다가 소파 밑으로 떨어졌다. 머리가 살짝 지끈거렸다. 몸에 균형이 잘 잡히지 않았다. 온몸에 열이 나는 것 같기도 했다.

화경의 경지에 이르러 절대 병에 걸릴 일이 없었지만 육체의 문제는 아니었다.

심장이 두근거렸다. 건우는 한동안 가슴을 부여잡고 그렇게 누워 있었다.

간신히 고개를 돌려 창밖을 바라보았다.

밤이었다. 시계는 새벽을 가리키고 있었다.

"……."

건우는 기억을 전부 완벽하게 떠올릴 수 있었다. 잊고 있었던 것들이 전부 깨어나 그의 머릿속을 멍하게 만들었다. 본능

적으로 지금 알아야 할 때임을 알고 스스로가 불러일으킨 것
인지도 몰랐다.

"후우……."

건우는 깊은 한숨을 내쉬며 자리에서 일어났다. 형용할 수
없는 기분이었다. 건우의 몽롱했던 정신이 돌아올 때였다.

벌컥!

현관문이 열리는 소리가 들렸다. 건우의 시선이 현관으로 향
했다. 진희가 거친 숨을 내쉬며 신발을 내던지고 안으로 들어
왔다. 그녀가 벗은 신발이 현관문에 부딪혀 굴러다녔다. 다급
해 보이는 모습이었지만 건우는 그저 가만히 서서 그녀를 바라
볼 뿐이었다.

진희가 건우를 발견하고는 앞까지 뛰어왔다.

"크, 큰일 났어! 어떡해?"

"……."

"큰일 났다니까!"

"……."

"저기요?"

건우가 아무런 반응이 없자 진희의 눈썹이 찡그려졌다.

그녀를 한참이나 바라보니 겨우 마음이 진정되어 갔다.

영화제가 끝나자마자 그대로 온 것인지 드레스를 입고 있었
다.

"음."

건우는 고개를 끄덕였다. 지금 진희의 모습이 굉장히 보기 좋

다고 생각했다. 가끔씩 집에서 입혀보는 것도 좋을 것 같았다.

"전화도 안 되고 뭐 한 거야?"

"잤어. 방금 일어났는데……."

"후우."

진희는 걱정한 자신이 바보 같다는 듯한 표정이었다.

진희가 한숨을 내쉬었다. 건우가 연락이 잘 되지 않는 것은 하루 이틀이 아니었다. 그래도 자신이 연락하면 꼬박꼬박 답장이 오니 만족스럽기는 했다. 다른 이들보다 훨씬 특별하다는 증거이니까 말이다.

건우는 정신이 완전히 맑아졌다.

마교에게 쫓기고 그들이 말하는 대법이라는 것을 실행한 것이 겨우 기억난 건우였다. 그것보다 더 큰일이 있겠느냐 싶지만 예의상 물어봐 주어야 했다.

"왜 그래? 무슨 일 있어?"

"이것 봐!"

진희가 핸드폰을 건우에게 보여주었다. 건우는 핸드폰을 보고 바라보았다. 그곳에는 건우와 진희가 다정하게 서로를 바라보고 있는 사진이 찍혀 있었다.

마스크를 살짝 내리고 있어 둘의 얼굴이 잘 드러나 있었는데, 한 폭의 그림 같았다. 개인적으로 소장하고 싶어지는 사진이었다.

'꽤 잘 찍었네.'

건우는 사진을 보며 감탄했다. 사진을 찍은 기자는 건우도 이름을 들어본 적이 있는 기자였다. 특종을 잘 찍기로 유명한 디스저널의 기자였다. 사실 사진이 찍힐 때 건우는 대충 짐작하고 있었다. 들켜도 상관없어서 놔뒀을 뿐이다.

'너무 안 들켜서 말이지.'

몰래 데이트를 즐기다가 슬슬 들킬 타이밍이라고 생각했는데, 진희가 복병이었다. 수련을 하면서 감이 기가 막히게 좋아져서 아주 잘 피해 다녔다.

진희가 불안한 표정이 되었다. 건우는 피식 웃었다.

"별일 아니네."

"벼, 별일이 왜 아니야?"

"이렇게 될 거 알고 있었잖아."

"그렇긴 한데……. 괜찮아?"

건우는 무슨 말이냐는 듯 그녀를 바라보았다.

"물론."

막상 일이 터지고 나니 오히려 진희가 걱정이었다. 하지만 후회는 하지 않았다. 건우는 욕심을 부리고 싶었다. 그녀를 포기하는 일은 결코 없을 것이다.

건우는 어째서 자신의 마지막 기억이 이제 돌아왔는지 알 것 같았다.

"이제 마음껏 돌아다닐 수 있겠어."

"그건 좋네."

진희가 건우의 말에 고개를 끄덕였다.

진희의 표정은 멍해 보였다. 그러고 보니 진희에게 추측성

스캔들 기사가 있기는 했지만 정식으로 나온 것은 이번이 처음이었다. 건우도 마찬가지였다. 그동안 건우를 주제로 수많은 기사가 났지만 열애설이 난 적은 단 한 번도 없었다.

'그래도 스타라면 이런 식으로 밝혀지긴 해야지.'

세계에서 제일가는 배우인데 '우리 이런 사이입니다'라고 밝히는 건 조금 모양이 안 좋았다. 이런 기사를 통해서 밝혀진 다음 인정하는 것이 정해진 공식이었다.

"배고프지?"

"으, 응."

건우는 스캔들에 대해 언급하지 않고 태연하게 주방으로 가서 간단하게 음식을 만들었다. 간단히 파스타를 만들고 나자 옷을 갈아입고 온 진희가 식탁에 앉았다.

건우는 충전기에 배터리가 다한 핸드폰을 연결한 다음 핸드폰을 켰다. 엄청나게 많은 알림이 와 있었다. 톡과 문자도 대단히 많았다.

확실히 보통 상황은 아니었다.

무려 이건우의 열애설이었다. 세계에서 가장 유명하고 인기 있는 배우의 열애설이라는 말이었다.

석준: 기사 봤다. 톡 보면 연락 좀 해줘. 공식 입장 밝혀야 하니까. 그건 그렇고 사진 잘 나왔더라ㅋㅋ. 무슨 화보 같던데?

리온: 후배님. 제가 이쪽은 전문인데 만나서 조언을 해드립죠ㅋㅋㅋ.

잭: 미국 난리 났어. 지금 뉴스에 너랑 진희 양 나옴.

[사진 첨부: 이건우 열애설 진실인가?.jpg]

공식 입장 나올 때까지 무슨 토론까지 할 기세야. :)

우리 여직원들 막 울더라.

록: 사나이!

반 스타뎀: 굿 잡! 고고!

스미스 요원: 축하드립니다. 신혼여행은 영국으로 부탁드립니다. 최선을 다해 모시겠습니다.

그 밖에 수많은 사람들에게서 연락이 와 있었다. 기자로 보이는 번호도 있었고, UAA의 마이클도 빨리 연락을 달라는 문자를 보내왔다.

'생각보다 훨씬 더 심한데?'

기세를 보아하니 진희가 놀랄 만도 했다. 건우는 그 와중에 파스타를 폭풍 흡입 하고 있는 진희를 바라보다가 자신의 기사를 찾아보기 시작했다.

당연히 다이버 실시간 검색어 1위였다.

1. 이건우 열애

2. 이건우 김진희

3. 이건우 김진희 스캔들

...

7. 이건우 여자친구

8. 디스저널

인터넷은 난리가 났다. 한국뿐만 아니라 미국, 일본, 중국, 그리고 영국과 독일, 프랑스를 포함한 유럽 전역에 이르기까지 건우의 기사가 쏟아져 나왔다. SNS은 말할 것도 없었고 대형 커뮤니티는 그야말로 폭발할 기세였다.

건우는 일단 기사를 읽어보았다. 의도한 바가 있다고 해도 어쨌든 파파라치 행위이니 불쾌할 줄 알았는데, 기사는 의외로 읽는 재미가 있었다.

<이건우 김진희 열애! 그 수사 기록 일지!>

저희 디스저널이 보내 드리는 특보입니다!

이건우 씨는 스캔들이 없기로 유명한 스타이십니다. 수많은 국내 스타들 그리고 할리우드의 여배우들에 열렬한 지지와 뜨거운 구애를 받았었는데요, 지금까지 단 한 번도 흔들림이 없는 모습을 보여주셨습니다.

그야말로 철벽남의 대명사였지요!

그 증거자료를 먼저 만나보시지요!

[영상 링크: 치근덕거리는 여가수]

지난 그래미 어워드 때 포착된 모습입니다. 이슈 메이커라 불리는 린지 팰튼이 그래미 어워드 레드 카펫부터 시상식이 끝날 때까지 집요하게 접근하는 모습을 보실 수 있습니다. 이건우 씨의 차가운 얼굴과 냉정한 태도를 보실 수 있으신데요. 그저 공식 석상에서는 예의상의 미소만 지어주었을 뿐이지 분위기와 태도에서 북극을 보는 것 같은 차가움이 느껴집니다.

그런데 말입니다. 저희는 의문을 느꼈습니다. 모든 것은 이 사진에서부터 출발했지요.

위대한 퍼즐의 시작이었습니다!

[사진 첨부: 이건우와 김진희(그래미).jpg]

[사진 첨부: 이건우와 김진희(시사회).jpg]

[영상 링크: 시사회 영상]

보이십니까? 이 선명한 차이가!

눈빛에서부터 차이가 납니다. 사진의 표정을 분석한 결과 애정 지수가 73%나 감지되었습니다. 다른 여배우들과 찍은 사진에서는 64%의 냉정함과 12%의 지루함이 포함되어 있을 뿐이지요.

세간에는 첫 드라마로부터 이어진 절친한 친구라고 알려져 있었지만 저희 디스저널 이건우 담당팀의 생각은 달랐습니다.

남녀 사이에 친구가 있을까요? (이모티콘: 찡긋)

모든 것은 저 시사회 사진 한 장으로부터 출발했지요.

처음에는 단지 감일 뿐이었습니다. 그러나 끈질긴 정보 수집 끝에 두 분 사이에 무언가 있다는 것을 깨달았습니다. 끈질긴 잠복 수사 끝에 김진희 씨의 동선이 대단히 수상하다는 것을 밝혀냈습니다!

[위성 지도로 본 김진희 씨의 동선.jpg]

3달 동안 분석한 김진희 씨의 동선입니다. 촬영장과 스튜디오를 오간 동선이 보이실 텐데요. 저희 디스저널 슈퍼컴퓨터를 통해 패턴을 분석해 보았습니다. 잘 보시면 패턴이 겹치는 것을 확인하실 수 있습니다. 일부러 빙빙 돌아가는 것으로 보이지만 결국 특정 지역으로 향함을 알 수 있지요. 그곳은 바로 이건우 씨의 별장이 있다고 알려진 지역이었습니다!

느낌이 팍팍 오지 않습니까? 그러나 명확한 증거가 없다면 저희 디스저널이 이렇게 보도하지 않을 것입니다!

드디어 본론입니다!

한 달간의 기나긴 잠복 끝에 드디어 포착할 수 있었습니다!

[다정한 모습.jpg]

둘이 손을 맞잡고 서로를 바라보는 모습은 영화 속 장면을 보는 것 같습니다. 최신 장비를 동원해 단 한 장만을 건질 수 있었는데요. 감히 역사 속 한 페이지를 장식할 사진이라고 자부합니다.

이보다 아름다운 사진을 본 적이 없거든요!

아직 이건우 씨와 김진희 씨의 소속사인 YS는 아직 공식 입장을 내놓지 않았습니다. 저희 디스저널은 수많은 연예계 스캔들을 보도했지만 오늘처럼 떨리는 날은 없었습니다.

그야말로 역사적인 만남입니다.

데뷔 후 스캔들이 단 한 번도 없었던 둘이 만났습니다. 사생활이 백지처럼 깨끗한 둘의 결합은 축복받아 마땅한 일일 것입니다.

많은 말들이 나올 것으로 예상되지만 저희 디스저널은 언제나 이건우 씨, 김진희 씨를 응원할 것입니다.

YS의 공식 입장이 나오면 찾아뵙겠습니다.
디스저널이었습니다!

댓글 32,112

rant****: 헐, 미친······.

assr****: 거짓말이라고 해주세요.

mins****: 와, 배신감······.

—Re: yuti****: ㅁㅊ 뭔 배신감ㅋㅋ. 개웃기네. 건느님 곧 서른인데 연애 좀 하게 냅둬라. 김진희라면 인정한다.

funt****: 와, 다 가졌네. 부럽다.

suy3****: 슬프지만 응원할게요.

건우는 그답지 않게 댓글도 자세히 읽어보았다. 안 좋은 댓글도 많았다. 실망을 했다는 사람들도 꽤 있었다. 건우는 그건 어쩔 수 없는 일이라고 생각했다. 자신은 연예인이기 이전에 사람이었으니 말이다. 그래도 응원하겠다는 팬들도 많아서 위안이 되기는 했다.

건우는 SNS를 하지 않았지만 진희는 SNS 계정이 있었다. 요즘 들어 업로드가 거의 없었는데, 사람들이 폭발적으로 몰려들어 계정이 비공개로 전환되었다고 한다.

"난리 났지?"

진희가 옆으로 다가와 같이 핸드폰을 바라보았다. 건우는 살짝 웃을 뿐이었다.

"SNS 닫았다며?"

"응, 엄청 몰려와서 잠시 닫았어."

건우의 팬들이 그녀에게 마냥 호의적이지는 않을 것이다. 상처받고 힘들 수도 있겠지만 어쩔 수 없었다. 건우는 주위에서 누가 뭐라고 한들 끝까지 갈 것이기 때문이다.

그 마음은 진희도 같았다.

건우는 이제 그 어느 것도 포기하기 싫었다.

'전생에서의 끝은 새드 엔딩이었지만……'

진우전생록은 그렇지 않을 것이다. 그렇지 않게 만들 것이다. 그녀와 맞잡은 손에 힘이 들어갔다. 건우는 그가 생각할 수 있는 가장 행복하고 아름다운 엔딩을 떠올렸다.

그러자 절로 입가에 미소가 그려졌다.

                    *   *   *

YS에서 공식 입장을 밝혔다.

세계의 이목이 쏠려 있는 만큼 최대한 다양한 언어로 번역해서 공식 홈페이지에 올렸다. UAA도 따로 공식 입장을 밝혔다.

〈YS 엔터테인먼트 공식 입장 전문〉

안녕하십니까?

이건우, 김진희의 소속사 YS 엔터테인먼트입니다.

어제 새벽에 보도된 열애 기사에 관련하여 공식 입장을 밝히겠습니다. 먼저 공식 발표가 늦어지게 되어 죄송하다는 말씀을 드립니다.

직접 확인한 결과, 두 사람은 배우 선후배로서 작품을 함께하며 인연을 이어왔고 자연스럽게 연인으로 발전해 개인적인 만남을 가져왔다고 전해왔습니다.

두 사람이 무척이나 진지하게 만남을 가지고 있으나 향후 계획에 대해서는 정해진 바가 없습니다. 저희 YS 엔터테인먼트에서는 아름다운 두 스타의 만남을 축하드리며 응원하고 있습니다. 부디 따뜻한 시선과 배려로 바라봐 주셨으면 좋겠습니다.

연애는 사생활이니만큼 더 이상 밝히기 어려운 점 양해 부탁드립니다.

더 아름답고 좋은 음악과 작품으로 찾아뵙겠습니다.

감사합니다.

YS의 공식 입장이었다.

건우와 진희의 사이를 공식적으로 인정한 것이다. 석준도 미국 시사회에 다녀온 이후 이렇게 될 것을 짐작하고 있어 YS 내부에서는 큰 혼란은 없었다. 다시 정확히 말하자면 YS 내부에서만 혼란이 없었다.

그 소식은 당연하게도 전 세계를 뒤집어 버렸다. 공중파 뉴스에도 나왔고 여러 연예가 프로그램에도 등장했다. 세계의 이목이 건우의 연인인 진희에게 집중되었다. 진희의 인지도가 미친 듯이 상승하는 결과로 이어졌다.

수많은 악플과 비방을 예상했지만 의외로 그 숫자는 예상보다 훨씬 적었다. 건우의 공식 팬사이트에서는 진정한 팬이라면 슬프지만 응원을 해야 한다는 입장을 밝혔다. 상대가 대한민국 최고의 미녀 배우 자리에 오른 김진희이니 수긍하는 분위기가 이어졌다.

물론 그런 분위기가 자리 잡아가고 있다고 해도 여전히 진정이 안 되고 난리가 난 것은 부정할 수 없는 사실이었다.

미국에서 나온 뉴스가 있었다.

최근 가장 높은 시청률을 자랑하는 뉴스였다.

남자 아나운서가 웃음을 지으며 옆을 바라보았다. 여자 아나운서 역시 미소를 그리고 있었다. 분위기는 딱딱하지 않고 부드러웠다. 토크쇼를 하는 느낌이 들 정도였다.

'로버트와 제니퍼의 편안한 뉴스'였다.

[요즘 가장 뜨거운 소식이 있지요? 아! 제니퍼 씨의 딸이 어제 그 소식 때문에 펑펑 울었다고 들었습니다.]

[네, 맞습니다. 방에서 아예 나오지를 않더군요. 아침에 봤을 때는 눈이 부어서 굉장히 안타까웠습니다.]

[진실을 말해주세요. 제니퍼 씨.]

[사실 조금 웃었습니다. 호호. 이런 게 바로 청춘 아니겠어요?]

로버트가 박수를 치며 웃었다. 로버트가 정면을 바라보았다. 로버트의 옆에 뉴스 소식이 떠올랐다.

[시청자 여러분들도 짐작하셨겠지만 바로 이건우 씨의 열애 소식입니다. 많은 팬분들이 밤잠을 설쳤을 것이라 예상됩니다.

세계 제일의 스타이니까요.]

[그런 스타이다 보니 이런 광경도 펼쳐지는 모양입니다. UAA 에이전시 본사 앞에서 시위가 있었다는데요. 함께 보시지요.]

로버트와 제니퍼를 비추던 화면이 바뀌었다.

바뀐 화면은 리포터를 비추었다. 리포터는 잠시 화면을 바라보다가 미소를 지으며 입을 뗴었다.

[UAA 본사 앞은 전국 각지에서 몰려온 팬들로 북적이고 있습니다.]

UAA 본사 앞을 비추었다. UAA 본사 앞에는 제법 많은 사람들이 몰려 있었다. 주로 어린 학생들이 많이 보였는데 피켓을 들고 있었다. 피켓에는 '진상 규명!', '컴백!', '연애 반대!', '돌아와요!'라고 써져 있었다.

사람들의 표정은 무척이나 침통해 보였다. 울고 있는 소녀 팬들도 보였다. 소녀 팬들은 눈물을 흘리며 피켓을 흔들고 있었다.

[조금 뒤로 물러나세요!]

[이쪽으로 오시면 안 됩니다.]

UAA 본사로 접근하지 못하게 경찰 병력들이 배치되어 있었지만 시위 자체는 폭력적이지 않고 얌전한 편이었다. 모두 경찰의 지시를 잘 따랐다.

재미있는 점은 이건우의 정규 1집 앨범의 '헤어지려는 연인을 위해', '슬픈 이야기', '혼자 떠나는 여행'을 연속으로 틀어놓고 있다는 점이었다. 노래가 너무 좋아서 경찰 병력들도 감상 모드였다.

리포터가 시위를 하고 있는 소녀에게 접근했다.

[흐윽… 흑. 흐흑! 헤어져서 걷는 이 길은… 훌쩍, 차가운…….]

소녀는 혼자 떠나는 여행의 가사를 부르면서 울먹이고 있었다. 말을 걸기 미안할 정도로 흐느꼈다. 리포터가 어색한 웃음을 지으면서 소녀를 바라보았다.

[안녕하세요? 어디에서 오셨나요?]

[애틀랜타에서… 훌쩍.]

[어, 음, 일단 진정하시고…….]

리포터가 소녀의 등을 토닥여 주었다. 소녀는 아예 리포터의 품에 안겨서 펑펑 울었다. 리포터가 약간 당황했지만 손수건으로 눈물을 닦아주며 대처를 잘하였다. 일반적인 뉴스 프로그램이 아니기 때문에 이런 장면도 화면에 나올 수 있었다.

소녀가 좀 진정이 된 듯하자 다시 인터뷰를 진행했다.

[지금 심정이 어떠신가요?]

[너무 슬퍼요. 흐윽.]

[왜 슬픈가요?]

[흑흑… 보내줘야 하잖아요. 흐흑…….]

리포터는 고개를 끄덕였다. 너무 서러운 목소리라서 그런지 리포터도 살짝 눈시울이 붉어졌다. 그러나 직업 정신으로 버텨냈다.

[이건우 씨의 연애를 반대하시는 건가요?]

[네, 으, 흑……. 아니요. 흐윽. 잘 모르겠어요. 어떻게 해야 해요? 흐어어엉.]

리포터가 다시 소녀를 토닥여 주었다. 소녀가 그렇게 펑펑 울기 시작하자 울음은 순식간에 주변으로 전염되었다. 운집해 있던 사람들이 하나둘씩 울기 시작하더니 흐느끼는 소리만이 들려왔다. 그 와중에 노래를 따라 부르고 있어서 무슨 장송곡처럼 들릴 지경이었다.

[이곳은 울음바다입니다. 이렇게 슬플 수가 없는데요. 반면에 반대쪽에서는 꽤나 즐거워 보이는 맞불 시위를 하고 있습니다.]

영상이 울고 있는 시위대의 반대쪽을 향했다. 그곳에서는 울고 있는 시위대를 향한 시위를 하고 있었다. 춤까지 추면서 즐겁게 노는 분위기였다. 연령대가 반대편 시위대에 비해 높은 것이 특징이었다.

리포터가 다가가자 환호성이 들려왔다. 축제의 현장을 방불케 했다.

[와우우!]

[방송 탄다!]

[예아!]

그들이 순식간에 리포터 주변을 둘러쌌다. 화면 가득 사람들의 모습이 잡혔다. 리포터는 웃으면서 그들을 바라보다가 인터뷰를 진행했다. 이건우의 얼굴이 붙어 있는 후드 티를 입은 여성 팬이었다.

참고로 후드 티는 한정판으로써 요즘 굉장히 비싼 가격에 팔리고 있다고 한다. 한정 제작이라 쉽게 구할 수 없어 수집가들의 욕심을 자극했다.

[저쪽과는 사뭇 분위기가 다른데요. 어떻게 여기에 나오시게 되었나요?]

[저희는 건느님 미국 지부 공식 팬의 입장으로 이곳에 나왔습니다! 당연히 사생활을 존중해 줘야지요! 건느님은 오랜 시간 동안 제대로 된 연애를 못 해보셨다고 하는데 마음이 너무 아픕니다. 지금까지 우리 팬들을 신경 쓰느라 얼마나 힘겨워하셨을지 생각하면 눈물이 앞을 가리네요.]

[하하, 이건우 씨에 대해서 굉장히 잘 아시네요.]

리포터의 말에 여성 팬은 자신 있게 고개를 끄덕였다.

[당연합니다! 그 정도는 상식이죠. 아주 기초적인 것입니다.]

[하하, 그렇군요. 음, 이건우 씨의 팬으로서 슬프지 않으신가요? 저쪽 분들은 지금 울고불고 난리가 났던데요.]

리포터가 그렇게 묻자 여성 팬은 고개를 끄덕였다.

[조금 슬프기는 하지요. 하지만 건느님이 행복하시다면 그걸로 저도 행복합니다! 건느님의 행복이 곧 저의 행복! 많은 팬들이 응원하고 지지하고 있다는 걸 알아줬으면 합니다!]

[우오오오!]

[행복해라! 행복하자!]

[행복만 해라!]

여성 팬의 말이 끝나자 주변에 있던 사람들이 외쳤다. 역시 흥겨운 분위기였다. 사뭇 대조되는 두 시위 현장이었다. 화면이 다시 UAA 본사를 비추었다. UAA 본사 입구의 문이 열리더니 트럭이 무언가를 가득 싣고는 밖으로 나왔다.

UAA 직원들도 꽤 많이 따라 나왔다.

[UAA 직원들이 시위대에게 물과 음식을 나눠주고 있습니다. 훈훈한 광경이네요. 아! 이건우 씨가 직접 지원해 주셨다고 합니다. 그리고 최대한 신경 써주라는 말을 해주셨다네요!]

UAA의 직원들이 시위대에게 물과 음식을 나눠주었다. 카메라가 시위대를 잡았다. 건우의 팬들은 물과 음식을 받고는 대부분 먹을 생각을 하지 않았다. 울면서 그것을 꼭 쥐고는 소중한 보물이라도 되는 것처럼 가방에 넣었다.

누구라고 할 것도 없이 다 챙겨갔다. 그걸 본 UAA 본사 직원들은 황당함을 감추지 못했다. 나눠주는 족족 가방에 넣으니 그럴 수밖에 없었다.

[시위대는 앞으로 이틀 동안 이곳에서 상주하면서 시위를 이어나간다고 하는데요. 학교에 나오지 않은 학생들이 꽤 된다고 합니다. 사회문제로까지 번지고 있어 이건우 씨도 마냥 행복하지는 않을 것 같습니다. 이상 UAA 본사 앞에서 전해 드렸습니다!]

리포터는 웃으면서 마무리 멘트를 했다.

미국뿐만 아니라 한국에서도 학교를 쉬거나 직장에서 연차를 신청하는 등의 풍경이 펼쳐졌다. 건우의 영향력을 짐작해

볼 수 있는 대목이었다.

공식 발표 이후, 팬들은 한동안 혼란스러워했지만 어느 정도 시간이 지나니 정상 궤도로 돌아왔다.

건우는 가장 행복한 시간을 보내고 있었다. 공식 활동은 전혀 하지 않았는데, 언론에 노출된 것은 가끔 데이트를 하는 사진뿐이었다. 찍힌 사진들은 굉장히 달달해 보여서 진희가 액자로 만들어놓고 책상 위에 놓아둘 정도였다.

건우는 책상 위에 놓인 사진을 보면서 피식 웃었다. 찍히는 것을 의식해 일부러 포즈를 잡은 사진이었다. 화보라고 해도 손색이 없어 보이는 사진이었다.

'그럼 오랜만에 그려볼까?'

건우는 오랜만에 별장의 작업실에 앉아 있었다. 슬슬 미국에 보내준 연재분이 떨어져 가고 있어 작업을 해야 했다. 최신 조회 수가 수천만에 이르는 지금, 휴재를 한다고 하면 아마 커뮤니티가 폭발할지도 몰랐다.

휴재를 할 생각은 없었다. 의욕이 넘치고 있었기 때문이다. 자신의 전생과는 다른 결말을 그려낼 생각을 하니 행복한 마음이 생겨났다.

'기억을 따라갈 필요는 없어.'

이미 많은 부분 변형된 상태이기는 했지만 큰 줄기의 스토리는 기억에 의존해서 그대로 따라가고 있었다. 하지만 엔딩은 그때 당시 자신이 바랐던, 그리고 지금 자신이 바라고 있는 대로 그려 나갈 생각이었다.

그 행복한 엔딩이 지금 이 현생에서의 미래가 될 것만 같았다.

꼭 그렇게 만들고 말 것이다.

건우가 한차례 고개를 끄덕이고는 팬을 들 때였다.

핸드폰이 울렸다.

"음?"

확인을 해보니 석준이었다. 석준이 이 시간에 직접 전화를 하는 일은 드물었다. 보통은 톡이나 문자를 남겼다. 건우가 전화를 받았다.

"여보세요?"

―어, 건우야. 형이야. 뭐 하니?

석준의 말투가 평상시와 조금 달랐다. 건우는 사적으로 연락한 것이 아님을 단번에 알아차렸다.

"그냥 집에 있죠. 무슨 일이에요?"

―지금 푸드 콘서트 촬영 중이야. 잠깐만…….

―안녕하세요? 건우 씨! 한성수입니다. 저 기억나시지요?

한성수의 목소리가 들려왔다. 건우는 무슨 상황인지 이해가 되었다. 석준이 예능 프로그램인 푸드 콘서트에 나가서 건우에게 전화를 한 모양이었다. 아마도 MC나 작가가 석준을 부추긴 것 같았다. 미리 작가가 언질을 주는 경우도 있지만 이번 경우에는 그렇지 않았다.

"아, 네. 안녕하세요."

―갑자기 연락드려서 죄송합니다! 지금 YS 대표님을 모시고

촬영 중인데요. 혹시 지금 잠깐 통화 가능하시나요?

"네, 가능합니다. 푸드 콘서트라고 하셨나요?"

—네, 맞습니다!

"석준이 형 입맛이 좀 까다로울 텐데 괜찮으세요?"

건우가 그렇게 말하자 웃음소리가 들려왔다. 건우의 목소리가 신기한지 꽤나 시끄러웠다.

갑작스러운 통화였지만 기분이 나쁘거나 하지는 않았다. 다른 누구도 아니고 석준이었기 때문이다. 석준이 프로그램에 나왔으니 분명 자신의 이야기가 나올 수밖에 없었다.

석준은 요즘 연예인 병에 걸렸다. 예전에도 걸렸었지만 더욱 심각해져 버렸다. 오디션 프로를 시작으로 대표인 자신이 여러 예능에 출연하고 있었다. 예능인으로서 제2의 인생을 살고 있다고 평가받고 있었다. 석준이 예능에 출연한다고 해서 YS가 잘 돌아가지 않거나 하는 것은 아니니 그쪽의 걱정은 하지 않아도 되었다.

석준은 예능 출연하랴, YS 경영하랴, 하루에 3시간 정도 잔다고 하는데, 정말 대단한 열정이었다.

—네, 저희도 크게 후회 중입니다. 우리 석준 씨의 독설이 쉐프들의 멘탈을 아주 박살 냈거든요. 오디션 프로그램을 보는 것 같았습니다. 쉐프들의 기가 팍 죽었어요.

"그럴 줄 알았어요."

푸드 콘서트는 종편 TV에서 진행하는 예능 프로그램이었다. 요즘 들어 한물간 느낌이 들지만 얼마 전까지만 해도 굉장히 유행했던 요리 방송, 이른바 쿡방의 시초라고 볼 수 있었다.

한국에서 제일 유명한 쉐프들을 모셔놓고, 출연자가 랜덤으로 고른 메인 요리 재료를 토대로 요리 대결을 하는 것이었다. 한식, 일식, 양식을 포함한 모든 요리 분야도 모두 출연자의 뽑기 하나로 결정되었다.

중식 요리사가 양식을 해야 하기도 하는, 자신의 주 요리 분야와 다른 요리를 조리하는 경우도 있었기에, 쉐프로서의 센스와 즉흥적인 요리 실력을 볼 수 있었다.

그렇기 때문에 더 재미있다는 시청자들의 평가가 있었다. 그런 의외성 때문에 경력이 많은 쉐프가 초보 쉐프에게 지는 광경도 심심치 않게 등장했기 때문이다.

'쉐프들이 고생했겠군.'

석준의 입맛은 건우 덕분에 엄청 까다로워졌다. 놀러 올 때마다 요리해 주다 보니 입맛이 엄청나게 상승되었다. 진희와 마찬가지로 건우의 요리가 아니면 만족할 수 없는 몸이 되어버렸다. 석준은 독설이 대단하니 쉐프들이 고생했을 것이 분명했다.

―석준 씨가 건우 씨의 요리 실력을 극찬하던데요. 여기 계신 쉐프분들 만큼이나 요리를 아주 잘하신다고 들었습니다.

"아닙니다. 괜히 오버하시는 거예요. 제가 어찌 쉐프분들과 비교가 되겠어요."

―캬! 겸손까지……! 역시 월드스타시군요. 이런 모습이 있기에 세계를 들었다 놨다 하는 것이 아니겠습니까?

"하하……."

한성수와는 데뷔 초에 같이 예능 프로에 출연한 적이 있어서 어색하지 않았다. 잠시 근황에 대해 이야기를 했다.

—건우 씨, 한번 나오셔서 요리 실력을 보여주실 수 있나요? 방금 대표님께 허락 맡았습니다.

"네, 대표님께서 허락하셨으니… 기회가 된다면 나가겠습니다."

—오! 화끈하시네요! 그럼 목이 빠지도록 기다리고 있겠습니다!

석준의 체면을 세워줄 겸 그렇게 말했다. 만족스러운 석준의 웃음소리가 들려왔다. 쉐프들도 상당히 시끄러웠다. 뭐라고 말하는지 잘 들리지 않고 정신이 없을 지경이었다.

—건우 씨, 마지막으로 시청자분들께 인사 부탁드립니다.

"네, 더 좋은 모습으로 찾아뵐 수 있도록 노력하겠습니다. 예능 늦둥이인 우리 석준이 형님을 잘 좀 부탁드립니다. 감사합니다."

—네! 감사합니다!

건우는 전화를 끊었다.

한차례 폭풍이 지나간 것 같았다. 석준이 나오는 편을 챙겨 봐야겠다고 생각했다. 석준은 이러다가 직접 기타를 잡고 현역으로도 뛸 기세였다.

여러모로 대단한 사람이었다.

'그럼 그려볼까?'

건우는 다시 펜을 잡고 집중하기 시작했다. 자신의 역량을 넘어선 무언가가 탄생할 것 같았다. 머릿속에는 아름다운 풍경이 떠다니고 있었고 악상이 계속해서 떠올랐다. 요즘 느낀 행복함이 손끝에서 구현되는 것 같았다.

건우는 순식간에 몰입이 되었다.

슥슥!

전생에서, 그리고 지금 그가 상상했던 행복한 결말이 그려지기 시작했다.

그것은 분명 그 무엇보다도 아름다울 것이다.

2. 푸드 콘서트

건우의 작업은 그답지 않게 꽤 오래 걸렸다. 조금이라도 마음에 들지 않으면 다시 그렸기 때문이다. 그리고 떠오르는 악상들도 정리하고 전부 만들어봤기에 더욱 그러했다.

"다 됐다."

건우는 작업물들을 바라보며 만족스러운 미소를 그렸다. 그림 한 컷, 한 컷을 전시한다면 모두가 감동할 만한 예술 작품이었다. 그리고 한 챕터마다 배경음악이 모두 들어가 있었다. 듣는 것만으로도 따듯한 음악이었다. 가사를 붙이면 바로 좋은 노래가 될 수 있을 것 같았다.

작업실에 나오자 썰렁한 거실이 그를 반겨주었다. 공개 연애를 시작한 이후, 진희를 섭외하는 곳이 줄어들 줄 알았지만 오히려 CF와 그 밖의 일들이 더 밀려들었다. 최근에는 한국의 유명한 감독이 메가폰을 잡은 영화에 주연으로 캐스팅이 되어서 현재 촬영에 들어갔다.

제의가 온 여러 작품들을 건우가 살펴본 뒤, 그중에서 골라준 것이었다. 적어도 흥행 실패는 하지 않을 거라는 확신이 있었다.

마침 진희에게서 전화가 왔다.

—뭐 해?

"작업이 막 끝났어."

—수고했어. 빨리 가서 봐야겠네.

건우의 입가에 부드러운 미소가 그려졌다.

—감독님이 고맙다고 잠시 바꿔달라 하시는데.

"알았어."

진희가 출연한 영화는 한국의 명감독 중 한명인 김준후 감독이 메가폰을 잡은 영화였다.

잭도 그의 작품을 꽤 좋아했다. 흥행보다는 작품성 쪽에 무게를 두어서 영화 평론가들에게 인기가 상당한 감독이었다. 그렇다고 흥행 성적이 저조한 것도 아니었다. 크게 흥행한 작품도 보유하고 있었다.

—건우 씨, 안녕하세요? 김준후입니다.

"네, 감독님, 안녕하세요?"

—밥 정말 잘 먹었습니다. 정말 맛있더군요!

"그렇게 말해주시니 보람이 있네요. 감사합니다."

건우가 촬영 현장에 밥차를 보냈다. 건우의 자존심상 그냥 밥차를 보낼 수 없어서, 어머니의 식당에 직접 의뢰를 넣어서 보낸 것이었다. 당연히 맛은 최고라 할 수 있기에, 어디 가서도 쉽게 맛볼 수 없는 맛이었을 것이다.

―혹시 촬영 현장에 오실 계획이 있으시면 꼭 연락 주세요. 만나뵙고 싶네요. 개인적으로 저번 영화 10번 이상 돌려봤습니다. 정말… 아직도 그 감동에서 헤어 나오지 못하고 있습니다. 특히 그 OST는 아침마다 계속 듣고 있어요.

"감사합니다."

김준후 감독의 흥분 섞인 목소리가 들려왔다. 이번 영화는 '존 리 페인'에 꽤 많은 영향을 받았다고 한다.

―아! 죄송합니다. 제가 말이 길었군요.

"아닙니다. 한번 들르겠습니다.

―네! 감사합니다. 꼭 좀, 꼭! 한번 만나 뵈었으면 해요. 그럼, 건우 씨! 좋은 하루 되세요!

건우는 전화를 끊고 고개를 끄덕였다.

조만간 촬영 현장에 한번 가보긴 해야 할 것 같았다. 김준후 감독과도 정식으로 인사도 하고, 진희가 잘하고 있는지 구경도 하고 말이다.

"나가기 귀찮은데."

그래도 한번 뱉은 말이니 지켜야 했다. 예의상 한 말이었지만 지키지 않는다면 오히려 건우가 불편했다. 아직도 무림인으로서의 습관이 남아 있는 모양이었다.

석준을 통해 푸드 콘서트에서 연락이 오고 나서 얼마 뒤에 섭외 전화를 받았다.

결국 승낙할 수밖에 없었다. 꽤 긴 시간을 쉬어서 그런지 이런 스케줄이 귀찮기만 했다. 그냥 가서 촬영을 하면 되는 것이 아니라 아침부터 YS 사옥에 들러 스타일링을 받아야 했기 때문이다.

'내 특집이라고 했던가?'

건우가 예능에 출연하면 무조건 특집으로 편성이 되었다. 이번에도 푸드 콘서트 이건우 특집이었다. 건우가 출연하니 세계적으로 가장 유명한 쉐프인 조엘 에반스도 나오기로 했다 한다.

영국과 프랑스인의 혼혈로 영국 국적을 가지고 있었다. 이번 년도 기준 미슐랭에서 별 3개를 받은 레스토랑을 운영하기도 하는 세기의 요리사였다. 역사상 가장 위대한 요리사라는 별명을 가지고 있었다. TV 출연도 활발하게 하여 유명 연예인 못지않은 인지도를 자랑했다.

특히 그 독설은 그가 사랑받는 요인 중 하나였다.

건우도 그의 어머니가 미국에 왔을 때 그의 레스토랑에 간 적이 있었다. 입맛이 까다로운 건우와 어머니도 상당히 만족스러운 식사를 할 수 있었다.

대형 커뮤니티와 SNS는 지금 폭발 직전이었다.

그런 쉐프가 한국에 내한한 것도 굉장한 화제가 되었는데, 무려 이건우 특집에 출연했기 때문이다. 건우가 출연한다고 하니 조엘 에반스가 직접 출연 의사를 밝혔다고 한다. 푸드 콘서트 최초로 해외 쉐프가, 그것도 세계에서 제일 유명한 쉐프가 나오게 되었다.

'나도 요리 대결을 해야 하나…….'

이건우 특집으로 1부와 2부로 나눠서 하는데, 건우가 요리에 일가견이 있음을 알고 푸드 콘서트 PD가 직접 건우에게 전화해서 요리 대결을 해줬으면 한다고 부탁을 해왔다. 건우는 가벼운 마음으로 승낙했는데, 조엘 에반스가 뜬금없이 출연한다고 해서 조금 당황하는 중이었다.

건우가 요리를 잘한다는 것은 이미 섬섬옥수수를 통해서 알려진 사실이었다. 하지만 조엘 에반스 앞에서는 번데기 앞에서 주름 잡는 격이었다.

'그렇다고 해도 내가 밀린다는 생각은 들지 않지만…….'

건우의 미각은 컴퓨터 수준이라고 해도 과언이 아니었다. 건우로서도 한 번쯤 그가 직접 조리한 음식을 맛보고 싶었다. 좋은 공부가 될 것 같았다.

건우는 오랜만에 별장을 나와 YS 사옥으로 향했다.

녹화 일정은 건우에게 맞춰졌는데, 오후 2시부터 녹화에 들어갔다. 그러나 스타일링 때문에 아침에 나와야 했다.

'사옥은 오랜만이네.'

사옥은 올 때마다 점점 커지는 것 같았다. 랜드마크로서도 손색이 없었다. 외국인들이 한국에 올 때면 들르는 필수 관광 코스 중 하나라고 하는데, 사옥 주변을 둘러보면 커피숍이 꽹

장히 많았다. 모두 커다란 창문이 있다는 것이 공통점이었다. 사옥으로 들어가는 연예인들을 안에서 관찰할 수 있게 한 것이다.

건우의 차가 등장하자 시선이 집중되었다. 기자로 보이는 이들이 사진을 찍었고, 외국인 관광객들이 환호하는 것도 보였다.

사옥이 아무리 확장되어도 이곳의 풍경만큼은 여전했다.

'음, 뭐가 생겼다고 듣기는 했는데……'

하도 관광객들이 많이 몰려오니 그들을 위해 무언가를 만들었다는 말을 듣기는 했다. 박물관 비슷한 거라고 했는데, 자세히 듣지는 못했다. 아무튼, 팬들을 위하는 거니 건우는 석준에게 모든 걸 맡겼다.

주차장에 차량을 대고 밖으로 나왔다. 거대해진 사옥은 대학교를 보는 것 같았다.

"서, 선배님, 안녕하세요!"

"안녕하세요!"

아침부터 분주하게 움직이는 연습생들이 보였다. 다가오지는 못하고 조금 떨어진 곳에서 90도로 인사를 했다. 건우는 웃으면서 인사를 받아주었다.

"열심히 해."

"네! 열심히 하겠습니다! 감사합니다!"

"선배님! 사랑해요!"

건우에게 그렇게 다시 인사를 하고는 후다닥 사라졌다.

건우는 저들의 젊은 날의 노력이 언젠가는 보상을 꼭 받았으면 좋겠다고 생각했다. 아이돌 공화국이라는 말이 돌 만큼 많은 아이돌들이 매년 쏟아져 나오고 있었지만 정작 성공한 그룹은 굉장히 적었다.

YS에는 아이돌로서, 연예인으로서 실패한 이들을 위해 사회에 적응할 수 있게 교육을 하고 있다고 하니 다행이었다. 석준역시 최대한 책임져 주고 싶어 했다. 괜히 YS가 연예인 지망생들 모두가 가고 싶어 하는 소속사 1순위가 아니었다.

건우는 스타일링을 받으러 가기 전에 팬들을 위해 세워진 곳이 무언인지 확인해 보고 싶었다. 입구 쪽으로 살짝 다가가니꽤 큰 건물이 보였다.

벽에 붙어 있는, 엄청난 크기를 자랑하는 자신의 사진을 보며 황당함으로 물들었다.

아주 커다란 글씨가 새겨져 있었다.

'이건우 박물관.'

건우는 그 글씨를 보는 순간, 우두커니 서 있을 수밖에 없었다. 절로 한숨이 나왔다. 이건우 박물관은 절대 작은 크기가아니었다. 3층으로 이루어져 있었고 건물의 디자인도 상당히깔끔하고 좋았다.

'박물관이라니… 도대체 뭐가 있길래.'

들어가 보고 싶었는데, 그렇게 할 수는 없었다. 아침부터 줄이 굉장히 길었기 때문이다. 핸드폰으로 검색을 해보니 예약을하고 가야 할 정도로 사람이 붐빈다고 한다.

이건우 투어의 도장을 찍어주기도 하고 여러 가지 굿즈를 판매하기도 하는 명소라고 소개되어 있었다.

도장은 이곳에 왔다 갔다는 일종의 인증이었다.

'깊게 생각하지는 말자.'

어쨌든, 다 팬을 위한 일이니 말이다.

건우는 린다를 만나서 잠시 이야기를 나누고는 스타일링을
받았다. 오랜만의 예능 출연이니 꽤 힘을 주었다. 건우의 외모
는 영화 촬영 때나 쉴 때나 변함없었다. 오히려 계속해서 업그
레이드되는 것 같은 인상마저 주었다. 매일매일이 전성기였다.

석준이 스타일링을 끝낸 건우를 찾아왔다.

"크하하! 건우야. 아침부터 수고가 많구나."

"형도 오늘 촬영 가신다면서요?"

"그래. 요즘 사는 게 즐겁구나!"

석준은 아주 즐거워 보였다. 저런 방송 체질을 지금까지 어
떻게 억눌렀는지 궁금할 따름이었다.

"형, 푸드 콘서트 가서 너무 독설을 하셨던데요. 그리고 왜
저를 그렇게 띄워주셨어요. 부담스럽게."

"흐흐… 다 내 큰 그림이지."

건우는 석준이 출연한 회를 챙겨 보았다. 쉐프들의 요리를
비평하면서 건우를 많이 언급했는데 건우로서는 부담스러울
따름이었다. 덕분에 푸드 콘서트 최초로 출연자도 요리 대결에
임하게 되었다. 제작진 측에서는 건우의 실력을 직접 확인하고
싶어 했다.

"건우야. 다 박살 내버려라. 내가 보기엔 네 적수가 안 돼.

거 뭐야, 그 조엘 에반스도 너한테는 안 될걸?"

"제가 그 정도는 아닐걸요?"

"그 쉐프 양반들도 엄청 놀랄 거다. 하핫, 기대되는군. 미슐랭이 별이면 너는 그냥 은하 그 자체야!"

물론 적당히 할 생각은 전혀 없었다. 건우는 대결 같은 경우에는 무조건 전력을 다했기 때문이다. 그게 상대에게도 예의였다. 사옥에서 나온 건우는 푸드 콘서트 녹화가 있는 스튜디오로 향했다. 스튜디오로 향할 때는 매니저가 밴을 끌고 데려다주었다.

건우 한 명만 움직이는 것임에도 코디와 매니저를 포함해서 건우 전담 직원들이 많이 따라왔다. 미국에서 경호원들에게 둘러싸여 생활한 경험이 있어서인지 부담스럽지는 않았다.

스튜디오에 도착했다. JBS 스튜디오였다. 푸드 콘서트 녹화장으로 알려진 곳이었다. 스튜디오 앞에 PD가 직접 마중 나와 있었다.

"어서 오세요! 이건우 씨."

"안녕하세요? 감독님."

PD와 웃으면서 악수를 나눴다. PD의 손은 조금 떨리고 있었다. 그 어떤 스타를 두고도 긴장하지 않은 그였지만 건우 앞에서는 어쩔 수 없었다. 건우는 PD와 함께 안으로 들어가 촬영에 대해 이야기를 나누었다.

"진짜로 랜덤이에요?"

"네, 모두 랜덤입니다. 요리 연습 좀 하셨나요?"

"하하, 네."

PD의 말에 그렇게 대답하기는 했지만 건우는 요리 연습을 하지 않았다. 그냥 평소의 실력대로 해도 충분할 것 같았기 때문이다. 요리 연습을 한다고 더 나아지는 것도 없을 것 같았다.

"아무래도 쉐프분들 중에 한 분이랑 대결을 하시는 것이니 조금 유리한 부분을 드리고 싶은데요."

"괜찮습니다. 대결이니만큼 공정해야지요."

"오! 알겠습니다."

PD가 직접 오늘 촬영할 전체적인 내용을 알려주었다. 크게 나눠보자면 두 부분으로, 요리 대결과 요리를 심사하는 것이었다. 오기 전에는 큰 생각이 없었지만 막상 스튜디오에 들어오니 요리 대결이 신경 쓰였다.

PD와 이야기를 마친 건우는 대기실로 이동했다. 대기실은 쾌적했다. 세계 최고의 월드스타이니 굉장히 많은 신경을 쓴 것이 티가 났다. 누구도 접근하지 말라고 언질을 해놓았는지 건우의 대기실 앞을 지나다니는 이들조차 드물었다.

건우는 대기실에서 잠시 있다가 출연자들에게 인사를 하기 위해서 자리에서 일어났다. 건우 정도의 위치가 되면 그렇게 하지 않아도 문제는 없었지만 건우는 한성수와도 안면이 있었으니 먼저 찾아가고 싶었다. 물론 과도하게 선후배에게 엄격하거나 예의를 차리는 문화는 그다지 좋아하지 않았다.

그러나 이미 지나온 흐름이 있으니 선배는 어느 정도 챙기

되, 후배들은 건우의 스타일대로 예의나 선후배 문화를 따지지 않을 생각이었다. 건우는 서로서로 존중하는 게 제일 좋은 일이라고 생각했다.

MC 대기실로 가니 한성수와 보조 MC가 이야기를 나누고 있었다. 보조 MC의 이름은 배동신이었다. 유도 선수 출신으로 은퇴한 이후에 방송계에 뛰어든 인물이었다. 올림픽 금메달리스트였는데, 건우도 뉴스로 접한 적이 있었다.

약간 경박하게 느껴지는 입담을 지녔지만 꽤나 잘생긴 얼굴이라 인기가 상당했다. 푸드 콘서트를 하면서 예능인으로서의 능력을 입증받기까지 했다.

"안녕하세요? 오랜만입니다."

"오, 건우 씨. 그렇지 않아도 지금 찾아가려고 했는데⋯⋯."

"아니에요. 제가 와야지요. 선배님이신데요."

"하핫! 제가 건우 씨에게 선배 소리도 듣고 참 태어나길 잘했네요."

한성수가 미소를 가득 지었다. 건우 역시 웃으면서 한성수와 악수를 나눴다. 건우 앞에서 한성수가 조금 긴장한 듯 보였다.

"성수 형 출세했네. 안녕하세요? 선배님! 배동신입니다."

"반갑습니다. 선배라니요. 그냥 편하게 해주세요."

"아닙니다. 선배님은 선배님이시죠."

배동신이 그렇게 말하자 한성수가 고개를 갸웃했다.

"나는 왜 선배라 안 부르냐?"

"형은 형이고. 이분은 건느님이시잖아."

배동신의 대답은 간단했다. 하지만 한성수도 저절로 납득이되었다. 배동신은 물론이고 한성수도 건우를 상당히 어려워했다. 처음 만났을 때는 막 데뷔한 신인 연기자였지만 지금은 아니었다. 한국 연예계가 굉장히 좁게 느껴질 만큼 거대한 스타였다.

대통령도 언급하고 각 나라의 인기 1위 프로그램에서 모셔가려고 난리도 아니었다. 그걸 모두 거부하고 휴가에 들어간건우였다. 그럭저럭 인기가 있는 예능 프로그램이라고는 하지만 그 이건우가 나오게 될 줄은 생각지도 못한 한성수였다.

그는 물론이고 푸드 콘서트의 쉐프들까지 그 소식에 꽤나 시끄러웠었다. 광고 촬영을 위해 잠시 내한했던 그 조엘 에반스가 흥분하며 일정을 연장할 정도였다.

쉐프들이 대기실로 들어왔다. 건우가 아는 셰프도 있었다. 최기석 셰프였다.

"건우 씨! 오랜만입니다! 정말 반갑습니다. 저 기억나시죠?"

"네, 최기석 셰프님."

최기석 셰프를 보니 예전 생각이 났다. 드라마 제작에 관련해서 친목회를 했을 때 들른 식당이 바로 최기석 셰프의 식당이었다. 그곳에서 동진을 만났고 지윤을 만났다. 기억할 수밖에 없는 곳이었다. 최기석 셰프는 지금은 식당을 접고 전문 요리 방송인으로서 활동하고 있다고 한다.

그는 한식과 이탈리아에 능통한 천재 셰프로 통했다.

"와… 이건우……."

"진짜……."

"네, 제가 그 이건우입니다."

건우는 다른 셰프들과도 웃으면서 인사했다. 멍한 표정이었던 셰프들이 재빨리 표정 관리를 하며 서로 인사를 나눴다. 건우가 먼저 다가가지 않는다면 모두 어려워하는 분위기였기에 건우는 최대한 친근하게 다가갔다. 그런 건우의 모습에 한성수는 물론이고 셰프들도 모두 감동을 받았다. 이제는 습관이 되어버린 이미지 관리였지만 상대가 진심이라 느낀다면 상관없을 일이었다.

셰프들은 각 요리 분야의 대가들이었다. 특히 한식 같은 경우에는 40년의 경력을 자랑하는 김연진 셰프가 푸드 콘서트의 최고의 고수로서 군림하고 있었다. 승률 78%를 자랑하는 최고의 고수라고 하는데 건우도 김연진 셰프를 보는 순간 보통이 아님을 알아차렸다.

'예약이 3달 전부터 꽉 차 있다고 하던가?'

건우의 어머니가 운영하는 식당은 예약제가 아니었다. 그날 찾아오는 손님들만 직접 받았다. 때문에 대기표를 나눠줄 정도로 줄이 길었는데, 김연진 셰프의 식당은 몇 달 전부터 예약해야 간신히 식사를 할 수 있다고 한다.

방송을 탄 이후에 훨씬 유명해진 결과였다.

"건우 씨, 연인 분이랑 같이 오세요. 바로 자리를 만들어 드릴게요."

"감사합니다."

그렇게 이야기를 나누다가 개인 대기실로 돌아와 촬영 시간을 기다리고 있을 때, 누군가 찾아왔다. 이제 막 도착한 조엘 에반스였다. 조엘 에반스는 딱 예정 시간에 맞춰서 스튜디오에 도착했는데, 도착하자마자 건우를 찾아왔다.

김연진만큼이나 경력이 긴 셰프였다. 그러니 미슐랭 쓰리 스타라는 대기록을 세울 수 있었을 것이다. 약간 냉정해 보이는 인상이었다. 그의 저런 얼굴과 독설로 인해 눈물을 흘린 요리사가 한둘이 아니라고 한다. 불같은 성격이라 주방에서는 조그마한 실수도 용납하지 않고, 멘탈을 모조리 밀어버려서 셰프들 사이에서도 불도저라는 별명을 지니고 있었다. 그의 분노한 영상은 굉장히 유명해서 한국인들도 많이 알고 있었다.

그러나 건우를 보고는 웃으면서 먼저 악수를 청했다. 웃는 것만으로도 인상이 달라졌다. 그의 표정에서는 흥분과 기쁨을 쉽게 찾아볼 수 있었다.

"만나뵙게 되어 영광입니다. 조엘 에반스입니다. 이건우 씨. LA에 계실 때 저희 레스토랑에 들러주셨다고 들었습니다."

"네, 정말 맛있었습니다. 전화를 주셨다고 들었는데, 못 받아서 죄송합니다."

"아닙니다. 촬영 중에 전화한 제가 잘못이지요. 아! 저는 물론이고 사실 제 딸이 건우 씨의 광팬입니다."

잠시 조엘 에반스와 이야기를 나누었다. 조엘 에반스가 건우에 대해서 알게 된 것은 그의 딸 덕분이었다. 조엘 에반스는 흔히 말하는 딸 바보였다. 딸이 거의 매일 건우의 노래를 틀어놓았는데, 듣다 보니 조엘 에반스도 자연스레 팬이 되었다고 한다.

무엇보다 놀라운 점은 건우의 노래를 듣고 요리에 대한 영감이 솟아올라 다시 열정적으로 변했다는 점이었다. 건우에 대해 알아보다가 한식에 대해서도 관심을 가지게 되었고 최근까지 상당한 연구를 했다고 한다.

찍지 않는 광고도 찍고 한동안 하지 않았던 TV 활동도 다시 시작한 조엘 에반스였다.

'좋은 말이네. 최고의 칭찬이야.'

자신의 노래 덕분에 삶에 활력을 찾게 되었다는 말은 너무 듣기 좋았다. 영감을 받게 되었던 말은 놀라운 칭찬이었다.

건우가 궁극적으로 바랐던 일이었다. 자신의 작품으로 인해 사람들이 행복해진다면 어쩌면 그것이 세상을 더욱더 좋게 만들 수 있는 작은 발판이 되지 않을까 싶었다.

보잘것없을 수도 있지만 분명 세상을 움직일 수 있었다.

"그럼, 건우 씨! 꼭 좀 부탁드립니다."

"하하, 알겠습니다."

조엘 에반스는 사인과 함께 같이 사진을 찍고, 시간이 된다면 같이 영상통화해 줄 것을 부탁했다. 딸의 이유도 있고 조엘 에반스가 건우의 개인적인 팬이기도 해서 꽤나 간절하게 부탁을 해왔다.

자신과의 만남을 위해서 모든 일정들을 뒤로 미뤘다고 하니 많은 감동을 받았다. 별로 힘든 일은 아니라 건우는 흔쾌히 승낙했다. 프로그램 촬영이 끝난 후에 따로 시간을 갖기로 했다.

'어머니의 식당에 초대를 해볼까?'

어머니와 조엘 에반스가 나란히 찍은 사진이 있다면······.

대단히 짜릿할 것 같았다.

잠시 그렇게 이야기를 나누다가 녹화 시간이 되었다.

건우의 등장은 오프닝 녹화 이후에 진행되니 조금 더 기다려야 했다. 건우는 대기실에서 기다리는 것도 지루하니 미리무대 세트 뒤편에 나가 있기로 했다.

'스튜디오 예능은 데뷔 초 이후로 처음이네.'

데뷔 초에 마스크 싱어에 출연했던 것 이외에 스튜디오에서하는 예능은 출연한 적이 없었다. 모두 야외 예능이었고 미국에서 출연했던 예능조차 야외에서 촬영했었다. 그러나 딱히 어색하거나 그러지는 않았다. 워낙 카메라 경험이 많아서였다.

녹화가 시작되었다. 푸드 콘서트는 건우도 꽤 많이 봤던 예능 프로그램이었다. 집에서 쉬는 동안 진희와 함께 보았고, 석준이 출연한다고 했을 때는 직접 찾아보기까지 했다. 그래서스튜디오의 모습은 꽤나 익숙했다.

"요리에 대한 고정관념을 깨라!"

"당신은 원하던 것, 원했던 것이 무엇이든 그 이상을 만들어드립니다!"

"상상할 수 있는 그 이상의 요리! 푸드 콘서트! 시작합니다!"

푸드 콘서트의 고정 오프닝 멘트가 들려왔다. 이렇게 직접목소리를 들으니 꽤나 신기했다. 이제 베테랑이라 불릴 만큼의 경력을 지니게 된 건우였지만 신기한 것은 어쩔 수 없었다. 심지어 가끔씩은 자신이 이런 TV프로에 출연하고 있는 것이 신기할 때도 있었다. 아무래도 예능 출연이 적어서 그런 것 같았다.

건우는 좀 더 집중해서 녹화 현장을 살펴보았다.

한성수가 유쾌하게 웃으면서 멘트를 하기 시작했다.

"네! 아주 많은 분들이 기다리고 있던 그날이 왔습니다. 기사가 떴는데요. 각종 포털 사이트를 그야말로 정복해 버렸죠."

"저도 엄청나게 많은 연락을 받았습니다. 사실이 맞냐고 엄청 물어보더군요. 태어나서 그렇게 많이 연락을 받은 적은 없었어요."

"저도 사실 오늘 오기 전까지만 해도 얼떨떨했습니다. 셰프분들이 긴장하는 모습이 보이는군요. 하하! 셰프분들은 어떠십니까? 먼저 우리 최기석 셰프부터."

보조MC 배동신의 말을 받은 한성수가 최기석 셰프를 바라보며 물었다. 최기석 셰프가 씨익 웃었다. 이제는 트레이드마크가 되어버린 허세 끼 있는 웃음이었다.

"물론 엄청난 게스트가 나오시기는 하지만 저는 셰프이지 않습니까? 흔들림 없이 오로지 요리만을 바라볼 생각입니다."

"그런 것치고는 아까 대기실에서 엄청 호들갑을 떠시던데요. 우황청심환까지 드셨더라구요?"

최기석 셰프의 말에 한성수가 그렇게 말하자 최기석 셰프는 당황한 표정이었다. 한성수가 웃으면서 김연진 셰프를 바라보왔다. 김연진 셰프는 여유로운 미소를 짓고 있었지만 긴장감이 느껴졌다.

"김연진 셰프님은 어떠십니까? 오늘 가장 강력한 상대와 맞붙게 될지도 모르는데 말입니다."

"허허, 늘 그랬듯이 최선을 다해야지요."

"이길 수 있겠습니까?"

"음… 아무래도 푸드 콘서트 룰에 대해서 제가 더 익숙하니 유리하지 않을까 합니다."

김연진 셰프는 자신감이 있었다. 배동신이 그걸 보고는 고개를 끄덕였다.

"김연진 셰프님은 저희 푸드 콘서트의 1위 셰프신데요. 오늘 출연하시는 세계 1위 셰프를 이긴다면 저희 푸드 콘서트가 세계 1위 요리 프로가 되는 것이 아니겠습니까?"

"오우! 우리 배동신 씨 말이 맞습니다. 아주 정확하십니다. 네, 게스트를 소개하기에 앞서 오늘 특별 셰프로 나오신 분 역시 모두 아시는 분이죠? 셰프분들이 긴장하고 계신 것이 보이실 텐데요."

한동신이 특별 셰프를 소개하기 시작했다. 저음의 음악이 깔리면서 조명이 살짝 어두워졌다. 조금 촌스럽기는 하지만 사이킥 조명도 나왔다. 스튜디오에서 보면 촌스럽게 보일지 몰라도 화면으로 보면 꽤 괜찮게 나온다.

"드디어 그가 푸드 콘서트에 오셨습니다. 미슐랭 쓰리 스타 레스토랑의 주인! 세기의 요리사! 세계 최고의 셰프! 살아 있는 전설, 조엘 에반스 씨입니다!"

스튜디오에 설치된 문이 열리면서 연기가 치솟아 올랐다. 전형적인 연출이었지만 꽤 화려했다.

문이 열리면서 등장한 것은 세기의 요리사라 불리는 조엘 에반스였다. 조엘 에반스는 TV 출연 경력이 많았기에 능숙하게 폼을 잡으며 서 있다가 출연진 모두가 일어나서 박수를 치자 웃으면서 문 밖으로 나왔다.

관록이 느껴졌다.

굉장히 여유로운 모습이었다.

짝짝짝!

출연진들이 박수를 쳤다. 조엘 에반스는 박수에 화답하며 손을 흔들고는 김연진 셰프 옆에 앉았다. 통역을 위해 귀에 인이어를 차고 있었다.

"저희 푸드 콘서트에 오신 것을 환영합니다. 조엘 에반스 셰프님."

"감사합니다."

"일단 인사를 부탁드립니다."

조엘 에반스가 카메라를 바라보며 살짝 인사했다.

"한국에 와서 많은 환대를 받았습니다. 그 따듯한 마음에 정말 감동했습니다. 이 자리를 빌려 정말 감사하다는 말씀을 드리고 싶네요. 그리고… 이렇게 실력 좋은 셰프들과 겨룰 생각을 하니 기분이 좋네요."

"하하! 조엘 에반스 셰프님. 말씀하신 것처럼 오늘 요리 대결을 하시게 되는데요. 혹시 염두에 두신 분이 계십니까? 라이벌이라 생각하시는 분이……?"

조엘 에반스가 셰프들을 한차례 바라보았다. 조엘 에반스는 씨익 웃으면서 고개를 저었다.

"은하 단위로 간다면 몰라도 지구에서는 더 이상 제 라이벌은 없습니다. 언제나 제가 최고라고 생각하고 있습니다. 아마 제가 압도적으로 이기지 않을까 싶네요."

"오오."

"역시……."

셰프들도 예상했다는 듯 감탄사를 터뜨리며 고개를 끄덕였다. 조엘 에반스의 자부심은 이미 알려진 바였다. 그리고 자부심을 가질 만했다. 그의 그런 자부심은 흉해 보이지 않고 오히려 아름다워 보였다.

한성수가 웃으면서 고개를 끄덕였다.

"역시 조엘 에반스 셰프님입니다. 김연진 셰프님은 어떻게 생각하십니까? 만약 붙게 된다면 이길 수 있을 것 같습니까?"

"물론입니다. 제가 재료를 많이 양보해 드려야 할 것 같아요. 아! 제 메인 재료를 원하시면 반 정도 드리겠습니다."

김연진 셰프의 말에 조엘 에반스가 크게 웃었다. 이런 도발에 굉장히 흡족한 듯 보였다.

"저는 한 손으로 하겠습니다. 그래야 밸런스가 좀 맞지 않겠습니까? 혹시 그래도 부족하시다면 한쪽 눈이라도 감고 할까요?"

"조엘 에반스 셰프님의 도발이 아주 강력한데요? 그러나 저희 푸드 콘서트는 아시다시피 보통의 요리 대결이 아닙니다. 과연 어떤 요리 대결이 될지 기대가 되는군요."

한성수가 능숙하게 정리를 했다. 셰프들 간의 기 싸움이 대단했다. 모두 웃고 있었지만 찌릿한 느낌이 피부로부터 느껴질 정도였다.

잠시 녹화를 끊었다가 정리 후에 드디어 건우가 나올 차례가 되었다. 건우는 녹화가 다시 이어지자 조엘 에반스가 나왔던 문 뒤로 이동했다.

녹화 장면을 보는 것도 꽤 재미있었다.

'비무 대회가 생각나네.'

언제나 고수들의 비무는 볼거리가 상당히 많았다. 셰프들의 기 싸움도 굉장히 흥미진진했다. 그 기세가 느껴져 건우도 의욕이 생길 정도였다.

대결이라 생각하니 피가 들끓는 느낌이었다. 드라마, 영화 그리고 앨범을 내거나 예능에 출연해도 건우의 근본은 언제나 무인이었다.

"네, 오래 기다리셨습니다. 조엘 에반스 셰프님도 이분 때문에 푸드 콘서트에 출연했다는 소문이 있는데요."

"저도 그게 궁금했어요. 일정도 미루셨다면서요?"

한성수와 배동신의 말에 모든 셰프들이 조엘 에반스를 바라보았다. 조엘 에반스가 망설임 없이 고개를 끄덕였다.

"제가 세상에서 가장 맛있는 음식을 대접해 드리고 싶은 분입니다. 오늘 꼭 그렇게 하겠습니다."

"하하! 하지만 조엘 에반스 셰프님. 어쩌면 이분과 대결을 하게 되실 수도 있습니다. 오늘만을 위한 특별한 룰이 생겼거든요."

한성수가 그렇게 대답하자 조엘 에반스가 깜짝 놀라며 한성수을 바라보았다. 건우가 요리 대결에 참여한다는 사실은 제대로 듣지 못한 조엘 에반스였다. 듣기는 했으나 통역상의 문제로 그냥 넘어간 적이 있었다.

"하하하! 그것도 멋지겠네요."

그는 통역을 통해서 자세한 설명을 받고는 웃음을 터뜨렸다.

"오래 기다리셨습니다. 드디어 이분께서 푸드 콘서트에 강림하셨습니다. '강림'이라는 단어가 가장 잘 어울리는 분이십니다."

조명이 다시 어두워졌다. 건우는 포즈를 잡아야 하나 생각하다가 그냥 가만히 있기로 했다.

"오늘의 특별 게스트는 바로……! 세계 최고의 스타! 연기와 노래를 모두 정복한 남자! 전설을 써 내려가고 있는 월드스타! 이건우 씨입니다!"

문이 열렸다.

건우의 모습이 나오자 출연진들이 모두 일어나며 환호와 박수를 보냈다.

건우는 여유롭게 걸어 나왔다. 그 모습조차 환상적이었다. 무엇을 하든 빛이 나는 건우였다.

건우는 게스트 좌석에 앉았다. 게스트석은 MC 좌석과 가장 가까이에 있었다.

"자! 건우 씨가 드디어 푸드 콘서트에 오셨습니다. 건우 씨, 먼저 시청자 여러분께 인사 부탁드립니다."

한성수가 그렇게 말하자 건우는 고개를 끄덕이면서 카메라를 바라보았다.

"안녕하세요. 이건우입니다. 꽤 오랜만에 예능으로 찾아뵙는 것 같네요."

"건우 씨, 예능 출연은 꽤 오래되셨죠?"

"네, 영화 촬영 이전에 야외 예능에 출연했었죠. 요리 프로그램을 실내에서 찍는 건 처음이네요."

"여러분! 푸드 콘서트가 요리 프로그램 최초로 스튜디오에서 이건우 씨와 녹화를 하고 있습니다! 역사적인 일입니다."

짝짝짝! 와아!

한성수의 말에 셰프들이 박수를 치며 다시 환호를 내질렀다. 옆에 있던 조엘 에반스도 얼떨결에 같이 박수를 쳤다.

그게 뭐라고 박수와 환호까지 보내는지 건우는 조금 민망해졌다. 한성수가 그런 건우를 보고는 씨익 웃으며 배동신을 바라보았다.

"동신 씨, 건우 씨의 근황 토크를 하지 않을 수가 없죠?"

"그렇습니다. 정말 궁금했는데요."

"아마 시청자 여러분들께서도 많이 궁금해하고 계실 겁니다. 건우 씨, 요즘 어떠십니까? 행복하십니까?"

한성수의 미소가 점점 진해졌다. 셰프들은 물론 작가진들까지 아주 관심 있게 건우를 바라보았다. 건우는 무슨 말을 하는 것인지 단번에 알 수 있었다. 바로 진희와의 만남에 관한 것이었다. 공개 연애가 된 지 꽤 시간이 지났음에도 둘 다 예능이나 방송을 출연한 적이 없기에 많은 사람들이 궁금해하고 있었다.

건우는 미소를 지었다. 더 이상 숨길 것은 없었다. 오히려 이런 공개 방송에 나와 아예 확실하게 도장을 찍고 싶었다.

"네, 행복하게 잘 지내고 있습니다. 이보다 더 행복할 수는 없을 것 같네요."

"정말 행복해 보이시네요. 그런데 전 세계가 난리가 났었죠. 시위까지 벌어지고 정말 대단했습니다."

한성수가 그렇게 말하자 조엘 에반스가 고개를 끄덕였다.

"제 딸도 한동안 우울해했습니다. 지금은 회복되었지만요."

"저희 직원도 몇몇은 휴가를 냈었어요. 아주 난리도 아니었지요."

조엘 에반스와 김연진의 말이었다.

다른 셰프들도 그와 관련해서 경험담을 꺼내며 한동안 이야기를 했다. 건우는 기사를 통해 알고 있기는 했지만, 직접 들으니 조금 놀랍기는 했다.

"자! 이제 요리 대결에 들어가야 하는데요. 오늘은 특별한 룰이 있습니다. 이건우 씨가 오늘의 게스트이지만 특별 셰프로서도 참여합니다. 셰프님들, 긴장을 좀 하셔야겠는데요. 놀라운 제보가 있습니다."

"어머니께서 운영하시는 식당의 인기 메뉴를 직접 개발하셨다고 들었습니다. 정말입니까?"

한성수의 말을 받은 배동신이 건우에게 질문했다. 건우는 고개를 끄덕였다. 잠깐 예능을 통해서 소개가 된 적이 있었는데, 그때보다 지금은 메뉴가 더 늘어났다.

건우의 어머니도 요즘 신메뉴를 내놓으라고 은근히 압박을 주었다. 그래서 지금도 여러모로 구상 중이기는 했다.

"어려서부터 관심이 많아서요. 어쩌다 보니까 그렇게 되었네요."

건우의 말을 들은 최기석 셰프가 입을 뗐다.

"건우 씨가 다른 예능 프로에서 요리하시는 모습을 보았는데요. 실력이 장난이 아니시더라구요. 재료 손질하는 것부터 완성이 되기까지의 과정이 요리 전문가 수준이었습니다."

건우의 요리 실력은 이미 모두가 다 아는 사실이었다. 섬섬 옥수수의 임팩트가 워낙 강했기 때문이다. 그랬기에 요리 대결이 성사되는 데 문제가 없었다.

한성수가 건우를 바라보았다.

"건우 씨 뜬금없지만 하나 부탁해도 됩니까?"

"아, 네."

"무슨 부탁하실지 아시지요?"

건우는 웃으면서 고개를 끄덕였다. 카메라 아래에 앉아 있는 작가들이 스케치북에 진행 내용을 크게 적어 들어 올리고 있었기 때문이다. 노래 한 곡을 부탁해 왔다.

"혹시 기타 있나요?"

건우가 그렇게 말하자 환호와 박수가 터져 나왔다. 석준도 나와서 기타를 치면서 노래를 불러줬는데, 보컬은 그리 좋지 못했다. 만회를 하는 것도 좋을 것 같았다.

건우가 기타를 잡자 모두가 기대에 찬 시선으로 건우를 바라보았다. 건우의 라이브에 대해서는 연예계의 전설이 되어 전해 내려왔다. 한번 들으면 중독되어서 열렬한 신자가 되어버린다는 소문까지 있었다.

죽기 전에 꼭 들어봐야 할 것이 건우의 라이브였다.

건우는 기타를 잡고 조율을 한 후에 연주를 시작했다. 건우의 연주 소리가 스튜디오를 가득 메웠다.

스튜디오에 있는 모두의 의식이 기타가 만든 선율 속으로 빨려 들어갔다. 의식이 흐릿해지고 몸이 붕 뜨는 것 같았다. 이곳에 있는 모두가 처음 경험해 보는 환상적인 감각이었다.

이것이 시작이었다.

건우는 푸드 콘서트에 맞게 슬프고 우울한 노래보다는 밝은 노래를 선곡했다. 팝송이었는데, 하로니가 만든 애니메이션에서 나온 '모두가 행복하길'이라는 제목의 곡이었다.

건우가 입을 떼는 순간 모두 나지막하게 감탄사를 터뜨리며 노래 속으로 빨려 들어갔다. 선율과 함께 절로 고개가 끄덕여졌고 건우의 노랫말에 맞춰서 미소가 지어졌다.

본래는 짧게 1절만 하려고 했지만 두 MC와 셰프들의 행복한 표정을 보니 건우는 웃으면서 완창을 하기로 했다.

"다 같이해요."

건우가 즉석에서 곡을 변경해 반복되는 후렴 부분을 만들었다. 무엇에 홀린 듯 전 출연진이 건우가 부른 후렴을 따라 불렀다. 마치 콘서트장에 온 것 같은 분위기였다.

여운 속에서 건우의 노래와 연주가 끝났다.

"와아아!"

짝짝짝

모두가 감동하며 박수를 보냈다. 최기석 셰프는 눈물을 보이기까지 했다. 한성수와 배동신도 눈시울을 붉혔다. 행복한 노래임에도 눈물을 보이는 것은 너무나 크게 감동을 받아서였다. 조엘 에반스는 눈을 감고 여운을 즐겼다.

"잠시 쉬었다 갈게요!"

노래가 끝난 후 파도처럼 밀려오는 여운 때문에 PD가 녹화를 잠시 중단시켰다. 전 출연진은 어째서 건우의 라이브를 죽기 전에 꼭 들어봐야 하는지 알 수 있었다.

"아, 이거 너무 강력한데……."

"몸이 그냥 풀어지네."

한성수와 배동신의 말이었다. 이대로 그냥 잠들고 싶은 기분이었다.

'조금 힘을 줬나? 전력을 다했다가는 큰일 나겠네.'

건우는 반쯤 넋이 나간 출연진들을 보면서 그렇게 생각했다. 쉬기만 했을 뿐인데도 능력이 더 강해진 것 같았다. 어쩌면 진희 덕분일지도 몰랐다.

겨우 분위기가 수습되자 녹화가 이어졌다.

"네! 감동적인 노래였습니다. 저희가 한동안 정신을 차릴 수가 없었습니다. 최기석 셰프님의 눈이 부은 게 보이시죠?"

최기석 셰프는 결국 눈물을 참지 못하고 펑펑 흘려 눈이 부어 있었다. 모두 그 모습을 보며 웃었다.

길었던 오프닝이 끝나고 본격적으로 요리 대결이 시작되었다.

"먼저 메인 재료의 소개가 있겠습니다."

거대한 테이블이 모습을 드러냈다. 테이블 위에는 메인 재료가 놓여 있었는데, 번호표가 붙어 있었다. 소고기, 어류, 닭고기 등 그 종류가 다양했다. 오늘은 이건우 특집이라 그런지 재료가 더욱 풍성한 편이었다. 시중에서 구할 수 없는 엄청 희귀한 재료도 보였다.

기본 재료는 마치 매장처럼 진열되어 있었는데 1분이라는 짧은 시간 동안 셰프가 직접 가서 골라야 했다. 그랬기에 천막으로 가려져 있었다. 셰프들은 날카로운 눈으로 메인 재료를 훑어보았다. 건우도 마찬가지였다.

'괜찮겠는데?'

오히려 어머니의 식당보다도 재료는 풍족한 편이었다. 어느 재료가 걸려도 충분히 해낼 자신이 있었다. 기이하게 생긴 갑각류나 심해에서 살 것 같은 물고기 등 셰프들조차 접하기 힘든 생소한 재료도 있었지만 어떻게든 가능할 것 같았다. 어쨌든 이곳에 나온 것을 보면 먹을 수는 있을 테니 말이다.

건우는 과장 좀 보태서 가죽 장화조차 아주 맛있게 만들 수 있는 능력이 있었다.

"셰프님들뿐만 아니라 건우 씨의 눈빛도 아주 날카롭습니다. 그럼 요리 재료 선정에 앞서서 대진표를 짜야겠지요? 그 어느 때보다도 흥미진진합니다."

"네, 건우 씨도 참여하시니까요. 이야, 소문만 무성했던 건우 씨의 요리를 맛볼 수 있는 건가요? 아! 평가하기가 두렵네요."

"오늘 저와 동신 씨에게 수많은 안티팬들이 탄생할 수도 있습니다. 그래도 평가는 해야지요? 셰프님들도 각오를 다지십시오. 건우 씨가 요리할 때는 저희 두 MC는 물론 셰프님들께서도 심사를 해주셔야 하니까요."

셰프들이 고개를 끄덕였다. 자칫 잘못하면 안티팬들이 생기겠지만 셰프이니만큼 요리에 대해서는 냉정하게 비평해야 했다.

대진표에 앞서 건우가 원하는 요리 주제가 발표되었다. 스크린에 요리 주제가 비추었다.

세계가 놀랄 퓨전 요리.
분위기 작살 요리.

그런 주제가 나타나자 셰프들이 고개를 끄덕였다. 퓨전 요리는 가장 무난하면서도 자칫 잘못하면 이도 저도 아니게 될 주제였다. 모든 셰프들이 가장 자신 있는 주제는 역시 두 번째일 것이다.

한성수가 씨익 웃으면서 건우를 바라보았다.

"두 번째는 달달한 느낌이 나는데요. 설명을 좀 해주시지요."

"제가 해외에서 많이 생활하다 보니까 이것저것 섞어서 만드는 버릇이 생겼는데요. 일류 셰프분들이 만드는 퓨전 요리를 맛보고 싶네요. 두 번째는……."

"두 번째는?"

한성수가 건우의 말을 받으며 관심 있게 건우를 바라보았다.

"그냥 분위기를 잡고 싶은 날이 있지 않습니까? 그럴 때 비장의 무기로 꺼낼 수 있는 요리였으면 좋겠습니다. 퍼포먼스가 좀 들어갔으면 하네요."

"하하, 그렇군요! 건우 씨, 보통 분위기는 밤에 잡지요?"

한성수가 능글맞게 웃으며 그렇게 말을 건넸다. 당황할 법한 멘트였지만 건우는 여유로웠다.

"낮은 물론 아침에도 잡을 수 있지 않습니까?"

"하하! 맞습니다. 역시 대단하십니다! 과연, 건우 씨의 '그분'을 만족시킬 수 있는 요리가 나올지 기대가 됩니다."

건우가 테이블 위에 있는 바구니를 향해 다가갔다. 건우가 직접 공을 뽑아 모든 것을 정해야 했다.

'조작해 볼까?'

조작쯤은 쉬운 일이었다.

개인적으로 조엘 에반스 셰프와 붙어보고 싶었기 때문이다. 세기의 요리사라는 최정상의 고수와 비무를 해보고 싶은 것은 무림인으로서 남아 있는 호승심이었다. 반칙이기는 하지만 건우는 자신이 대진을 짜기로 했다. 물론 메인 재료 같은 경우에는 정직하게 뽑을 생각이었다.

"자! 그럼 뽑아주세요!"

한성수의 외침에 건우는 바구니에 손을 넣었다. 모든 셰프들이 긴장하면서 바라보았다. 가장 최악의 상대는 역시 조엘 에반스일 것이다. 티는 안 내고 있었지만 가장 피하고 싶은 상대였다.

빠르게 정해졌다. 첫 번째 요리 대결은 일식 셰프와 중식 셰프의 대결이었고 두 번째 주제는 김연진과 최기석이 붙게 되었다.

"맙소사."

조엘 에반스가 얼굴을 감싸 쥐며 그렇게 말했다. 모든 출연진에게서 환호 소리가 터져 나왔다. 뽑히지 않았다는 의미는 건우와 요리 대결을 해야 한다는 의미였다.

"조엘 에반스 셰프는 자동적으로 우리 이건우 씨와 마지막 요리 대결을 하게 되었습니다. 조엘 에반스 셰프님, 기분이 어떠십니까? 많이 당황하신 것 같은데……."

"어, 음… 일단 건우 씨와 제가 같이 서 있는 모습은 그림이 되긴 하겠네요. 음… 제 딸이 많이 화를 낼 것 같네요."

"그 말씀은 대결은 이미 이겼다는 말씀이십니까? 건우 씨, 어떻습니까?"

조엘 에반스는 대답 대신 웃었다. 그런 자신감은 당연했다. 그는 세기의 요리사였고 건우는 요리 실력이 끝내준다는 소문이 나 있기는 하나, 실제로 검증된 것이 없었기 때문이다.

"제가 셰프님에 비할 수는 없지요. 승패를 떠나 한 수 배우겠습니다. 셰프님 좀 봐주세요."

"아이쿠, 이런……."

건우가 일어나서 조엘 에반스에게 악수를 청하자 조엘 에반스가 호탕하게 웃으면서 건우의 손을 잡았다. 조엘 에반스는 건우의 팬이었기에 이런 상황도 아주 기뻤다. 그의 딸이 아마 극심하게 질투할지도 몰랐다.

제작진 입장에서도 조엘 에반스가 기존 셰프들과 하는 것도 좋았지만 건우와 나란히 서 있는 모습도 그림이 되었기에 반기는 분위기였다. 셰프들과 붙었다가 이런저런 말이 나올 수도 있었기 때문이다.

건우와 조엘 에반스의 대결은 마지막이었다.

건우가 메인 재료 추첨을 마치자 요리 대결이 시작되었다. 첫 번째 요리 대결은 돼지갈비와 감성돔이 선택되었다.

'꽤 재미있네.'

지켜보는 것도 상당히 재미가 있었다. 셰프들이 바구니를 들고 재빨리 기본 재료를 향해 뛰더니 빠른 속도로 재료를 바구니에 넣었다. 넣는 것은 자유지만 고른 것 중 하나라도 쓰지 않을 경우에는 페널티가 주어졌다. 제한 시간은 20분이었다. 재료 손질부터 다 해야 하니 그렇게 넉넉한 시간은 아니었다.

셰프들은 노련한 칼 놀림으로 재료를 다듬고 빠르게 요리했다. 고수의 풍모가 보였다. 순식간에 20분이 지나고 첫 번째 요리가 나왔다. 비주얼 면에서는 훌륭했다.

"건우 씨는 장르는 다르지만 심사 위원으로 참여하신 적이
있지요?"

"네, 오디션 프로에 몇 번 참여했었지요."

"하하! 네, 그때처럼 객관적인 심사 부탁드립니다."

건우는 고개를 끄덕이면서 요리를 시식하기 시작했다. 정확
한 시식을 위해서 내력을 끌어 올리며 감각을 극대화시켰다.
컴퓨터와 같이 한 치의 오차도 없이 평가할 수 있을 것이다.

'음……'

감각을 너무 끌어 올렸는지, 맛의 빈틈이 너무나 크게 느껴
졌다. 건우는 깨달았다. 너무 기준을 높이 올린 것이 문제였다.
건우를 만족시키려면 인간의 한계에 달한 수준이 되어야 했지
만 안타깝게도 그 수준은 아니었다.

"건우 씨의 표정이 좋지 않습니다. 어떠십니까?"

"맛… 있습니다."

누가 봐도 표정이 어색했다. 한성수가 그걸 보고는 웃었다.

"표정이 어색하신데요? 연기의 신이라 불리시는데… 연기를
못하시네요."

"하하……"

건우는 어색한 미소를 그렸다. 셰프들도 당황한 모습이었다.
건우는 요리에 대해 하고 싶은 말이 많았지만 셰프들을 생각
해 적당히 하기로 했다. 어차피 그가 느끼는 감각은 일반인들
에게는 아득히 먼 감각이었다.

"맛있습니다. 조금 더 끓였으면 더 괜찮을 것 같아서요. 여기 재료를 하나 빠뜨리신 것 같은데……."

"아!"

요리를 만든 셰프가 옆을 바라보았다. 썰어놓은 재료가 보였다. 급하게 하다 보니 빠뜨린 것이다.

"아! 실수를 했습니다. 이건 치명적이지요."

"의외로 만족스럽지 못한 평가가 나옵니다. 셰프님들의 자신감이 넘쳤었거든요."

건우는 그 이후 조금 돌려 말하며 최대한 무례하지 않게 음식 평가를 했다. 건우의 미각은 무척이나 정확하니 모두 맞는 이야기였다. 굉장히 고차원적인 지적도 있었다.

예의 바르게 돌려 말한다고는 했으나 말 한 마디, 한 마디가 대단히 날카로워서 모든 셰프들이 움찔할 수밖에 없었다.

"음……."

"과연……."

건우가 시식을 마치고 두 MC와 셰프들도 시식을 했는데 건우의 지적이 딱 맞아떨어졌기 때문이다. 건우가 지적을 하지 않았다면 모르고 넘어갔을 부분이었다.

조엘 에반스도 감탄하면서 끄덕였다.

"정말 좋은 요리입니다. 건우 씨가 말했던 부분은 사실 굉장히 고난도에 속하는 부분이라… 20분이라는 시간에 담기에는 무리가 있어 보이네요. 그 부분을 보충한다면 저희 식당에서 팔고 싶네요."

조엘 에반스는 두 요리를 칭찬했다.

내력이라는 최고의 맛 재료가 있는 건우와는 다르게 재료의
맛을 살리려면 꽤나 번거로운 과정이 필요했다.

건우는 승자를 선택하고 다음 대결을 바라보았다. 최기석 셰
프와 김연진 셰프의 대결이었다. 최기석 셰프가 만들 요리에
대해서 말하기 시작했다.

"제가 선보일 요리는 건우전생맛 스테이크입니다. 메인 재료
로 소고기의 좋은 부위가 걸린 김에 생각해 본 요리입니다. 순
수하게 제가 모두 만든 것은 아니고요. 건우 씨, 진우전생록을
아시나요?"

최기석 셰프의 말에 건우가 살짝 놀랐다. 설마 이곳에서 진
우전생록이 나올지 몰랐기 때문이다. 게다가 최기석 셰프가 말
한 요리의 이름도 상당히 섬뜩하게 들렸다.

자신이 진우 작가인 것을 눈치챈 것은 절대 아닌 것 같았다.

"네, 저도 재미있게 보고 있습니다."

"거기에 나오는 고기 요리가 있는데요. 상당히 괜찮더군요.
상상할 수 있는 모든 요리를 해낼 수 있는 것이 셰프 아니겠습
니까? 제가 한번 그 어려운 것을 해보겠습니다."

굉장한 자신감이었다. 건우는 진우전생록 외전 편을 통해 다
양한 세계관의 음식이나 문화 같은 것을 설명해 주었다. 재미
삼아 그리던 것이 어느새 분량이 꽤나 되어서 진우 백과사전이
라 불리고 있었다.

건우가 독창적으로 개발한 고기 요리도 심심해서 넣어놨는

데, 스테이크치고는 한식 느낌이 물씬 풍기는 요리였다. 어디서도 맛볼 수 없는 독특한 맛과 중독성이 일품이었다.

건우가 가끔 실험 삼아 진희에게 해주었다. 반응은 그야말로 대호평이었다. 그 맛에 중독되어 버린 진희가 생각날 때마다 해달라고 요구하는 일이 상당히 많았다.

"특이하네요. 기대해 보겠습니다."

김연진 셰프의 소개도 들었다. 한식 셰프였지만 파스타를 만들겠다고 했는데 상당히 기대가 되었다. 한식의 대가가 만드는 파스타 요리였기 때문이다.

주제에 맞게 화려한 퍼포먼스를 선보이면서 요리를 했다. 현란한 칼질과 불 쇼는 기본이었다.

한성수가 박수를 쳤다.

"퍼포먼스가 현란합니다! 어떻습니까? 건우 씨."

"감동이네요."

"건우 씨가 감동하셨답니다!"

경험으로 만들어낸 전문적인 기술은 꽤 볼만했다. 순식간에 20분이 지나서 요리가 완성되었다. 건우는 최기석 셰프의 요리를 먼저 먹어보았다.

'음… 꽤 괜찮군.'

역시 고수는 고수였다. 건우가 생각하지 못한 방법으로 맛을 살려내서 꽤 감동했다. 진우전생록을 깊게 읽은 독자라는 것이 맛에서부터 느껴졌다. 건우의 입맛이 너무 까다로워서 그것을 모두 채워줄 수는 없었지만 이 정도면 대단히 훌륭한 요리였다.

"훌륭합니다. 제가 그 세계로 빨려 들어간 기분이네요. 재미도 있고요. 이건 반하지 않을 수가 없겠어요."

"오랜만에 극찬이 나왔습니다. 그분께서도 만족하실까요?"

한성수의 말에 건우는 피식 웃으면서 고개를 끄덕였다.

"아주 좋아할 겁니다. 딱 취향이네요."

"캬! 아주 좋아하신답니다! 아침에도 낮에도 밤에도 분위기를 작살낼 수 있을 것 같습니다!"

짝짝짝!

박수가 터져 나왔다.

건우는 최기석 셰프의 요리를 골랐다. 최기석 셰프는 감동해서 살짝 울먹거렸다.

잠시 휴식 시간을 갖고 녹화가 재개되었다. 이제 마지막으로 메인이벤트가 남아 있었다. 휴식 시간 동안 스태프들이 상당히 공을 들여 요리 도구들을 세팅했다. 이곳에는 이건우와 조엘 에반스가 설 것이기 때문이었다.

건우는 제작진이 준 셰프 복장으로 갈아입고 나왔다. 작가진이 건우의 모습을 보고 수군거렸다. 셰프 복장도 엄청나게 잘 어울렸다.

건우는 세팅되어 있는 부엌을 살펴보았다. 꽤 넓었고 도구들은 대단히 좋았다. 건우가 언뜻 보기에도 좋은 도구들이라 탐나기도 했다.

"시청자 여러분, 오래 기다리셨습니다. 드디어 세기의 요리 대결이 시작됩니다."

"저 두 분이 서 있는 장면을 푸드 콘서트에서 보게 될 줄은 생각도 못했습니다."

"정말 영화 같네요. 이대로 영화를 찍어도 될 것 같은데요? 물론 조엘 에반스 씨는 연기 공부를 좀 하셔야겠지만요."

한성수의 말에 조엘 에반스가 웃음을 터뜨렸다.

"연기에 관심이 있습니다. 영화에 출연하고 싶네요."

"여기 건우 씨도 계신데 연기를 한번 보여주시는 것이 어떻습니까?"

"오, 좋네요. 사실 배우가 제 어렸을 적 꿈이었습니다."

조엘 에반스는 '존 리 페인'에서 나왔던 대사를 읊었다. 그러나 연기에는 전혀 소질이 없었다. 들어주기 민망할 정도였다.

"죄송하지만 그냥 요리에 전념하시는 것이 좋을 것 같습니다."

"이런……."

건우의 냉정한 심사평에 조엘 에반스는 조금 시무룩해졌다. 냉정하고 독설이 가득한 모습만 보여주었던 조엘 에반스의 의외의 모습이었다. 그를 아는 사람들이 본다면 깜짝 놀라서 두 눈을 의심했을 것이다.

"주제와 메인 재료에 대해 발표하겠습니다. 무려 백만 명이 넘는 네티즌 분들이 참여하셔서 다양한 의견을 보내주셨습니다. 자! 보여주세요!"

건우도 뒤에 있는 스크린으로 시선을 옮겼다.

[할리우드 영화에 나올 법한 요리]

"네! 주제는 영화에 나올 법한 요리입니다! 건우 씨와 딱 어울리는 주제인데요. 건우 씨, 자신 있으십니까?"

"열심히 해봐야지요."

건우는 제법 여유로워 보였다. 반면에 조엘 에반스는 이것저것 생각하느라 사뭇 진지한 표정이었다.

메인 요리가 정해졌다.

"오! 건우 씨의 메인 재료가……."

"하하, 저게 뭐야!"

"연어 한 마리가 통째로 있는데요?"

건우의 메인 재료는 연어였다. 제작진이 무슨 생각인지는 몰라도 연어 한 마리가 통째로 있었다. 한성수와 셰프들이 깜짝 놀라며 자리에서 일어났다. 내장이 제거되어 있기는 하지만, 다른 부분은 손질이 안 되어 있었다.

연어에 대해 잘 모르면 요리하기가 난감할 것이 분명했다.

"조엘 에반스 셰프님은 무난한 재료입니다. 너무 기뻐하시는데요. 이거 건우 씨를 상대로 적당히 하실 생각이 없나봅니다."

조엘 에반스는 무난히 돼지고기가 걸렸는데, 돼지고기가 걸린 순간 씨익 웃는 미소가 보였다. 어쨌든 재료가 정해졌기에 건우는 머리를 굴려 요리를 정했다. 가장 기본적인 것은 역시 연어 스테이크와 연어 샐러드, 그리고 사케동이라 불리는 연어 덮밥이었다.

'기본적인 것을 가지고 이것저것 해보면 되겠지.'

그것만으로도 승산이 있을 것이다. 자신이 만들면 맛이 없을 수가 없었다. 화경의 경지는 그에게 인외의 감각과 실력을 부여해 주었으니 말이다.

"그럼 재료를 골라주세요!"

한성수의 외침과 함께 스크린에 1분의 시간이 주어졌다. 조엘 에반스가 빠르게 둘러보며 재료를 고르는 것에 반해 건우는 여유롭게 걸으며 필요한 것들만 골랐다. 건우가 이런 것에 당황할 리가 없었다. 한 치의 오차도 없이 필요한 것만 담으니 충분한 재료를 고를 수 있었다. 건우에게는 대단히 쉬운 일이었다.

"상당히 여유로운 모습입니다. 그냥 재료를 고르고 있는 것인데 화보를 보는 것 같지 않습니까?"

"같은 남자에게 반하면 안 되는데 큰일이네요."

"저희 작가들이 원래 저렇게 앞에 나와 있지 않거든요. 참속 보입니다."

"오! 여유가 넘치십니다. 괜히 월드스타가 아니네요!"

건우는 카메라를 보면서 여유 있게 포즈를 취해주기도 했다. 건우는 조엘 에반스 쪽을 보며 살짝 도발했다. 건우는 예능 적응을 꽤 잘하는 편이었다. 조엘 에반스도 도발을 받아치기는 했는데, 급한 게 눈에 보였다.

요리 재료를 고르다가 바닥에 흘렸다.

1분이라는 짧은 시간이 지나고 건우와 조엘 에반스 모두 요리 재료를 모두 골랐다.

"제 요리의 이름은 할리우드 연어 세트장입니다."

"연어 세트장이요?"

"네, 할리우드 영화 세트장에는 별게 다 있거든요. 최대한 시간에 맞춰 별걸 다 만들 예정입니다."

"오, 과연 20분 만에 하실 수 있을지 기대가 됩니다."

건우의 말에 셰프들도 많은 관심을 가졌다.

조엘 에반스는 셰프답게 요리를 소개했다. 굉장히 품격 있는 소개에 건우도 꽤 감탄했다. 역시 수많은 레스토랑을 지니고 있는 오너다운 모습이었다. 그는 돼지고기로 통구이를 만든다고 했다. 20분 만에 하는 것이 쉽지 않을 텐데 자신 있는 모습이었다.

타이머가 켜지며 대결이 시작되었다. 조엘 에반스는 빠르게 불을 켜며 재료를 손질하기 시작했다.

'좋아. 해보자.'

건우는 잠시 가만히 서 있다가 깊게 숨을 내쉬었다. 여유로웠던 표정이 사라졌고 진지한 표정이 되었다. 눈빛은 결전을 앞둔 전사처럼 날카로워졌다. 방금 전까지 미소를 그리던 모습과는 완전히 달랐다. 바뀐 분위기에 MC와 셰프들은 눈을 동그랗게 떴다.

건우는 준비되어 있는 앞치마를 둘렀다. 그리고 바로 칼을 들고 연어에게 다가갔다.

"오! 건우 씨가 연어에게 다가갑니다!"

한성수가 마치 축구 중계를 하듯이 상황을 중계했다.

'조금 화려하게 가자.'

예능은 쇼맨십이 중요했다.

자신이 출연했으니 무언가를 보여줘야 했다.

언제나 기대 이상의 모습을 보여주는 스타.

만능에 가까운 스타.

사람들이 기대하는 이건우는 그런 존재였다.

그것은 인기가 만든 환상이었지만 건우는 그 환상을 오랫동안 유지시킬 힘이 있었다.

건우는 티가 안 날 정도의 내력을 끌어 올리며 칼에 정신을 집중했다. 이 정도만으로도 단단한 나무 정도는 쉽게 자를 수 있는 절삭력이 생겼다.

칼에서 무언가 번뜩하는 것 같은 순간이었다.

스윽!

굉장히 빠른 속도로 연어가 부위별로 해체되기 시작했다. 셰프들의 얼굴에 경악이라는 표정이 그려질 정도로 대단히 빠른 속도였다.

"어, 엄청 빠릅니다."

"대, 대단합니다!"

두 MC도 감탄을 금치 못했다.

옆에서 정신없이 요리를 하고 있던 조엘 에반스도 건우의 칼질 실력을 보고 크게 놀랐다.

하루 이틀 해서는 결코 나올 수 없는 솜씨였기 때문이다.

그야말로 해체 쇼였다.

건우가 손을 움직일 때마다 연어의 부위가 마치 기계에서 쏟아져 나오듯이 분리되어 나왔다. 그냥 빠르게 손질만 하는 것이 아니었다.

휘리릭!

건우의 손 위에서 칼이 화려하게 휘날렸다. 보는 이들이 넋이 나갈 정도로 곡예에 가까운 행위였다. 위험하다는 생각이 들지 않을 정도로 아름답고 완벽하게 칼이 춤을 추었다.

놀라운 점은 단순히 보여주기 위한 칼 놀림이 아니라는 점이었다. 칼이 손 위에서 화려하게 춤을 출 때마다 연어의 속살이 빠르게 베어졌다.

"아! 이건 절대 따라하지 마세요."

건우는 칼을 놀리면서도 카메라를 보며 그렇게 말했다. 가까스로 정신을 차린 한성수가 입을 뗐다.

"대단한 묘기입니다! 저도 깜짝 놀라서 잠시 말을 잊었습니다. 확실히 기선 제압에 성공하셨습니다! 조엘 에반스 셰프님은 물론 다른 셰프분들도 멍한 표정이신데요."

"카, 칼을 완전히 가지고 노시네요."

"어휴… 무섭습니다."

최기석 셰프와 김연진 셰프가 그렇게 말했다. 기선 제압에 성공했는지 조엘 에반스 셰프가 조금 조급한 모습을 보였다. 태연한 척했지만 당황한 것이 틀림없었다.

셰프도 아닌 건우였기에 자신이 무대를 지배하고 격려해 주며 좋은 분위기를 연출할 수 있을 거라고 생각했었다. 지금은 그 생각이 모호해져 버렸다.

지금은 건우가 무대를 지배하고 있었다.

건우는 그냥 칼질만 하는 것이 아니었다. 연어에 기운을 집어넣으며 재료를 훨씬 좋은 상태로 만들었다. 기운과 함께 섭취를 한다면 맛뿐만 아니라 상쾌한 기분을 느낄 수 있었다.

'거기에 감정의 힘을 이용하면…….'

요즘 들어 사용해 보는 기술이었는데 평가가 굉장히 좋았다. 요리에 불어넣는 기운에 감정의 힘을 담아 다양한 효과를 낼수 있었다. 악용한다면 어마어마하게 위험했지만 그럴 일은 없었다.

긍정적인 감정은 맛을 한층 더 풍부하게 만들었다. 음식을 먹고 기쁨, 행복함을 느낄 수 있다면 식사의 의미를 한층 더 진화시킬 수 있지 않을까?

'일단 취미일 뿐이지만…….'

그래도 요리를 할 때는 진지했다. 하는 김에 연어 하나를 통째로 해체해 버렸다. 시간은 얼마 걸리지도 않았다. 20분이라는 시간은 건우에게 충분했다. 건우는 연어 스테이크와 연어 샐러드를 하기로 했다. 연어 덮밥도 고려했었지만 어울리지 않으니 제외했다.

건우가 채소를 자르기 시작했다.

타다다다다!

굳이 이렇게까지 자를 필요는 없었지만 퍼포먼스였다. 건우의 솜씨는 전문 셰프를 능가했다. 기계처럼 빠르고 정확했다.

칼이 움직이는 것이 잘 안 보일 정도였다.

빠르게 소스를 만들고 육수를 우려내는 과정은 너무나 매끄러웠다. 재료를 넣는 것도 꽤나 우아해 보였다.

"대단한 솜씨입니다. YS의 대표 이석준 씨가 건우 씨의 요리를 극찬했었는데요. 납득이 갑니다. 어떻게 생각하십니까? 김연진 셰프님."

"하루 이틀 해서 되는 솜씨가 아닙니다. 수년간 꾸준히 요리를 해야 저 정도의 실력이 나올 수 있습니다. 요리 순서나 방식도 더할 나위 없이 깔끔하네요."

김연진 셰프의 말에 모든 셰프가 고개를 끄덕였다. 건우는 요리를 전문으로 배우지 않고 자신만의 방법으로 하고 있었는데, 그 방식이 대단히 신선했다. 셰프들도 놀라며 수군거리고 집중하여 지켜볼 정도였다.

화아악!

불길이 치솟았다.

"불 쇼입니다!"

"건우 씨가 하니 멋이 나네요. 최기석 셰프가 할 때와는 차원이 달라요!"

"아니, 가만히 있는 저는 왜……."

한성수와 배동신의 외침에 최기석이 억울한 듯 그렇게 말했다.

'딱 좋아.'

불 맛을 내는 과정이었는데, 내력까지 쓰면서 완벽하게 화력을 조절했다. 가스레인지의 불로 익히는 것보다 내력으로 익히는 것이 훨씬 맛이 풍부하게 잘 살아났다. 영양소도 덜 파괴가 되면서 말이다.

건우는 별장이나 집에 있을 때 가스레인지를 쓰지 않았다. 진희에게 숨길 것도 없으니 내력을 일으켜 요리했다. 삼매진화의 응용 버전이었다. 무림인들이 본다면 경기를 일으키며 졸도할지도 몰랐다. 그만큼 말도 안 되는 수법이었는데 진희는 그저 마법이구나 할 뿐이었다.

건우는 미각을 최대한 끌어 올려 맛을 보았다. 누구나 좋아하는 보편적인 맛을 추구했는데, 한 치의 오차도 없게 밸런스를 맞췄다.

건우가 설계한 맛을 위해서는 온도까지 정확히 맞춰야 했는데, 기운을 머금은 요리는 금방 식지 않고 막 나왔을 그 상태를 꽤 오래 유지시켜 줄 것이다. 건강에도 상당히 좋을 것임에 틀림없었다.

건우는 빠르게 연어 스테이크와 연어 샐러드를 완성했다. 소스는 그가 직접 개발한 소스였는데, 석준과 진희는 '마법의 마약 소스'라고 불렀다. 어디에 넣어도 잘 어울렸고 끝내주게 맛있기 때문이었다. 그리고 그 중독성은 이름에서도 알 수 있듯 마약에 비견되었다.

'장식을 해야겠네.'

건우는 칼을 잡고 당근과 오이를 빠르게 조각하기 시작했다. 슥슥 칼날이 지나갈 때마다 무언가 완성되었다.

"건우 씨가 조각을 하고 있어요!"

최기석 셰프가 그걸 발견하고는 먼저 말했다. 건우는 꽤나 공을 들여 당근과 오이로 만든 용을 접시 위에 올려놓았다. 그럴듯한 용이 접시 위에 올려졌다.

한성수가 직접 현장으로 나와 결과물을 확인하고 엄지를 치켜들었다.

"대단합니다! 이분, 사실 셰프 아닙니까? 사실 본업은 셰프고 취미로 연기와 노래를 하는 것 같아요!"

조엘 에반스도 슬쩍 보더니 혀를 내둘렀다.

조금 시간이 촉박했지만 건우는 연어 크림파스타까지 시도했다. 내력을 이용한다면 아슬아슬하게 시간을 맞출 수 있을 것 같았다.

조엘 에반스가 먼저 요리를 완성했다.

"카운트다운 들어갑니다!"

"5! 4! 3! 2! 1!"

한성수의 외침과 동시에 셰프들이 카운트다운을 외쳐주었다.

"그만!"

20분에 딱 맞춰서 건우가 모든 요리를 완성했다. 진우전생록을 그리며 미적 감각이 대단히 발전한 탓인지, 장식도 환상적이었다. 채소 조각과 어울려 정말 영화에나 나올 법한 요리로 보였다.

조엘 에반스도 만만치 않았다. 판타지 영화에나 나올 법한

통구이 요리를 선보였다. 고기를 꿰는 뼈는 채소로 대신했다. 건우와 조엘 에반스가 서로 악수하며 수고했다고 말해주었다.

"정말 대단합니다."

"세기의 대결이네요."

짝짝짝!

한성수와 배동신이 진심으로 그렇게 말하며 박수를 쳤다. 다른 셰프들도 박수를 치며 감탄했다. 카메라가 다가와 두 요리를 화면에 담았다. 맛있는 냄새가 진동했다.

특히 건우의 요리가 내뿜는 향기는 가히 압도적이었다.

"자! 그럼 시식을 해보지요. 먼저 완성한 조엘 에반스 셰프의 요리부터 시식을 하겠습니다."

접시에 나눠 담아서 두 MC와 셰프들, 그리고 건우 역시 맛을 보았다. 모두 고개를 끄덕이며 감탄했다. 세기의 셰프라는 말을 증명하듯 환상적이었다.

'괜히 최고의 고수가 아니네.'

독특하면서도 풍미를 살린 맛에 건우도 꽤 감탄했다. 그가 쌓아온 수많은 경험과 세월이 느껴졌다. 그것만으로도 존경할 만했다. 셰프들이 감동한 눈빛으로 극찬을 했다. 두 MC도 연신 고개를 끄덕이면서 맞장구쳤다.

조엘 에반스는 빙긋 웃으면서 감사를 표했다. 그 몸짓에는 자신감이 있었다.

승리를 확신한 듯한 모습이었다.

"그럼 우리 이건우 씨의 요리를 시식하겠습니다. 건우 씨가

엄청난 퍼포먼스를 보여주셨는데요. 과연 맛도 그렇게 화려할
지 기대가 됩니다."

이제 건우의 요리를 먹을 차례가 왔다. 조금 시간이 지났음
에도 김이 모락모락 났다. 전혀 요리가 식지 않았다.

요리를 썰어 각자 접시에 담으니 향기가 좀 더 진해졌다.

"오… 냄새 죽이네요."

"동신 씨 말대로 정말 냄새가 좋네요."

배동신과 한성수는 냄새를 맡으며 황홀한 표정이 되었다. 조
엘 에반스도 손을 휘저어 냄새를 맡고는 눈을 동그랗게 떴다.
그리고 고개를 갸웃했다. 어떻게 이런 향기롭고 풍부한 냄새가
날 수 있는지 잘 이해가 되지 않았기 때문이다.

모두 스테이크를 한입 베어 무는 순간이었다.

"아……."

"오……."

"헐……."

모든 출연진들의 표정이 멍하게 변했다. 멍한 표정으로 입안
에 있는 음식만을 씹었다. PD와 스태프들이 방송 사고인가 생
각할 정도로 표정이 똑같았다.

MC가 멘트를 해야 하는데 말을 잊었다.

"방금 정신이 나갔다 다시 들어왔어."

"나, 나도 그래. 와… 이건 진짜……."

간신히 정신을 차린 한성수의 말에 배동신이 여전히 멍한 표
정으로 대답했다. 셰프들은 큰 충격을 받았는지 그대로 굳어져

있었다.

조엘 에반스도 마찬가지였다.

'이럴 수가……'

한 입 먹는 순간 대결이라는 것은 생각이 나지 않았다. 그저 황홀하고 행복하다는 감각이 전신을 지배했다.

완벽한 맛이었다. 익숙한 맛이면서도 흠잡을 곳이 전혀 없었다. 따뜻한 촉감과 연어인지 의심이 갈 정도로 쫄깃한 식감, 완벽한 맛이 대단한 조화를 이루며 환상적인 경험을 하게 해주었다. 실제로 조엘 에반스는 정신이 아득해졌다가 돌아오는 느낌을 받았다.

인간의 요리로 느껴지지 않았다. 천국에서 먹을 수 있는 요리가 있다면 바로 이것일 것이다.

조엘 에반스는 새로운 경지를 맛보았다. 그동안 최고라고 생각했던 것들이 무너지는 순간, 절망보다는 환희를 느꼈다. 또다시 목표를 정하고 달려 나갈 수 있었기 때문이다.

조엘 에반스는 건우를 바라보았다. 건우는 요리를 맛보는 출연진들을 흐뭇한 미소를 지으며 바라보고 있었다.

'어려서부터 요리를 했다고 했던가.'

조엘 에반스는 건우의 과거에 대해서 잘 알고 있었다.

여러 언론을 통해 공개가 되었고, 건우의 어머니가 직접 말한 내용을 가지고 팬들이 작성한 것이었다.

그가 알고 있는 건우의 과거는 이러했다.

가난한 어린 시절 덕분에 어려서부터 어머니가 일하는 작은 분식점에서 일을 도왔다. 어려서부터 천재였지만 그는 집안 사정 덕분에 천재성을 숨겼고, 학업을 관두고 어머니를 돕기 위해 일을 해야만 했다.

조엘 에반스가 볼 때는 건우는 살기 위해 요리를 한 것이었다. 그렇지 않다면, 아무리 천재라고 하더라도 이런 말도 안 되는 예술 작품이 나올 수 없었다.

그렇게 가수의 꿈을 접을 때, 몸을 날려 어린아이를 구한 인연으로 오디션 기회를 잡아 연예계에 입문하였다. 그리고 모두가 다 아는 월드스타 이건우가 탄생한 것이다.

조엘 에반스의 눈가에 눈물이 맺혔다. 이러한 맛을 얻기 까지 얼마나 많은 노력과 희생을 했을지 눈에 보이는 것 같았다. 조엘 에반스도 힘들게 요리를 배우기는 했으나 전형적인 엘리트 코스를 밟아온 인물이었다.

'나는 너무 평탄한 길을 걸어왔군.'

물론, 조엘 에반스의 생각과는 다르게 건우의 과거는 많이 미화가 되었다. 아무래도 언론과 소문에만 의지해 팬이나 기자들이 작성한 것이기 때문이다.

'내가 졌어.'

조엘 에반스는 고개를 끄덕이며 그렇게 생각했다. 승부는 이미 결정되어 있었다.

모든 출연진들이 정신없이 건우의 요리를 먹기 시작했다. 샐러드를 먹으니 건강해지는 기분이었고, 연어 크림파스타는 온몸이 녹아내리는 것 같은 기쁨을 선사해 주었다.

"아……."

"우와!"

무언가 멘트를 해야 하는데 할 수 없었다. 오로지 행복한 표정으로 요리를 먹을 수밖에 없었다. 접시에 담은 요리가 금방 동이 났다.

배동신이 조심스럽게 건우를 바라보았다.

"혹시 더 있나요?"

"아, 네."

건우는 옮겨 담지 않은 남은 요리까지 모두 담아주었다. 조엘 에반스도 행복하게 요리를 먹었다. 오디오가 비어버렸지만 행복에 물든 얼굴을 찍는 것만으로도 충분히 이야깃거리가 되었다.

"이제 다른 요리는 못 먹을 것 같아."

"저도요. 큰일 났네요."

한성수와 배동신이 고개를 설레 저으며 말했다. 건우의 요리를 접한 이들이 갖는 공통적인 부작용이었다.

"최기석 셰프님, 어떻습니까?"

"…제가 부끄러워지는군요. 지난날을 스스로 반성하게 만드는 요리입니다. 지금까지 제가 먹어본 모든 요리 중에서 최고입니다."

"김연진 셰프님도 하실 말씀이 있으신 것 같군요."

"네, 어휴, 대기실에서 제가 건우 씨를 제 식당에 초대했는데 큰일 났네요. 어떡하죠?"

한성수의 시선이 조엘 에반스에게로 향했다. 조엘 에반스는 말할 것도 없다는 듯 엄지를 치켜들었다.

"한국말로 뭐죠? 대박?"

"네, 맞습니다. 대박."

"대박입니다. 제가 뭐라고 평가할 수 있는 수준이 아닙니다. 이 대결은 의미가 없네요."

조엘 에반스는 건우를 바라보면서 박수를 보냈다. 건우는 고개를 숙여 화답했다.

"조엘 에반스 셰프님께서 스스로 지구에서 제일 요리를 잘한다고 하시지 않았습니까?"

"네, 맞습니다. 그 생각은 변함이 없습니다."

조엘 에반스가 단호하게 말했다. 그리고 말을 덧붙였다.

"이건우 씨는 우주적 존재이니 논외이고요. 역시 지구에서는 제가 제일 요리를 잘하지요."

조엘 에반스의 말에 모두 웃었다. 건우만이 대단히 민망해졌을 뿐이었다. 적당히 할 걸 그랬나 생각했지만 다시 생각해 봐도 그건 아니었다. 대결이었고, 석준이 그려놓은 큰 그림을 완성시켜 줘야 했기 때문이다.

그리고 조엘 에반스에게도 굉장히 큰 도움이 될 것이다. 인간의 한계에 가까운 미각을 지닌 조엘 에반스였다. 기운이라는 미지의 감각을 한번 접했으니 발전이 있을 수밖에 없었다.

승자는 자연스럽게 건우로 결정이 되었다. 조엘 에반스도 아주 만족하며 결과를 받아들였다. 예능 프로의 이벤트성 매치여서 큰 타격은 없겠지만 오히려 스스로 나서서 건우를 치켜세워 주었다.

"건우 씨, 오늘 엄청난 모습을 보여주셨는데 어떠셨습니까? 제가 보기에는 이거 한동안 엄청 화제가 될 것 같은데요."

"네, 정말 즐거웠습니다. 조엘 에반스 셰프님이 많은 부분 양보해 주셨고, 아무래도 제 인기 덕분에 이기지 않았나 싶습니다. 그래도 이겨서 좋네요."

한성수가 조엘 에반스를 바라보았다.

"리벤지 매치는 언제나 환영입니다."

"여기 고정 자리 있습니까? 다음 달에 또 오겠습니다."

"오오! 약속하신 겁니다."

"네, 물론."

조엘 에반스가 흔쾌히 약속을 했다. 그러나 건우는 나올 생각이 없었다. 마무리 인사를 마치고 녹화가 끝났다. 낮에 시작한 녹화는 밤늦게 끝났다.

한성수가 건우에게 다가왔다.

"건우 씨, 멋있었어요. 정말 장난이 아닌데요? 어디서 그런 걸 배웠나요?"

"영화 촬영 때 배웠어요."

건우는 대충 둘러댔다. 건우는 출연진 그리고 스태프와 인사를 나누고 조엘 에반스에게 다가갔다. 약속을 지키기 위함이었다. 건우의 매니저가 건우의 1집 앨범과 '존 리 페인' 블루레이 디스크를 가지고 왔다.

조엘 에반스가 그걸 보는 순간 눈이 반짝반짝 빛났다.

"사인해 드릴게요. 셰프님도 사인 좀 해주세요."

"물론이죠. 저도 선물을 준비했습니다."

건우는 직접 사인한 앨범과 블루레이 디스크를 그에게 주었고 그가 직접 주문 제작한 요리 칼을 선물로 받았다. 조엘 에반스의 사인이 양각되어 있었고 건우의 이름이 써져 있었다.

"영광입니다. 잘 쓰겠습니다."

"이거 너무 값비싼 선물을 받았네요."

"따님이 기뻐하셨으면 좋겠네요."

조엘 에반스는 앨범과 블루레이 디스크의 가치를 단번에 파악했다. 앨범은 시중에 판매하는 앨범과는 조금 달랐다. 건우가 따로 표지를 만들고 포장을 한 선물용 앨범이었다. 건우와 관련된 물품은 가격이 엄청났다. 특히 이런 세상에 몇 없는 앨범은 그 가치가 어마어마할 것이다. 건우가 나이가 들었을 때, 어쩌면 역사적인 물건이 될 수도 있었다.

조엘 에반스는 딸에게 이 선물을 숨기기로 바로 결정했다. 그는 딸 바보였지만 이건 어쩔 수 없었다.

'이걸 주면 되겠지.'

딸에게는 사인이 들어간 블루레이 디스크만 주면 될 것이다.

"아 셰프님 영상통화해야죠?"

건우의 말에 조엘 에반스가 환하게 웃으며 스마트폰을 꺼냈다.

조엘 에반스가 빠르게 영상통화를 걸었다. 일단 건우의 모습을 감추기 위해 몸을 약간 돌렸다. 건우의 모습이 스마트폰 화면에 나오지는 않았지만 옆에서 화면을 볼 수 있었다.

조엘 에반스의 스마트폰 화면에 그의 딸이 나타났다.

그가 늦은 나이에 얻은 딸이었다.

딸은 고등학생으로, 현재 한국 유학을 준비 중이라고 한다. 조엘 에반스가 한국에 온 것은 광고 촬영의 이유도 있었지만, 딸을 위해 전반적인 한국의 분위기를 알아보기 위해서였다.

건우는 딸의 얼굴을 보는 것만으로도 행복해하는 조엘 에반스를 보며 문득 궁금해졌다.

'무슨 기분일까?'

자신에게 자식이 생긴다면 어떤 기분일지 궁금했다. 건우가 해본 유일한 경험은 간접경험으로, '골든 시크릿' 때 요정왕 배역뿐이었다. 그마저도 제대로 된 간접경험도 아니었다.

딸을 향한 조엘 에반스의 감정이 느껴졌다. 그 감정은 아름다운 핑크빛 색채로 무엇보다 찬란하게 빛나고 있었다.

보고 있는 건우도 저절로 입가에 미소가 지어질 정도였다. 행복한 기운의 색채에 영향을 받는 것은 언제라도 기분이 좋았다.

—아빠? 꺄악!

그의 딸은 잔뜩 흥분해 있었다.

오늘 영상통화를 건 이유를 알고 있었기 때문이다.

조엘 에반스는 그 모습을 보며 웃음이 나왔지만 최대한 연기를 하며 침울한 표정을 하기 위해 노력했다. 녹화 중에 연기를 선보였을 때와는 확실히 달랐다. 흠잡을 곳 없이 자연스러워 보였다.

건우는 그 모습을 보면서 역시 사랑의 힘이라고 생각했다. 아빠의 사랑은 재능의 한계를 넘을 정도로 위대했다.

—아빠! 어떻게 되었어?

"에이미, 미안."

화면 속 에이미의 표정이 시무룩해졌다. 그러나 티를 내지 않으려 노력하며 웃었다.

—아니야. 괜찮아. 빨리 와.

"…흡."

조엘 에반스는 고개를 숙이고 웃음을 참기 위해 노력했다. 어깨가 들썩이는 모습에 에이미가 고개를 갸웃했다. 그는 웃음을 참을 수 없었다. 에이미가 마치 파티에라도 나가는 것처럼 엄청 꾸미고 있었기 때문이다. 에이미는 거추장스러운 것을 싫어하는 아이였다.

건우는 그런 조엘 에반스를 바라보며 웃고 있다가 슬슬 등장할 타이밍이라고 생각했다. 건우가 조엘 에반스 옆으로 슬쩍 다가갔다. 그 순간 에이미의 눈이 동그랗게 떠졌다.

—어…….

그녀는 그대로 굳어버렸다. 조엘 에반스가 결국 그런 딸의 모습에 웃음을 참지 못했다.

"하하하!"

건우도 그를 따라 웃으면서 화면을 바라보았다. 에이미는 아직도 굳어 있었다. 사고가 정지되어 버려 입을 벌린 채 멍하니 그렇게 서 있기만 할 뿐이었다.

"에이미 씨?"

―꺄아아악!

화면이 마구 흔들렸다. 에이미가 비명을 지르면서 어찌할 바 몰라 했다. 방심을 하고 있다가 예고도 없이 갑자기 건우가 혹 들어오니 패닉 상태에 빠져 버린 것이다.

"에이미! 진정해."

조엘 에반스가 나서서 진정시켰다. 에이미는 거친 숨을 내쉬며 가슴에 손을 올려놓았다. 두근거리는 심장이 진정되지 않는 모양이었다.

건우는 그녀가 진정할 때까지 기다려 주었다. 그녀가 다시 건우를 멍하니 바라보았다. 화면 속의 건우는 현실감이 없었다. 옆에 있는 그녀의 아빠와 비교가 되어 더욱 그러했다. 그냥 엄청 잘난 예술가가 와서 그려놓은 것 같았다. 아니면 할리우드 CG가 틀림없었다.

"에이미 씨, 안녕하세요?"

―아, 안녕하세요? 와…….

간신히 인사를 한 에이미는 빠르게 표정 관리를 했다. 그러나 막상 건우와 얼굴을 마주 보니 하고 싶었던 말을 잊어버렸다. 머릿속이 백지가 되어버린 것이다. 그녀는 온몸이 하늘을 붕붕 날아다니는 것 같은 기분을 느끼고 있었다.

조엘 에반스는 친근하게 건우와 어깨동무를 했다. 사전에 친한 척 좀 하겠다고 미리 양해를 구했기에 건우도 어울려 주었다.

"아빠 친구, 멋지지 않니?"

―아, 아빠, 건느님께 무슨 무례를…….

"아빠랑 친구라니까? 그렇죠?"

"네, 저랑 조엘 씨는 무척이나 절친한 사이죠."

건우가 그렇게 말해주니 에이미의 표정이 굳어졌다. 화면으로도 몸이 파르르 떨리는 것이 보였다. 충격이 컸는지 에이미의 동공이 마구 흔들렸다. 그러다가 눈물이 뚝뚝 떨어졌다.

"에이미?"

―흐… 흐윽, 아, 아빠가 흐으윽, 건느님과… 흐으윽! 친구… 흐어엉

에이미가 울기 시작했다. 감동을 못 이겨서 눈물이 펑펑 쏟아진 것이다. 그런 모습에 조엘 에반스도 울컥했는지 눈시울이 붉어졌다.

건우는 기왕 하는 김에 확실하게 서비스를 하기로 했다.

매니저가 기타를 가져와 주었다.

"조엘 씨, 아름다운 모든 것들 알죠?"

"당연하지요."

싱글 앨범의 노래 아름다운 모든 것들을 모르는 사람을 찾는 것은 모래사장에서 쌀알을 찾는 것만큼 어려울 것이다. 건우의 팬이 아니더라도 대부분의 사람들이 후렴은 다 알고 있었다. 전 세계인들이 사랑하는, 그야말로 전설이라 불리는 곡이었

기 때문이다. 조엘도 전부는 어렵지만 후렴 부분은 한국어로 부를 수 있었다. 영어 버전이 없었지만 팬들은 오히려 그걸 더 좋아했다. 자신이 모르는 언어였기에 더 환상적으로, 더 신비롭게 들렸기 때문이다.

건우는 오랜만에 아름다운 모든 것들을 연주하기 시작했다. 정규 앨범이 나오고 나서 콘서트 때 빼고는 거의 부른 적이 없었다.

건우가 노래를 시작했다. 에이미의 표정이 엄청난 감동으로 물들었다. 입을 틀어막으면서 겨우 그친 눈물을 다시 뚝뚝 흘리기 시작했다.

후렴 부분이 나오자 조엘 에반스도 같이 후렴을 따라 불렀다. 건우가 매니저와 코디에게 시선을 주자 건우의 뒤로 와서 리듬에 맞춰 손을 흔들었다. 두 MC와 셰프들도 그걸 보더니 뒤로 와서 같이 노래를 불렀다.

분위기를 타다 보니 건우도 꽤나 심취하게 되었다. 화려한 기타 솔로도 선보였고 애드리브도 넣어 불렀다. 마지막 소절을 부르자 모두 환호성을 질렀다.

에이미는 감동이 넘쳐서 그 어떤 말도 할 수 없었다.

"에이미 씨, 공부 열심히 하고……. 음, 건강 조심하세요."

—네, 네!

건우가 작별을 고하며 손을 흔들자 에이미도 겨우 웃으면서 손을 흔들었다. 건우와 이야기를 많이 하지 못하기는 했지만, 평생 기억될 만한 선물을 얻은 에이미였다. 아직도 꿈인지 현실인지 구분을 못 하는 듯 보였다.

"에이미, 그럼 집에 가서 보자!"

조엘 에반스가 그렇게 말했음에도 여전히 멍하니 손을 흔들고 있는 에이미였다. 영상통화가 끝나자 조엘 에반스는 건우에게 다시 한번 감사를 표했다. 그도 적지 않게 감동을 받은 모양이었다.

건우의 눈에 모든 출연진들이 자신의 주위에 모여 있는 것이 보였다.

"끝나고 어디 가시나요?"

"아, 저희 회식을 가려고 하는데……."

한성수와 배동신이었다.

알고 보니 건우에게 회식 참여를 권유하러 모든 출연진들이 남아 있던 것이었다.

"그럼 같이 가죠. 조엘 에반스 씨는 어떤가요?"

"건우 씨가 간다면 저도 물론 갑니다."

회식 장소를 아직 예약하지 않았는데, 건우는 어머니 식당에 전화해 재료가 남아 있는지 물어보았다. 다행히 막 문을 닫기 전이어서 아슬아슬하게 예약할 수 있었다.

"식당 문만 열어주시면 제가 다 할게요. 그냥 퇴근하시면 돼요."

—그러지 말고, 도와주면 우리 애들 보너스 좀 챙겨 주거라. 우리 애들도 돌아가지 않고 기다린다고 하는데…….

"물론이죠. 두둑하게 챙겨 드릴게요."

―그래. 기대하마.

건우는 피식 웃고 전화를 끊었다.

"저희 어머니 식당으로 가시죠."

"오오오!"

"우옷!"

전설이 될 회식의 시작이었다.

무려 조엘 에반스, 그리고 초호화 셰프 군단이 직접 식당에서 안주를 만드는 광경이 탄생되는 순간이었다. 참고로 이날 회식에서 어머니의 손맛을 본 조엘 에반스는 크게 감동해서 레시피를 얻어 갔고, 영국에 식당을 낼 의향을 밝혔다. 건우&조엘네 식당이 영국에 생긴 것은 꽤 가까운 미래였다.

3. 염원

이번 푸드 콘서트 이건우 편은 대단히 많은 관심을 받았다. 조엘 에반스가 출연하는 것만으로도 큰 화제가 될 텐데 매체 노출이 거의 없는 이건우가 출연한다고 하니 전 세계적인 관심이 집중되었다. 푸드 콘서트라는 프로그램에 대한 관심도 대단해서 그와 관련된 기사들이 연일 쏟아져 나왔다.

그 와중에 더욱 관심을 받게 되는 사건이 있었다.

바로 조엘 에반스의 SNS와 그의 딸 에이미가 올린 동영상이었다. 조엘 에반스는 건우의 동의를 받고 찍은 사진을 마음껏 방출했다.

특히 회식 사진은 굉장한 화제가 되었다.

조엘 에반스

맙소사! 미치도록 즐거운 날이었다.

우주적 존재인 건우와 한국의 뛰어난 셰프들.

우리는 빌어먹게도 즐거운 시간을 보냈다고!

그 위대한 이건우가 내 절친이 되었어!

[사진 첨부: 건느님과.jpg]

[사진 첨부: 최고의 날.jpg]

누구든지 내가 부러울 수밖에 없을 거다.

한국의 건우네 식당은 내가 가본 모든 식당 중에서 최고였다. 셰프라면 꼭 가봐야 함.

[사진 첨부: 건우네 식당.jpg]

#푸드콘서트회식#이건우#우주적존재#건우네식당

조엘 에반스의 SNS는 본래 거의 데스노트라고 보면 되었다. 칭찬을 찾아볼 수 없었고 악평만이 가득 담겨 있었는데, 먹어본 음식이나 식당에 대한 단점을 적은 글은 거의 송곳으로 쑤셔 파는 느낌이 들 정도로 신랄했다.

악평을 받은 식당으로서 오히려 영광이라고 생각될 정도로 조엘 에반스는 어마어마한 명성을 자랑했다. 그런 조엘 에반스가 처음으로 방긋 웃으면서 사진을 찍어 올렸다. 그것도 이건우와 함께 말이다.

조엘 에반스가 웃는 사진은 거의 없었는데, 이건우 옆에서는 활짝 웃는 모습을 보여 그도 역시 인간이었다고 많은 사람들

에 자신이 바랐고 현생에 자신이 걸어가기를 원하는 인생을 그리고 싶었다. 아주 정순한 기운을 담아 그려, 그 염원이 이뤄지길 바라고 싶었다.

건우는 오랜만에 운기조식을 하고 작업실에 들어가 펜을 잡았다. 정신은 맑고 육체는 최상이었다.

'내가 바라던 것, 내 염원은······.'

그가 간절히 원했던 것들을 떠올려 보았다.

처음 무림에 나왔을 때는 무림 최고의 고수가 되고 싶었다. 어떠한 힘과 세력 앞에서도 굽히지 않는 극강의 고수가 되고 싶었다. 그랬기에 비무행을 했고, 조금이라도 강한 자들이 보이면 몇날 며칠을 기다려서라도 도전을 했다.

극강의 고수? 과연 그것을 진정으로 원했던 걸까? 아니었다. 그 마음을 자세히 살펴보면 단순히 명예를 얻어 칭송받고 싶었던 것이다. 명예와 함께 따라올 부를 누리고 싶기도 했다.

힘이 있다면 무림 세계에서는 그것이 가능했다.

너무나 가난했고, 처절했던 어린 시절의 기억 때문인지도 몰랐다.

현생에 다시 태어나서도 전생을 기억하기 전까지 방황하던 시절에 사람들의 관심을 받고 싶어 하고, 유명해지고 싶었던 이유과 비슷했다. 유명해져서 부와 명예를 누리고 싶었다.

최초로 그 생각이 바뀐 것은 석준이라는 존재 덕분이었다. 현생과 전생, 모두 석준을 만나서 생각이 바뀌었고 인생이 바뀌었다. 명예보다는 온정, 부보다는 친우와 나누는 술 한잔의 여유를 알게 되었다. 앞으로 전진하는 법만 알았던 건우에게 새로운 방향을 알려주었다.

의리를 지키기 위해서 죽는 법을 배웠다.

진정한 우정을 깨닫게 해주었다.

'그리고……'

건우는 열린 문 사이를 바라보았다. 진희가 소파에 누운 채 잠들어 있었다. 밤샘 촬영을 하고 와서 그대로 뻗어버린 것이다. 건우의 입가에 미소가 걸렸다.

그녀를 만나고 나서 인생이라는 것이 무엇인지 알게 되었다. 진심으로 원하는 것이 무엇인지 깨달았다. 잃는 것의 두려움을 알게 되어 처절하게 몸부림쳤던 날을 아직도 기억한다. 얻었던 모든 것을 내려놓고 세상과 겨루었다.

가장 가치 있는 것은 마음이었다.

그 어떤 힘이나 천금과도 바꿀 수 없는, 건우가 가슴속에 품었던 마음이었다.

'지금의 나이 때 그렇게 몸부림쳤었지.'

그러나 지금의 상황은 완전히 달랐다.

그때는 눈앞이 어둡고 미래가 절망적이기만 했지만 이제는 행복한 결말이 상상이 되었다. 바로 눈앞에 잡힐 듯이 보였다.

'좋아.'

비 오는 날 오두막에서 헤어지면서부터, 그때부터의 이야기가 새롭게 떠올랐다.

전환점은 그때부터였다.

건우는 입가에 미소를 그리며 펜을 놀렸다. 의식하지 않았음에도 저절로 감정이 따라 움직였다. 자신의 상상 속에만 존재하던 것들을 꺼낼수록 점점 더 행복해졌다. 당연히 감정의 힘도 듬뿍 담겨 이루 말할 수 없는 아름다움이 그림 속에 새겨졌다.

'여기에는……'

건우는 펜을 놓고 벌떡 일어나서 음악 작업실로 들어갔다. 바로 기타를 잡고 떠오르는 악상을 악보에 옮겼다. 악상과 아름다운 장면이 머릿속에 날아다녔다. 건우는 그것을 붙잡기에도 벅찼다.

'내가 만들고 있는 것이 맞나?'

문득 그런 생각이 들 정도였다.

자신이 만들고 있는 것이 맞는지, 아니면 그냥 자신은 옮겨 적는 것일 뿐인지 구분이 잘되지 않았다. 생각하지도 않은 가사가 마구 나와서 금세 몇 곡이 뚝딱 완성되었다.

그 이후로도 무아지경이었다. 작업실을 옮겨 다니면서 그림과 음악 작업을 반복했다. 감정을 따라, 상상한 광경을 따라, 그렇게 계속해서 나아갔다.

시간 따위는 잊은 지 오래였다.

그리고 자신조차 잊었다. 무엇을 하고 있는지 인식이 되지 않았다.

띠잉!

정신이 든 것은 그의 기타 줄이 끊어지면서부터였다. 건우는 눈을 깜빡였다. 화경에 이르고 나서 느끼지 않던 피로가 한꺼번에 몰려왔다. 내력이 굉장히 많이 소모가 되어 있었다. 무언가 잡힐 듯이 잡히지 않은 깨달음이 보이는 것 같았다.

더 강한 힘이 위에서 유혹하고 있었다.

건우는 피식 웃으며 고개를 저었다. 이 이상의 힘은 필요하지 않았다. 건우는 위로 향할 욕심은 전혀 없었다. 지금의 행복에 아주 충분히 만족하고 있었다.

지금 지닌 힘이 자신이 감당할 수 있는 그릇이었다. 이 이상의 힘을 얻는다 해도 흘러넘칠 것이다.

"으으……."

온몸이 쑤셔왔다.

너무 과하게 집중해서일까? 아니, 집중과 몰입을 넘어 자아까지 잊을 정도로 무아지경이었다. 기타 옆에 놓아둔 핸드폰을 보니 완충되어 있던 배터리가 거의 바닥나 있었다. 며칠이 훌쩍 지난 것이다.

'기억이 끊겼었는데…….'

술에 취해서 필름이 끊기고 난 다음 날처럼 드문드문 기억이 나기는 하지만 전체적인 맥락은 기억나지 않았다. 건우는 일단 음악 작업물을 확인해 보았다.

굉장히 많은 곡이 녹음되어 있었다. 재생을 하니 기타 소리가 들려왔다. 기타로만 연주한 곡이었지만 건우를 순식간에 빨려 들어가게 만들었다.

"오……."

건우는 그대로 감상에 빠졌다. 다양한 분위기의 곡들이었다. 구슬픈 멜로디도 있었고, 듣는 것만으로도 희망을 꿈꾸게 하는 멜로디, 행복한 멜로디도 있었다. 마치 건우가 생각하고 있던 모든 운율을 쏟아낸 것 같았다.

노래를 부른 곡도 있었는데, 가사는 다듬어야 할 부분이 많았지만 후렴 부분은 대부분 완성되어 있었다.

자신이 작곡했던 감각은 존재했다. 그러나 다시 하라고 하면 할 자신이 없었다. 이번 생에 이것을 뛰어넘는 곡을 만들 수는 없다는 생각이 강하게 들었다.

"와, 엄청 좋다! 듣느라 움직이지도 못했어!"

"음?"

"신기하네? 나 옆에 있는 거 몰랐어?"

언제 들어왔는지 진희가 작업실 안에 서 있었다. 진희는 온몸을 가리는 롱패딩을 입고 있었는데, 촬영을 나갔다가 방금 들어온 것 같았다. 시계를 보니 이른 새벽이었다. 진희가 옆에 오는 걸 모를 만큼 건우는 진이 빠져 있었다.

"저번 주부터 엄청 바쁘게 작업해서 그냥 놔뒀어. 뭔가 말을 붙여 집중을 깨면 후회할 것 같아서……."

"그래?"

진희는 건우에게 다가와 가까이에서 건우의 얼굴을 살펴보았다. 늘 반짝이던 얼굴은 조금 초췌해져 있었다. 그게 마음에 안 드는지 얼굴을 만지작거렸다.

"2집 작업하는 거야?"

"모르겠어."

"응?"

"사실 잘 생각이 안 나거든."

건우가 그렇게 말하자 진희는 잠시 생각에 빠졌다가 고개를 끄덕였다. 예전의 그녀라면 이해할 수 없었을 테지만 지금은 충분히 이해가 가능했다. 워낙 비현실적인 일들을 많이 보아왔기 때문이다.

"이거 2집으로 나오면 또 대박 날 것 같아."

"음, 원래 진우전생록에 들어갈 곡을 작업하려 했던 것 같은데……."

"그것도 좋을 것 같아. 그런데 어차피 나중에 밝힐 것 아냐?"

"그렇긴 하지."

"그럼 앨범도 나오고 진우전생록에도 들어가면 딱 좋겠네!"

처음에는 그럴 의도는 없었지만 진희의 말대로 그것도 나쁘지 않을 것 같았다. 가장 아름다운 결말에 어울리는 음악과 노래였다. 이 이상의 작품은 나올 수가 없었다.

"아! 그림도 그렸는데……."

"그림 같이 보자. 잠깐만, 옷 좀……."

"너무 훌렁 벗는 거 아냐?"

"후후……."

허물 벗듯이 옷을 벗는 모습에 건우가 고개를 설레 저었다. 그러고는 건우의 등에 달라붙자 건우는 어쩔 수 없이 그림 작업실까지 옮겨주었다.

한꺼번에 그려서 분량이 엄청 많고 이것저것 섞여 있었다. 순서를 맞추고 편집을 하는 데 꽤 시간이 걸릴 것 같았다. 그럼에도 불구하고 당장 모니터 화면에 보이는 그림은 환상적이었다.

진우와 연이 황금빛 갈대밭을 바라보며 앉아 있었다. 그들은 갈대밭에서 뛰노는 아이를 행복한 눈으로 바라보고 있었다. 그 아이는 그 둘을 꼭 닮아 있었다.

건우는 잠시 말을 잊었다. 아주 오랜만에 눈시울이 붉어졌다. 진희도 그 그림을 보고 형용할 수 없는 감동을 받았는지 살짝 눈물을 보였다.

"와……"

진희가 건우의 손을 꼭 쥐며 그를 바라보았다.

"내가 바라던 모든 것들이 여기에 있어!"

진희의 말에 건우는 잠시 말을 잊었다. 그녀를 잠시 바라보다가 웃으며 고개를 끄덕였다.

그 말이 그에게 있어 최고의 찬사였다.

*   *   *

조엘 에반스가 건우네 식당에 방문한 이후, 건우네 식당은 한층 더 유명해져서 매일 가게 앞이 북적이게 되었다. 조엘 에반스와 건우의 어머니가 나란히 찍은 사진은 여러 사진이 걸려 있는 벽 가운데에 자리해 있었다. 이미 맛집이었지만 지금은 일반인들도 모두 아는 전 국민의 맛집이 되어버렸다.

식사 시간대가 아닌 때에도 길게 줄을 설 정도였다. 급하게 신입 직원을 충원했고 가게를 확장했다.

　일은 고되고 힘들지만 건우네 식당은 가장 아르바이트하고 싶은 곳 1위에 꼽혔다.

　건우의 어머니는 돈보다 손님들에게 맛있는 음식을 대접하고, 직원들의 복리후생을 챙겨주는 것을 보람으로 삼았다. 그렇기 때문에 수익에 대한 기대는 하지 않았지만 의외로 수익이 굉장히 많이 나게 되었다. 건우는 스승님이 말해준, 비우면 얻는다는 말이 실감이 되었다.

　늘 그렇듯 건우의 이야기는 한동안 계속 화제가 되었다. 그 열기가 가라앉기까지 꽤 많은 시간이 걸렸다. 요즘같이 하루하루 급격하게 변하는 화젯거리를 볼 때 기이한 현상이었다. 웬만해서는 검색어 순위에서 잘 내려오지 않다가 최근에 들어서야 사라지게 되었다.

　건우는 그런 것에 전혀 신경을 쓰지 않고, 미완성의 작업물을 완성시키는 데 많은 시간을 보냈다. 음악 같은 경우에는 가사를 쓰고 편곡을 하느라 시간이 많이 걸렸다.

　하나하나 신중하게 작업했고 작업 도중에 흥이 붙어 굉장히 몰입하게 되었다. 전처럼 무아지경 수준은 아니었지만 시간을 잊어버릴 정도는 되었다.

　"음……."

　건우는 작업물을 보면서 고개를 설레 저었다. 불만족스러워서가 결코 아니었다. 자신이 해놓고도 어이가 없어서였다.

　'진짜 정규 앨범으로 내도 될 만한 곡들이 탄생해 버렸는

데······.'

진우전생록에 있던 기존 곡들을 수정해서 만든 노래, 추가할 노래, 그리고 앞으로 들어갈 노래들로 구성되어 있었다. 웬만한 결과물이었으면 앨범을 생각하지도 않았을 것이다.

'너무 좋은 것도 문제로군.'

문제가 있다면 너무나 좋다는 것이었다. 건우가 들어봐도 너무 좋았다. 하루 종일 듣고 있어도 전혀 질리지 않을 정도였다. 자신의 목소리가 이렇게 아름답게 들릴 수 있다는 것도 처음 알게 되었다.

단순히 좋다는 것을 넘어 부정적인 기운을 정화하고 정신을 맑게 하는 등 그가 바랐던 긍정적인 효과들마저 있었다. 무슨 정신에서 쓴 건지 기억도 나지 않는 가사의 내용을 곱씹어보면 무언가 있어 보이기까지 했다.

'마치 미래의 능력을 당겨 쓴 느낌이야.'

예기치 않게 탄생했지만 이보다 더 좋은 노래들을 만들 자신이 없었다. 평생 노력한다면 넘어설 수는 있겠지만, 세상에 나올 수는 없을 것이다. 이 이상은 너무 위험했다. 지금 딱 나온 결과물이 아슬아슬하게 선에 걸쳐져 있었다.

그 선을 넘어선다면 자신의 광신도가 탄생하는 등, 부정적인 영향을 끼칠 수도 있었다. 아무리 좋은 것이라도 지나치면 독이 되었다.

'앨범 이름은······.'

건우는 이 노래를 하나로 묶는 앨범의 이름을 '염원'이라고 지었다. 진우전생록 OST 앨범 및 건우의 2집 정식 앨범이 될 것이다.

'일단 회의를 해야겠지.'

진우전생록에 자신의 노래를 넣는 것은 그 혼자 무리하게 진행시킬 수도 있었지만, 그래도 여러 사람들의 의견을 들어봐야 했다. 이미 진우전생록은 하나의 거대한 문화였고, 건우 역시 엄청난 영향력을 지닌 월드스타였다. 둘의 컬래버레이션은 상상 이상의 파급력을 불러올 것이다.

건우는 마지막으로 향하는 이야기 곳곳에 노래를 배치했을 뿐만 아니라, 그동안 진우전생록에 삽입된 곡을 전반적으로 리뉴얼했다. 가사를 붙여 노래를 부른 것들도 있었다.

한 챕터가 시작될 때, 혹은 끝날 때마다 그 주제와 인물에 맞춘 노래들이었다. 그중 몇몇 곡은 무아지경 상태에서 탄생한 것들이라 어떤 생각과 감정으로 탄생한 것인지 기억이 나질 않았다.

노래를 듣고, 진우전생록과 매치를 시켜보니 뺄 수가 없었다. 평소에 부족하다고 느껴졌던 조각이 맞춰지고, 비로소 진우전생록이라는 거대한 이야기가 완성되는 느낌이었다.

"아무튼 작업도 모두 끝났고……."

모든 이야기가 끝이 났다. 분량이 상당히 많았는데, 어느 하나 흐트러진 곳이 없었다. 한 컷, 한 컷이 모두 살벌했다. 그림이기는 하지만 고수들은 그림 안에 숨겨진 심득을 읽어낼지도 몰랐다. 예술 쪽에 몸을 담고 있는 이들은 보는 것만으로도 살짝 넋이 나갈 것임에 틀림없었다.

건우조차 수십 번 감탄했으니 말이다.

건우는 지금 보내는 것보다는 모두가 있을 때, 직접 부여주고 의견을 듣고 싶었다. 건우가 그동안 어렴풋이 생각하고 있던 계획을 알릴 때가 된 것 같기도 했다. 어쩌면 그것을 위해서 지금까지 돈을 벌고 달려온 것인지도 몰랐다.

건우는 마지막 화를 다시 한번 훑어보았다. 몇 번을 보아도 질리지 않았고 볼 때마다 다른 감정을 느끼게 해주었다. 진희도 작업실에 올 때마다 정주행을 하고 가고는 했다.

'가슴이 벅차오르네.'

얼마 전까지만 해도 확신은 없었다. 길게 휴식을 가지면서 천천히 생각해 볼 생각이었다. 그러나 이렇게 완성을 하고 나니 자신감과 확신이 생겼다.

'해보자.'

건우가 진지하게 고민하고 계획한 것은 바로 진우전생록의 영화화였다. 에드스타 측에서는 애니메이션 제작도 진지하게 염두에 놓고 있었는데, 건우는 더 나아가 영화를 만들어보고 싶었다.

그가 잭에게 영화에 대해 심도 있게 배운 것도 그것을 위해서였다. 물론 그가 직접 연출을 할 생각은 없었다. 그에게는 잭과 리더라는 유능한 친구들이 있었다. 잭과 리더의 연출을 본 순간부터 진우전생록의 영상화 계획이 머릿속에 들어와 있었고 지금에 이르러 구체화된 것이었다.

'음, 그러고 보니……'

진우전생록 팬들 사이에서 진우전생록이 영화화가 된다면 주인공은 누구로 할지 설문 조사를 했다고 한다. 처음에는 어느 네티즌이 흥미로 시작했다가 점점 더 커져서 에드스타 측에서 그것을 보고는 공식 설문 조사를 했다.

건우에게도 결과를 알려줬었는데, 작업에 집중하느라 흘려들었다.

건우는 흥미를 가지고 오랜만에 에드스타에 접속했다.

"오……."

에드스타는 한층 더 커져 있었다. 여러 예술가들이 모인 플랫폼은 이미 세계 최대 규모가 되었다. 예술가들을 위한 공식 플랫폼의 이름은 다시 바뀌었는데, '아트 스테이션'이었다. 다양한 분야의 예술가들이 자유롭게 수익 창출의 기회를 얻고 있었다. 아트 스테이션에서 유명해진 가수가 빌보드에 이름을 올릴 정도로 규모가 커져 있었다. 아마추어 가수들이 기회를 잡기 위해 자신의 영상을 올려놓기를 주저하지 않았다.

에드스타의 규모는 이제 그 유명한 페이스클럽을 추월했다고 하는데, 건우는 솔직히 실감이 나지 않았다.

'아! 그러고 보니……'

에드스타에서 미튜브를 인수했다는 기사를 본 것 같았다. 건우는 생각난 김에 미튜브를 확인해 보니 에드스타의 동영상 플랫폼인 플레이스타와 결합되어 있었다.

'커지는 건 좋은데 조금 무서울 정도로군.'

건우는 에드스타 초창기에 대규모 투자를 한 대주주였다. 상당한 지분을 가지고 있었다.

에드스타가 성장통을 겪고 자금이 힘들었을 시기에 딱 타이밍 좋게 나타나 거금을 투자하고 지금까지 잊고 있었다. 미국에서의 수입은 UAA와 개인 자산 관리사가 관리해 주고 있었다.

"내가 너무 무심했나?"

에드스타의 CEO 앤드류 페이지는 세계에서 가장 영향력 있는 50인의 기업가에 들어가 있었다. 무서운 점은 아직도 그 성장이 어디까지 이어질지 감이 잡히지 않는다는 점이었다.

아무튼, 그러한 이유로 자금은 전혀 문제가 없었다. 에드스타 건을 제외하더라도 지금 당장 지니고 있는 사비를 털어도 그럭저럭 큰 규모의 영화도 만들 수 있었다.

영화 제작자로서의 입장으로 진우전생록을 영화화할 때 제일 걱정스러운 것은 제작비보다도 판권이었다. 판권만 4천억 가까이 될 것이라는 전문가들의 추측이 나오고 있을 지경이었다. 일반적인 영화 제작비를 훨씬 넘어서는 금액이었다. 그러나 진우전생록은 그의 것이니 판권은 상관없었다.

그것만으로도 돈을 버는 것이 아닐까?

건우는 그런 생각을 하다가 피식 웃었다.

"어디……"

건우는 설문 조사를 찾아보았다.

건우가 진우전생록을 그릴 때 본래 기억과는 달리, 일부러 다양한 인종을 그려 넣었다. 배경은 한국 판타지이기는 하지만 그곳에 등장하는 인물들은 다양한 인종이었다.

다양한 인종은 전혀 문제가 될 것이 없었다. 그것보다 더한 종족이라는 개념이 있었기 때문이다.

진우전생록은 판타지였다. 지극히 판타지적인 종족이 대거 등장했다. 화산파의 인물 같은 경우에는 늑대와 사람이 섞인 모습으로 재탄생되기도 했다. 아미파는 토끼 선인들로 그렸다. 마교의 인물들 같은 경우에는 오히려 인간들의 비중이 많았는 데, 사람들의 탐욕을 나타내고 싶은 건우의 마음이 들어간 결과였다.

그렇게 다양한 인종과 종족이 한곳에 어울려 있는 것이 바로 진우전생록이었다.

'CG를 써야겠지만 재미있겠어.'

영화 CG 기술은 이미 충분히 경험해 본 건우였다.

완성된 영상으로 접했을 때의 감동은 분명 대단할 것이다.

건우는 잡생각을 멈추고 본격적으로 순위를 살펴보았다. 진우전생록의 주인공 진우의 역할로 가장 어울리는 배우는 당연히 건우가 압도적이었다.

당연했다. 전생의 건우와 무척이나 닮은 모습이었기 때문이다. 지금보다 훨씬 야생적이기는 하지만 누구라도 건우의 모습을 떠올렸을 것이다.

진우: 이건우 [득표율 89%, 1위]

연: 김진희 [득표율 43%, 1위]

연은 진희를 비롯한 많은 배우들이 각축전을 벌이고 있었다. 다행이라고 해야 할지는 모르겠지만 진희가 앞서가고 있었다. 건우는 스크롤을 내리다가 재미있는 걸 발견했다.

석: 이석준(YS 대표) [득표율 29%, 3위]

석은 석준이었다. 건우는 석준의 인물을 비틀어 곰 같은 형태로 그렸는데, 석준의 느낌이 완전히 빠지지 않아 석준과 닮았다는 이야기가 나오고 있었다.

특히 요즘 TV에 많이 출연하면서 그런 이야기가 심심치 않게 화제 글로 올라왔다. 석준은 그게 기분이 좋은지 한때 프로필 사진을 석의 모습으로 한 적이 있었다. 그래서 얻은 별명이 곰석준이었다.

'에란 로비도 있고… 로크 존슨도 있네.'

다양한 배역에 다양한 할리우드 스타가 후보로 올라와 있었다. 건우와 개인적으로 친분이 있는 이들도 있었고 아예 없는 이들도 많았다. 여러 사람의 관점에서 보니 건우의 고개가 절로 끄덕여질 정도로 배역에 어울리는 이들이 많았다.

물론 한국 배우들도 많았다. 진우의 스승 같은 경우에는 최운식이 뽑혔다. 요즘에도 석준과 같이 만나 술을 마시곤 했는데, 최운식은 건우를 볼 때마다 크게 기뻐했다. 건우를 볼 때마다 자신이 젊어지고 건강해지는 느낌이 든다고 했다. 실제로 건우가 나쁜 기운을 정화해 줘서 그런 것도 있었다.

'최근에는 한가하시다고 했던가?'

마음에 드는 작품이 없어서 길게 쉬고 있다고 한다.

건우는 할리우드에서도 최운식만큼 연기를 잘하는 배우를 본 적이 없었다. 첫 드라마 때 건우에게 조언을 해준 연기 스승이기도 하고, 석준만큼 가깝지는 않았지만 좋은 형님이라고 생각하고 있었다.

이렇게 설문 조사를 보니 머릿속에서 계획이 더욱 구체화되었다. 의욕이 마구 뿜어져 나왔다. 얼마 전까지 아무것도 하지 않으면서 뒹굴거리던 자신이 한심하게 느껴질 정도였다.

'일단 초대를 해볼까?'

직접 얼굴을 맞대고 회의를 하고 싶었다. 그만한 사안이기도 했다. 대형 배급사들이 가장 탐내는 작품이 바로 진우전생록이었다.

건우는 바로 핸드폰을 들었다. 가장 먼저 전화를 한 것은 역시 석준이었다.

―오, 무슨 일이냐?

"뭐 하시고 계세요?"

―나 섬섬옥수수 촬영 중이야. 아! 잠깐만……!

섬섬옥수수의 새로운 시즌이 시작된 모양이었다. 공교롭게도 타이밍이 겹쳤다. 섬섬옥수수를 떠올리니 고생하고 있는 동진과 성균의 모습이 눈에 선했다.

나 PD의 성격상, 동진과 성균을 그냥 둘 리 없었다.

―건우야! 보고 싶다!

―건우 형! 흐으윽!

성균과 동진의 목소리가 들려왔다. 그 목소리를 들으니 이번 편도 엄청 고생하고 있는 것 같아 마음이 짠해졌다. 특히 성균은 흐느끼고 있었다. 그 흐느낌은 반쯤은 장난이었지만 진심이 담겨 있었다.

―건우야, 나 PD 좀 혼내줘라. 석준이 형도 엄청 고생하고 있다. 나 PD 이번 시즌 들어서 완전 악마로 각성했어.

"동진이 형, 좀 더 고생하셔도 될 것 같은데요. 아직 목소리가 생생하시네."

―너무하는구만. 야, 우리 지금 이제 첫 끼야. 그것도 미역만 먹고 있다.

"그래도 한 끼는 드시니 다행이네요."

지금 저녁이 다 되어가는 시각이었다.

섬섬옥수의 애청자라면 저것이 기본이라는 것을 알 수 있을 것이다. 예전의 건우 편이 이상한 것이었다.

아무리 YS의 대표가 출연했다고 하더라도 나 PD라면 인정사정 봐주지 않고 마구마구 굴렸을 것이다.

나 PD의 목소리가 들려왔다.

―건우 씨! 안녕하세요?

"감독님. 오랜만이네요. 엄청 악독하시다는 소문이 여기까지 났습니다."

―악독은요. 제가 얼마나 출연진들을 배려해 주는데요. 아!

푸드 콘서트 봤습니다. 나중에 저희 섬섬옥수수에도 꼭 한 번 다시 나와주세요! 건우 씨를 위해 다양한 것들을 준비해 놓겠습니다! 아마 나오시게 되면 즐겁게 고생하시다 가실 겁니다.

"제가 나가면 오히려 감독님께서 고생하실 텐데요."

건우는 나 PD의 도발을 가볍게 흘렸다. 잠시 이야기를 하다가 석준에게로 다시 전화가 넘어갔다. 건우가 다음에 다시 건다고 했지만 석준은 그 자리에서 마이크를 떼고 사적인 이야기를 할 수 있게 장소를 옮겼다.

제작진도 석준을 배려해 주었다.

—그래, 무슨 일이냐. 네가 이 시간에 전화를 다 하고.

"그게……."

—잠깐만, 심호흡 좀 하고. 흡 하! 흡 하!

"그럴 것까지는 없는데요."

—아냐, 뭔가 느낌이 와. 음, 좋아! 말해봐라.

석준의 목소리가 진지해졌다. 석준은 정말로 충격에 대비하고 있었다.

"아, 다름이 아니라 그 어쩌다 보니까 앨범 하나가 완성되었는데요."

—뭐?

잠시 정적이 생겼다. 석준이 목소리를 너무 크게 냈는지 잠시 주위를 살피는 것 같았다.

—뭐, 뭐? 갑자기? 아무런 말도 없이? 앨범?

귓속말하듯 속삭이면서 말하기 시작한 석준이었다. 그 목소리는 황당함이 잔뜩 묻어나 있었다.

"네, 근데 그게 본론이 아니라……."

—으, 음. 그래. 아니! 어떻게 된 건지 처음부터 설명해 줘.

"그러니까……."

건우는 진우전생록을 완성하면서 노래까지 만든 것을 설명했다. 건우의 이야기가 진행될수록 어이없다는 반응이 나왔다. 진우전생록 완결분까지 작업이 끝난 건 축하할 일이었다. 그러나 거기에 들어갈 노래들로 앨범 하나의 구성을 만들었다는 것은 분명 회사 차원에서 이야기를 나눠야 했다. 게다가 그것마저 본론은 아니었다.

건우는 모든 것을 이야기했다.

—영화?

"네, 예전부터 생각해 왔던 건데요. 슬슬 구상 중이에요. 아! 당장 하겠다는 건 아니고요. 완결 이후에 시간을 가지고 천천히 하려고 해요."

—그, 그래. 음……

석준은 머리가 복잡한 것 같았다. 건우는 관련자들을 초청해 직접 이야기를 나누고 싶다고 말했다. 석준도 그 부분에 대해서는 동의했다.

—알았다. 일단 내일 이야기하자.

"네, 사옥으로 갈게요."

—그래, 내일 보자.

석준은 방금 전보다 꽤나 지쳐 보이는 목소리였다. 건우는 상당히 미안해졌다. 늘 그렇듯 이번에도 크게 일을 벌이려 하고 있었기 때문이다. 이번에는 건우가 벌인 일 중 사상 최대가 될 전망이었다.

'계획한 것들이 모두 완성된다면……'

작품 활동에 대한 미련이 없어질지도 몰랐다.

물론, 끝까지 가봐야 아는 것이지만 말이다.

*   *   *

건우가 석준에게 툭 던지듯이 가볍게 언급하기는 했지만 절대 가벼운 사안이 아니었다. 진우전생록과 건우의 노래와의 만남, 진우전생록의 완결, 그리고 최종적으로 진우전생록 영화화 계획까지. 하나만 나오더라도 엄청난 파급력이 될 소식이 연달아 펼쳐지게 되는 것이었다. 그러니 의견을 조율하는 자리가 필요했다.

YS에서 연락을 한다고 했지만 건우가 직접 UAA와 에드스타, 그리고 유니크 스튜디오에 전화를 했다. 유니크 스튜디오에 전화를 한 이후는 영화 제작을 유니크 스튜디오와 함께하고 싶어서였다. 건우가 아는 가장 투명하고, 가장 열정적인 영화 제작사였다. 잭과 리더는 진우전생록에 관심이 엄청 많아 작가와 만나는 것이 소원이라고 말할 정도였다.

건우가 초청을 하자 모두 기꺼이 오겠다는 의사를 밝혔다. 사업 이야기도 하겠지만 앞으로를 위해서 관계를 돈독히 하기 위한 것도 있었다. UAA를 대표해서 마이클이 오기로 했고, 잭과 리더 역시 흔쾌히 방문할 것을 약속했다.

그리고 잭이 온다고 하자, 크리스틴 잭슨 사단이라 불리는 이들도 함께 내한하기로 했는데, 바로 리더와 로크 존스와 조나단이었다. 로크 존슨은 '존 리 페인'을 통해 스타 반열에 들어 몸값이 상당해졌다. 할리우드 최고의 스턴트 코디네이터인 조나단은 말할 것도 없었다.

에드스타의 CEO 앤드류 페이지 역시 일정을 비우면서까지 건우의 초청을 받아들였다. 건우는 에드스타의 은인임과 동시에 결코 무시할 수 없는 대주주였다. 지금 에드스타가 건우의 콘텐츠와 자금에서 탄생했다고 해도 과언이 아니었다. 건우가 가볍게 식사를 하자는 제의를 했어도 바로 개인 비행기를 타고 날아왔을 것이다.

앤드류 페이지가 미국 대통령보다도 중요하게 생각하는 인물이 바로 건우였다.

앤드류 페이지는 요즘 굉장히 바빴는데, 세계 각국에 초청을 받아 강연도 하고, 세계 정상들도 만나는 등 아주 바쁜 행보를 보내고 있었다. 요즘 대학생들이 뽑은 가장 선망하는 사업가 1위에 뽑히기도 했다.

미국을 갔을 때 앤드류 페이지와 연락을 하긴 했지만 약속까지 이어지지는 않았다. 그때 당시 앤드류 페이지는 대단히 바빴고 건우도 영화 때문에 바빴기 때문이다.

만남의 장소는 YS의 사옥이었다. 사옥의 가장 좋고 큰 회의실에서 만남이 예정되어 있었다.

실제 약속하기는 했지만, 약속이라도 한 것처럼 각 영역의 거물급 인물들이 내한을 하니 한국 언론은 난리가 날 수밖에 없었다.

이런 상황에서 주목을 하지 않는 것이 이상할 것이다.

<때아닌 거물들의 내한, 그 이유는?>

금일 오전 갑작스럽게 거물급 인사들이 내한해 전 세계의 이목을 집중시키고 있다.

가장 주목받는 사업가 1위에 꼽힌 에드스타의 CEO 앤드류 페이지가 개인 비행기를 타고 가장 빨리 도착했고 뒤이어 많은 명작을 남겼을 뿐만 아니라 최근 몇 년 동안 '골든 시크릿 1부', '존 리 페인'까지 연이어 흥행시켜 블세출의 영화감독으로 자리매김한 크리스틴 잭슨, '존 리 페인'에서 주목받기 시작한 로크 존슨과 할리우드 최고의 스턴트 코디네이터 조나단 네이슨, 그리고 유니크 스튜디오의 주요 인물들이 뒤를 이어 공항에 모습을 드러냈다. UAA의 대표 에이전시 마이클 보라스까지 같은 시간대에 내한을 했다.

특히, 에드스타의 앤드류 페이지의 경우에는 올해 한국에서 개최했던 세계 미래 기업 포럼의 초청을 고사할 만큼 바쁜 한 해를 보내고 있었기 때문이 더욱 주목을 받고 있다. 수많은 러브 콜을 고사한 그가 무엇 때문에 내한했는지 많은 이들이 궁금해하고 있는 상황이다.

앤드류 페이지보다 1시간가량 늦게 내한한 영화감독 크리스틴 잭슨의 한국 사랑이 여전해서 한글로 자신의 이름이 써진 티셔츠를 입고 오는 등 공항에서부터 화끈한 모습을 보여주었고 로크 존슨은 10분이 넘는 시간 동안 공항에 머물며 팬서비스를 해주었다.

그들의 방문이 우연일 수도 있겠지만, 모두 정확한 스케줄을 밝히지 않는 점, 같은 날 비슷한 시간대에 내한했다는 점을 볼 때 결코 우연이 아니라는 분석이다.

한편, 네티즌들은 '크리스틴 잭슨 감독님 귀엽다', '무슨 일이 있는 거지?', '무슨 일이 벌어질지 궁금하다', '로크 존슨은 덩치가 더 커진 듯' 등의 반응을 보였다.

뉴스와 기사도 나왔고 공항에 있던 이들이 찍은 인증샷도 올라왔다. 앤드류 페이지 같은 경우에는 찍힌 사진이 별로 없었지만 로크 존슨과 크리스틴 잭슨 같은 경우에는 팬서비스가 대단해서 아주 많은 사진을 남겼다.

'신났군.'

건우는 핸드폰으로 그들의 사진을 보면서 피식 웃었다. 로크 존슨은 사인을 받으러 온 꼬마를 번쩍 들고 있었고, 잭은 무슨 록스타라도 되는 듯이 두 팔을 번쩍 올린 제스처를 취하고 있었다. 조나단이 제일 정상적인 모습이었고 리더는 여전히 눈치를 보면서 쭈그리고 있는 모습이었다.

마이클의 사진도 있었다. 마이클은 여전히 무슨 정보국의 인물 같은 느낌이 났다.

그들 모두 호텔에서 짐을 푼 다음, 잠깐 휴식 후에 YS로 오고 있었다. 지금쯤이면 YS에 온다는 소문이 모두 퍼졌을 것이다.

건우는 미리 YS 사옥에 와 있었다. YS의 내부에서는 손님맞이에 정신이 없었다. 그렇게까지 할 필요는 없었지만 절대로 얕보일 수 없다는 석준의 강한 의지가 담겨 있었다.

"홀에 다 설치했어?"

"네! 이제 전력만 들어오면 됩니다!"

"좋아! 설치 2팀, 설치 2팀. 보고!"

―설치 2팀, 순조롭게 설치 중.

복도에 잠깐 나와보니 스태프들이 굉장히 바빠 보였다. 괜히 고생을 시키는 게 아닌가 싶었지만 모두 굉장히 의욕적이었다.

YS 소속 가수들로 축하 공연을 한다는 것을 건우가 간신히 말렸다.

'UAA 덕분이겠지.'

석준은 미국 최고의 에이전시에서 가장 유명한 에이전트가 방문하니 확실히 무언가 보여주고 싶어 했다. 마이클은 YS에 방문한 적이 있었는데, 그때와는 달라졌다는 것을 확실하게 각인시켜 줄 생각인 것 같았다. 그리고 앤드류 페이지도 온다고 하니 기합이 들어가는 건 당연했다.

'괜찮을까?'

그래도 너무 오버하는 건 좋지 않았다. 그렇지만 석준의 열정 넘치는 모습에 건우는 더 이상 말릴 수 없었다. 축하 공연을 말린 것에서 만족하기로 했다.

"건우야, 어떠냐?"

건우가 잠시 복도에서 오가는 스태프를 보고 있을 때 뒤에서 석준이 다가왔다.

"혼자 무슨 시상식이라도 가요?"

"흐흐, 그만큼 멋지냐? 카메라 마사지를 받아서 그런지 나도 이제 좀 귀티가 나지 않냐? 내가 어렸을 적에는 모델 제의를 많이 받았지. 그때로 돌아가고 있는 것 같아."

"음… 그게……. 뭐, 꽤, 괜찮네요."

어디 시상식이라도 가는 것처럼 차려입은 석준이었다. 나비넥타이까지 했는데, 건우는 조금 아닌 것 같았지만 석준의 의도를 존중해 주기로 했다.

이렇게 요란 법석을 떨면서 손님맞이를 하기는 하지만 자세한 일은 YS에서도 기밀이었다. 석준은 입단속을 철저하게 하고 있었다.

"정말 궁금해 미치겠다. 손님도 손님이지만 오늘 공개하는 것들도 정말 기대가 돼. 그런데 너무한 거 아니냐? 나한테는 미리 좀 알려줘도 되잖아. 알고 있지? 나 네 소속사 대표라고?"

"감동해서 기절할까 봐 미리 안 알려준 거예요. 일에 지장이 생기면 안 되잖아요?"

"오, 그 정도냐? 자신감이 대단한데?"

건우는 작업물을 석준에게도 보여주지 않았다. 모두가 모인 자리에서 생생한 반응을 보고 싶었기 때문이다. 그리고 얼마 전까지도 계속 수정에 수정을 거듭해 더 완벽한 상태로 만들어냈다.

건우가 기대하라며 웃어 보이자 석준은 오히려 진지한 표정으로 고개를 끄덕였다. 건우가 한 말이 결코 과장으로 들리지 않았다. 그가 이룩한 것들이 그것을 증명하고 있었다. 사소하게 한 말도 가볍게 들어서는 안 되었다.

'건우가 이렇게 자신 있는 모습이라면 긴장해야겠는걸?'

석준은 그렇게 생각하며 고개를 끄덕였다.

손님들이 도착할 시간이 되었다.

"슬슬 도착할 시간이네요."

"가자."

건우는 석준과 함께 YS 사옥의 중앙 홀로 걸음을 옮겼다.

"……."

사옥의 홀을 본 순간 건우는 어떤 말도 할 수 없었다. 분명 아침에 와서 회의장을 돌아보고 준비를 할 때만 해도 정상적이었는데, 지금은 전혀 다른 세계가 되어버렸다. YS의 역사를 볼수 있게 벽에 연도부터 시작해서 여러 사진들이 걸려 있었다. 그리고 한쪽에는 건우의 대형 사진과 함께, 그동안 건우가 출연했던 모든 드라마, 영화에서의 모습을 밀랍 인형으로 만들어놓았다. 이건우 박물관에 있던 것을 그대로 옮겨놓은 것 같았다.

조잡할 것 같았지만 의외로 조화가 되어 꽤 괜찮은 분위기였다. 어쩌면 건우도 이제 석준에게 물들어 버린 것인지도 몰랐다.

"건우야, 잘 봐라. 이거 한국과학기술대학교랑 협조해서 만든 거다."

"네? 과학기술대학교요?"

석준이 인형이 있는 곳에 섰다. 요정왕 모습을 한 밀랍 인형이 근엄한 자세로 서 있었다. 석준이 건우를 보며 씨익 웃더니 박수를 두 번 쳤다. 그러자 밀랍 인형이 갑자기 움직이기 시작했다.

스윽!

칼을 그대로 빼 들더니 요정왕의 마지막 모습을 재현하는 듯 바닥에 찍었다. 그 모습이 상당히 자연스러웠다.

건우는 제법 감탄했다. 설마 움직일 줄은 예상하지 못했기 때문이다.

"무려 36가지 동작을 할 수 있지. 전 세계에 딱 하나 있는 거야. 자율 보행도 거의 완성 단계라고 하더라. 아마 내년에는 느리긴 하지만 걷는 인형들도 보게 될걸?"

"그 정도면 인형이 아니라 로봇 아닌가요?"

"인형이지. 내 기준에서 로봇은 합체 같은 걸 해야 로봇이라 부르는 거야."

"아……."

석준이 피규어나 영화와 관련된 상품을 모으고 있는 것은 알고 있었지만 설마 이런 물건을 만들어낼 줄은 몰랐다. YS가 이쪽 분야에 꽤 많은 투자를 했다고 하는데, 건우가 알아야 할 것은 아니었다.

'생각해 보면 굉장한 거 아닌가?'

건우는 밀랍 인형을 자세히 바라보았다. 어디에 고정되어 있는 것이 아니라 밀랍 인형 자체가 균형을 잡고 서 있었다. 게다가 그런 액션 동작을 하고도 전혀 이상이 없었다. 사실 엄청 대단한 것이 아닐까 생각해 보았다. 슬쩍 석준에게 물어보니, 세상에 시간과 돈만 있으면 못 만드는 것이 없다고 했다.

아무튼, 몰려온 기자들 때문에 사옥 앞으로 나가지는 못하고 사옥 안에서 기다렸다.

안내를 받으며 제일 먼저 도착한 사람은 앤드류 페이지였다. 앤드류 페이지는 처음 만났을 때와 별로 달라진 것 같지 않다. 앤드류 페이지는 활짝 웃으며 다가왔다.

"오랜만입니다. 건우 씨."

"반갑습니다."

"오, 여기 굉장한데요?"

앤드류 페이지는 석준과도 반갑게 인사를 나눴다. 석준도 그렇게 밀리는 인물은 아니었다. YS의 대표이니 세계적으로도 알아주는 인물이었다. 앤드류 페이지는 움직이는 밀랍 인형을 보고 감탄했다. 석준과 통하는 바가 많은 앤드류 페이지였다.

"오! 건우!"

연이어 잭과 록, 리더, 조나단이 등장했다. 옷까지 맞췄는지 모두 유니크 스튜디오의 로고가 박힌 티셔츠를 입고 있었다. 록의 경우에는 배우이기는 했지만 유니크 스튜디오에서 나름 직책이 있기는 했다. 요즘은 조나단 밑에서 액션을 배우고 있다고 한다. 건우는 미래가 밝은 배우라고 생각했다. 건우는 잭과 포옹을 하고 다른 이들과도 반갑게 인사를 했다. 잠시 후 마이클도 도착했다.

홀에 세워진 여러 가지들을 보면서 모두 이야기를 나눴다. 이 건우라는 공통된 주제가 있으니, 모두 서로 친근하게 이야기를 주고받을 수 있었다. 석준도 옆에서 꽤 유창한 영어로 거들었다.

건우는 그 모습을 보면서 석준을 바라보았다.

'음, 역시……'

이렇게 요란을 떤 이유 중 하나를 알 것 같았다. 석준이 능숙하게 이것저것을 소개하면서 호응을 유도하는 모습이 보였다. 그 모습이 꽤 든든했다.

"하하핫! 제가 한때 세계 최고의 기타리스트 후보에 오른 적이 있습니다. 그때가……."

중간중간 은근슬쩍 자랑을 하는 것도 아니라 대놓고 자랑을 하는 석준이었다. 그 모습을 보는 건우는 역시 석준은 석준이라는 생각이 들었다.

"이제 슬슬 올라가지요."

더 있으면 길어질 것 같아 건우가 적당히 끊었다. 석준이 아쉬운 표정으로 앞장을 서며 모두를 안내했다.

"대장! 이 형씨 끝내주는데?"

"이 친구 괜찮은데?"

록과 석준이 어느새 친해졌는지 어깨동무를 하고 있었다. 둘은 인종을 초월해서 친형제 같은 느낌이 났다.

건우는 웃음을 흘리며 고개를 저을 뿐이었다.

YS의 회의실은 어느 국제회의 시설과 비교해도 꿀리지 않았다. 오히려 더 회의에만 집중할 수 있게 인테리어되어 있었다. 약간 클래식한 분위기였지만 최신 설비도 잘 갖춰져 있었다.

넓은 회의실 안에 있는 원형 테이블 주위로 모두 둘러앉았다. 유니크 스튜디오에서는 잭만 들어오려고 했으나 건우가 배려해 줘서 모두 자리할 수 있었다. 물론 공개 시점까지 기밀 엄수를 하겠다는 약속을 받아냈기는 했지만 말이다. 서면으로 남길 필요는 없었지만 오히려 록과 리더, 그리고 조나단이 이런 것은 확실하게 해야 한다면서 서면으로 동의했다.

'꽤 폼 나는데?'

모두가 자리하니 무슨 세계 정상들이 모여 국제회의를 하는 분위기가 났다. 회의 내용에 대해서 다른 이들에게는 건우가 살짝 언급을 주기는 했지만 유니크 스튜디오는 모르고 있었다.

잭은 고개를 갸웃했다. 일단 모처럼 건우가 초청해 줘서 신나게 한국으로 오기는 했는데, 이곳에 모인 이들의 면면을 살펴보니 모두 장난이 아님을 깨달은 것이다. 비밀회의 같은 것을 한다고는 했는데, 솔직히 말하자면 잭은 관광이라도 온 기분으로 한국에 왔다. 앤드류 페이지와 마이클이 내한했다는 것은 한국에 도착하자 알게 되었다.

잭은 건우를 바라보았다.

"도대체 무슨 일이야? 이 멤버 구성을 보면… 뭔가 대단한 이야기가 나올 것 같은데?"

"잭, 오늘 이야기는 꽤 길어질 거예요."

잭의 말에 건우는 웃으면서 그렇게 말했다.

건우는 이 회의를 스스로 진행하기로 했다. 앞으로 벌일 모든 일들을 직접 주관하고 싶었다.

건우는 직접 준비한 태블릿 PC를 하나씩 나눠주었다.

앤드류 페이지는 진지한 표정이 되었다. 냉철한 사업가 모드로 전환된 것이다. 그런 분위기에 적응하지 못하는 것은 록과 리더뿐이었다.

건우는 헛기침을 하며 자리에서 일어났다.

"심각한 이야기는 아니니까 모두 한번 웃고 시작하죠. 그냥 가볍게 친목을 다지는 겸, 미래에 대한 이야기도 잠깐 하고자 모신 것입니다. 그냥 휴가 정도로 생각해 주세요."

건우는 조금 경직된 분위기를 느끼고 그렇게 말하자 모두 피식 웃었다.

"시작하겠습니다."

건우가 리모컨을 조작하자, 회의실에 붙어 있는 스크린에 화려한 효과와 함께 글씨가 떠올랐다. 건우가 최근에 공부한 PPT였다. 어느 정도 공부한 후에 손수 제작했다.

건우는 가볍게 일단 진우전생록 완결에 대해 말했다. 앤드류 페이지는 그 소식에 환하게 웃으며 박수를 쳤다. 모르는 사람이 보면 그깟 만화 가지고 그러냐고 할 수 있겠지만 진우전생록은 그깟 만화가 아니라 이미 하나의 대형 문화였다. 수익적인 측면을 본다면 황금 알을 낳는 거위나 다름없었다.

"축하합니다. 예술계가 한차례 들썩이겠군요."

마이클도 마찬가지로 축하해 주었다. 유일하게 무슨 소리인지 모르고 있는 것은 유니크 스튜디오의 인물들이었다. 잭은 스크린을 보면서 고개를 갸웃했다. 두 눈을 깜빡거리며 건우를 바라보았다.

"음? 그 소식을 어떻게 안 거야? 아니, 근데 너한테 왜 축하를……."

잭은 도저히 상황이 이해가 되지 않는다는 표정이었다. 건우는 잭을 바라보다가 문득 설명을 하지 않았음을 깨달았다.

"아! 말씀을 안 드렸네요. 제가 그런 거예요."

"뭐가?"

"진우전생록이요."

"엉? 응? 뭐?"

건우가 툭 던지듯 말하자 잭은 이해를 할 수 없었다. 옆에 있던 리더도 마찬가지였다. 진우전생록은 이미 '골든 시크릿'을 아득히 뛰어넘었고 전 세계적으로 광신도들을 양산하는 중이었다. 진우전생록이 연재되는 시각에 주위를 둘러보면 심심치 않게 스마트폰을 들여다보고 있는 이들을 발견할 수 있었다. 전문가들이 '과몰입 좀비 현상'이라고 이름을 붙이기까지 했다.

그런 진우전생록의 작가가 건우라는 말이 이해가 되지 않았다. 머릿속에서 이해하기를 맹렬하게 거부하고 있었다. 잭은 옆을 바라보았다. 리더를 포함한 유니크 스튜디오의 모두가 이해안 된다는 표정이었다.

잭은 사고의 정지가 왔지만 간신히 침착함을 되찾았다.

"네가 진우 작가라고?"

"네."

"하하, 거짓말도… 참 이상하게 하네."

"음, 일단 태블릿을 보시면서 이야기하죠."

건우가 태블릿 PC을 가리키자 모두 태블릿 PC 켜보았다. 거기에 오늘 이야기할 자료들이 들어 있었다.

리더가 그대로 굳은 채 입을 벌리고는 태블릿 PC를 바라보았다. 그곳에 아직 연재되지 않은 진우전생록과 건우가 영화화를 위해서 따로 정리해서 그린 작업물들이 잔뜩 쌓여 있었다. 잭도 훑어보더니 벌떡 일어나서 건우에게 달려들었다.

"으어어! 허어! 흐어어!"

"잭, 진정해요."

"으아!"

잭이 알아들을 수 없는 말을 내뱉으며 건우의 어깨를 잡고 마구 흔들었다. 잭이 진정되기까지 꽤 많은 시간이 걸렸다. 넋이 나갔던 리더의 혼백도 겨우 다시 되돌아왔다. 겨우 다시 이야기가 시작되었다.

"그래서 일단 첫 단계로……."

건우는 첫 단계로 진우전생록 완결까지 자신의 노래와 콜라보를 한 다음, 그 이후에 정규 앨범 형태로 따로 발매했으면 한다고 말했다.

앤드류 페이지와 마이클이 자신의 의견을 내었다. 에드스타와 UAA가 잘 협조한다면 문제없이 해낼 수 있을 것이다. 세부적인 일정은 다시 조정해야겠지만, 완결 이후에 나왔던 곡을 모두 묶어서 앨범 형식으로 발매하기로 정해졌다.

"그리고 그 이후에는 진우전생록을 영화화하고 싶은데요. 일단 계획과 자금은……."

그 이후에 영화화 계획에 대해 밝혔다. 그리고 유니크 스튜디오와 함께하고 싶다고 하니 잭이 다시 벌떡 일어났다. 말없이 건우를 끌어안았다.

"흐어엉."

그러고는 갑자기 펑펑 울기 시작했다. 모든 대형 배급사와 영화 제작사가 아주 탐욕스럽게 탐내고 있는 진우전생록을 자신에게 맡겨준다니 감동을 할 수밖에 없었다. 리더도 눈물을 글썽였다.

앤드류 페이지가 웃으면서 입을 뗐다.

"단순히 영화화라는 것에서 그치지 않을 겁니다. '골든 시크릿'도 그랬지만 파급되는 상품들과 여러 가지 추가 이익들을 생각해 보면 분명 꽤나 큰 규모일 거예요. 전적으로 도움을 드리겠습니다."

앤드류 페이지의 말에 잭이 표정을 수습하고는 그를 바라보았다.

"음, 극장 개봉은 물론, 플레이스타의 유료 플랫폼에서도 공개를 하는 것은 어떻습니까? 새로운 트렌드가 될 수도 있을 것 같은데요."

"그렇게 한다면 저희가 제시할 수 있는 투자 규모는……."

잭이 그렇게 말하자 앤드류 페이지가 살짝 놀라며 고개를 끄덕였다. 플레이스타 유료 플랫폼에서는 드라마와 영화들이 제공되었다. 자체 제작되는 드라마나 영화가 없다는 것이 아쉬운 부분이었다. 앤드류 페이지는 유니크 스튜디오와 협업을 한다면 꽤 다양한 컨텐츠를 생산할 수 있을 것 같다고 판단했다. 마이클도 큰 관심을 보였다. 이 부분에 대해서는 서로 회의를 할 여지가 많았다.

"나쁘지 않은 생각 같은데요. 좀 더 이야기를 해보죠."

건우가 몇 마디 거들자, 회의가 길어지기 시작했다. 각 분야의 정점에 있는 이들이 모이니 좋은 아이디어들이 굉장히 많이 나왔다. 벌써 다음 일정까지 조율되었다.

석준이 무언가 생각난 듯 건우를 바라보았다.

"아! 맞다. 작업한 거 들려준다면서?"

"태블릿 PC에 넣어놨어요. 이번에 다시 작업한 곡들도 매치해 놨으니 같이 보셔도 되고, 따로 들으셔도 되고요."

"오, 그래? 지금 들어봐야겠구만."

태블릿 PC 안에 1화부터 완결까지 넣어놓았다. 건우가 준비한 것은 수험생용 태블릿 PC로 인터넷이 안 되는 기종이라 해킹에 대한 염려는 하지 않아도 되었다. 그리고 에드스타에서 출시한 뷰어를 쓰고 있기 때문에 더더욱 보안이 확실했다.

"이건가?"

석준은 이어폰을 끼고 노래를 감상하기 시작했다. 석준이 테이블 위에 놓은 물병을 손에 들 때 이어폰을 통해 노래가 흘러나왔다. 그 순간 석준의 몸이 굳은 듯이 멈추었다. 마치 그대로 얼어버린 것 같은 모습이었다.

깜빡거리는 눈과 다소 거칠어진 숨소리만 아니었다면 무슨 일이 생겼다고 생각할 정도였다. 다른 이들도 고개를 갸웃거리다가 노래를 감상하기 시작했다.

석준과 다를 바 없는 반응이었다.

회의 시간이 예정 시간을 훨씬 초과했다. 노래를 몇 번 정주행하고 그것도 모자라 태블릿 PC에 넣어놓은 진우전생록을 보기 시작했기 때문이다.

노래와 환상적으로 어울려 모두의 의식을 빨아들였다. 그들 모두는 마치 최면이라도 걸린 듯, 꿈이라도 꾸는 듯 그 세계에 동화되는 듯한 느낌을 받았다.

정신을 차리고 보니 시간이 삭제되어 있었다.

"아! 잠시만……."

석준이 태블릿 PC를 놓고 잠시 회의실 밖으로 나갔다가 들어왔다. 그의 손에는 편한 복장이 들려 있었다.

"편한 옷으로 갈아입으실 분?"

석준이 그렇게 말하자 하나둘씩 손을 들었다.

"아! 휴게실이 있는데 아예 그곳으로 가실까요?"

모두 석준의 말에 동의했다.

이날 회의는 아침이 온 다음에야 끝이 났다. 보통 눈이 충혈되거나 피곤이 가득한 얼굴이 되어야 하지만 전혀 그런 기색이 없었다. 오히려 푹 자고 온 듯한, 어디 가서 힐링이라도 하고 온 것 같은 얼굴들이었다.

잭뿐만 아니라 모두가 감동의 눈물을 줄줄 흘렸다. 눈물이 없는 앤드류 페이지마저 그러했는데, 건우는 예상한 만큼의 효과가 나오자 고개를 끄덕였다.

'괜찮은데?'

건우는 그들의 반응을 체크하며 몸 상태 역시 주의 깊게 살펴보았다. 다행히 예상 범위 내의 모습을 보여주고 있었다. 이 정도라면 안심하고 공개해도 될 것 같았다.

뭔가 임상 실험을 한 것 같았지만, 생각한 만큼 결과가 나와 굉장히 뿌듯했다.

'이 정도라면 딱 적당하겠지. 적당히 중독성 있고 적당히 즐길 수 있고. 뭐든 적당한 것이 좋은 거지.'

물론, 건우의 기준에서 적당하다는 말이었다.

지금처럼 이전보다 더 몰입해서 봐서 마치 타임 슬립을 한 것 같은 느낌이 들 정도가 딱 좋았다. 이대로 나온다면 지금까지 그래왔던 것처럼 무난하게 화제가 될 것 같았다.

그러나 그것이 건우의 착각임을 깨달은 것은 가까운 미래의 일이었다.

*   *   *

YS에서 회의가 있은 후 다음 회의는 미국에서 이루어졌다. 이야기는 빠르고 순조롭게 흘러갔다.

건우의 계획대로 총 3단계로 진행되기로 했는데, 첫 번째가 진우전생록과 건우의 콜라보였고 두 번째가 진우전생록에 삽입된 곡을 모두 모은 앨범 발매였다. 그리고 세 번째가 바로 대망의 영화 제작이었다.

첫 번째와 두 번째를 나눠놓기는 했지만 거의 동시에 진행되었다. 일단 진우전생록에 들어간 곡들이 리뉴얼되고, 바로 공개된 부분까지 진우전생록 OST 디지털 앨범 파트 1이 발매될 예정이었다.

그 이후 곡이 공개될 때마다 음원으로 발매가 되고, 완결이 된 다음 파트 2 앨범이 발매될 예정이었다. 그 이후, 오프라인으로 모든 곡을 집대성한 퍼펙트 앨범이 나올 것이다. 첫 번째와 두 번째가 완료가 되면 건우의 정체를 숨길 필요가 없었다.

그 세부적인 내용까지 전부 몇 차례의 회의를 통해 조율이 되었다. 콜라보 발표는 에드스타에서 하기로 했다. 건우의 작업물은 이미 완벽해서 따로 손볼 필요가 없었고 이미 분량은 완결까지 확보되어 있었기에 발표와 동시에 주 1회 연재에서 주 3회 연재로 바꾸기로 했다.

에드스타는 발표 방식을 고민하다가 플레이스타 광고를 통해 발표 및 홍보를 하기로 했다. 오프라인 쇼케이스는 갖지 않고 오로지 온라인을 통한 홍보에 집중할 예정이었다. 광고 영상 제작은 유니크 스튜디오에서 맡았다.

그 광고 촬영의 감독은 잭이 아닌 리더였다. 처음으로 리더에게 중책이 맡겨진 것이다.

어느 순간 에드스타의 메인 아이콘이 D—30로 바뀌었다. 에드스타의 모든 아이콘이 그렇게 바뀌었는데, 에드스타를 이용하는 전 세계의 많은 네티즌들이 의문을 표했다. 에드스타가 무언가를 준비한 것 같은데, 그것이 무엇인지 궁금해서였다.

날카로운 촉을 가진 네티즌들은 에드스타와 YS의 만남을 주목했다. 앤드류 페이지가 직접 갈 정도면 이건우급의 인물과 무언가를 하지 않을까 하는 관측이었다.

그리고 그 예측 글은 성지가 되었다.

4. 예기치 못한 현상

미국 워싱턴주 바흐 하이스쿨에 다니는 제인은 소극적인 소녀였다. 어려서부터 눈이 나빠 도수가 높은 안경을 쓰고 다녔다.

　2년 전까지만 해도 자존감이 없는 아웃사이더였지만 지금은 성격이 밝아져 나름 좋은 친구도 생겼고, 그녀의 짧은 인생에서 가장 즐거운 날들을 보내고 있었다.

　제인이 어두웠던 것은 불우한 가정 때문이었다.

　부모님은 이혼하면서 어린 그녀를 방치했다. 보다 못한 할머니가 제인을 데려와 키웠는데, 그런 가정환경 탓에 저절로 소극적이고 자존감이 없어진 것이다. 정신과 상담을 받을 정도로 악화된 적도 있지만 이제는 과거의 이야기였다.

그녀는 모두 극복해 냈다.

그런 제인이 밝아진 계기는 이건우를 접하고 나서였다. 정확히 말하면 이건우에게 빠져들고, 처음 팬 모임에 나가고 나서였다. 이건우의 팬들은 마치 가족처럼 그녀를 대해주었다. 그렇게 공식 행사에 자주 참여하다 보니 자연스럽게 많은 사람들을 알게 되고 자연스레 성격이 밝아졌다. 그리고 그의 작품을 보고 노래를 듣고 있으면 저절로 행복해졌다.

할머니가 제인을 걱정해 교회에 데려가려 했지만, 지금은 흐뭇하게 웃으면서 그녀를 대할 수 있었다.

제인은 이미 종교와 비견되는 무언가를 얻었다. 때문에 그녀에게 있어서 이건우는 빛이었다.

'오늘도 잘생겨 줘서 고마워요.'

제인은 방문에 붙어 있는 이건우의 포스터를 보며 기도하듯이 살짝 두 손을 모으고는 웃었다. 아무런 의미 없는 행동이었지만 그렇게 하니 무언가 알 수 없는 힘이 나는 것 같기도 했다.

띠링!

메시지 알림이 울렸다.

건느님 심복 21호: 긴급! 링크 확인 바람! [링크: 에드스타]

건느님 찬양 34호: 10등급의 심장주의보 발령!

건느님 심복 17호: 크헉! 10등급입니까?! 이렇게 빨리 10등급을 받다니!

에드스타 메신저로 그런 메시지들이 날아왔다.

에드스타 메신저는 요즘 10대, 20대들 사이에서 유행하는 앱이었다. 참고로 제인의 닉네임은 '건느님 영광 42호'였다. 워싱턴주 팬클럽에서만 볼 수 있는 닉네임이었다.

제인은 메시지를 본 순간 깜짝 놀랄 수밖에 없었다.

'쿱! 무슨……?! 10등급 심장주의보라고?'

10등급 심장주의보라는 글귀를 본 순간 제인의 심장이 두근거리기 시작했다. 제인은 가슴을 감싸 쥐었다.

10등급이면 최고 등급과 별로 차이나지 않는 등급이었다. 최고 등급은 12등급이었고, 12등급이 발령된 날은 정규 앨범 발매, '존 리 페인' 개봉 등 굵직한 사건뿐이었다. 참고로 푸드 콘서트 역시 10등급이었다.

심장주의보 발령은 워싱턴주 이건우 팬클럽 300명의 원로들의 투표를 통해 결정된다. 어떠한 외압도 없는 민주적인 절차였다. 워싱턴주 팬클럽의 원로는 자체적인 시험 문제, 봉사 활동 및 사회 공헌도, 인성 평가 등 4단계에 이르는 테스트를 통해 뽑는다. 까다롭지만 미국 전체 팬클럽 회의에 참여할 수 있는 자격을 얻게 되는 것이니 참으로 영광스러운 자리였다.

제인은 빠르게 에드스타로 접속했다. 에드스타의 메인에 광고가 떠올라 있었다. 제인은 침을 꿀꺽 삼키면서 광고를 재생해 보았다.

환상적인 음악 소리와 함께 진우전생록을 편집해 놓은 영상이 나타났다. 그때까지만 해도 머리에 물음표가 뜰 수밖에 없었다. 그러나 노랫소리가 나오기 시작하자 제인의 눈동자가 급격히 커졌다.

세상에서 단 하나밖에 없는 목소리.

누구도 흉내 낼 수 없는 목소리가 흘러나왔다.

구슬픈 목소리가 제인의 이성을 지배했다. 가슴으로부터 벅차오르는 감동이 절로 눈물을 흘리게 만들었다. 제인은 격한 감정에 몸을 맡기며 그렇게 한참 동안 영상을 바라보았다.

'신곡……?'

건느님의 신곡이 공개된 건가? 이렇게 갑자기?

진우전생록과는 무슨 관계?

그런 생각들이 머릿속에 날아다녔다. 만약 건우가 신곡을 발표한다면 적어도 한 달 전부터 엄청나게 난리가 났을 것이다. 이번 미국 전체 팬클럽 회의에서 언급이 되지 않을 수가 없었다.

제인이 절대 모를 리 없었다. 궁금증은 금방 해결되었다. 영상의 끝에 해답이 나왔기 때문이다.

[이건우과 진우전생록의 콜라보레이션!]

[진우전생록의 모든 곡 리뉴얼 완료!]

[진우전생록 OST 파트 1 디지털 음원 발매!]

드디어 이해가 되었다.

이미 미국 음원 시장은 폭풍이 불어닥친 것처럼 난리가 나 있었다. 제인은 진우전생록에 대해 알고 있었지만 큰 관심은 없어 본 적이 없었다. 학교 공부와 이건우 덕질만으로도 바빴기 때문이다. 이건우 외에는 다른 곳으로 신경을 분산시키고 싶지 않았다. 그런 팬들은 그녀 말고도 꽤 많이 존재했다.

그녀는 오로지 이건우를 향한 외길만을 걷는 워싱턴주의 '건느님 영광파'였다.

'이건 반드시 사야 해!'

에드스타 이벤트를 살펴보았다. 진우전생록을 일정 분량이상 결제하면 플레이스타 유료플랫폼 1개월 이용권과 이벤트 상품, 그리고 진우전생록 OST 무료 이용권을 얻을 수 있었다. 가장 탐이 나는 것은 이벤트 상품이었다. 진우 일러스트 브로마이드였는데 이건우의 사인이 큼지막하게 되어 있었다. 유일하게 이벤트를 통해서만 받을 수 있는 상품이었다.

결제할 이유로는 충분하다 못해 넘쳤다. 가격은 약간 부담스러운 수준이었지만 그럭저럭 감당할 수는 있을 것 같았다. 만화를 좋아하는 편은 아니었는데, 일단 결제를 하고 보기로 했다. 제인은 결제를 하고 노래부터 들을 생각이었다.

건우의 목소리를 들을 생각에 심장이 미친듯이 펄떡였다.

"크읏! 과연 10등급 심장주의보!"

너무나 강력했다. 그래도 12등급을 이미 겪어본 그녀였기에 버텨낼 수 있었다.

'음, 이게 그렇게 재미있나?'

학교에서 진우전생록이 연재되는 날이 오면 진우전생록을 보지 않고서는 도저히 이야기를 나눌 수 없을 정도였다.

제인은 솔직히 이해가 되지 않았다. 만화가 재미있으면 얼마나 재미있을까? 차라리 전문 서적을 보거나 고전문학을 찾아보는 편이 유익할 것이라는 생각이 들었기 때문이다.

'그래도……'

그래도 건느님과 컬래버레이션을 할 정도면 무언가 있는 것이 분명하다고 생각했다.

제인은 감상에 앞서 건느님 영광과 회원들에게 메시지를 보냈다. 그러나 하나같이 모두 답장이 없었다. 늘 칼같이 답장을 보내주던 이들인데 모두 답장이 없는 것은 처음 있는 일이었다.

고개를 갸웃하다가 귀에 이어폰을 끼고 진우전생록을 결제해 보기 시작했다. 침대에 누워 약간 삐딱한 자세로 1화를 보았다.

"아……"

처음에는 예술적인 그림에 눈을 빼앗겼다. 그러다가 흘러나오는 노랫소리에 귀를 빼앗겨 버렸다. 눈과 귀가 빼앗기니 마치 의식이 그림 속으로 빨려 들어간 것 같은 신기한 감각이 들었다. 분명 2D 화면을 바라보고 있는데, 마치 VR을 보는 것 같았다. 최면이라도 걸린 것 같은 신기한 느낌이었다.

'시, 신세계야!'

장면 하나하나를 오랫동안 바라볼 수밖에 없었다. 진우를 따라 웃었다가 울었다가 다시 웃기를 반복했다. 건우의 노래가 들릴 때면 멍하니 그림과 함께 몇 번이고 감상했다.

시간이 지나갔다.

시간이 빠르게 흘렀다.

시간이 삭제되었다.

자기 전에 잠깐 보려고 했을 뿐인데 새벽이 지나고 아침 해가 밝아왔다. 주말인 것이 다행이었다. 식사를 하는 둥 마는 둥 하면서 진우전생록에 빠져들었다. 그녀가 간신히 정신을 되찾았을 때는 그날의 저녁이었다.

이렇게 하나하나 집중해서 본 적은 난생처음이었다. 제인은 숨을 몰아쉬었다. 아직도 두근거리는 심장이 진정되지 않았다. 환상 속에 다녀온 것 같은 기분이 들었다.

'이 느낌은 최고 등급과 비교해도 꿀리지 않아.'

결제 금액이 부족하지 않았더라면 계속해서 봤을 것이다.

'으, 일단 자고 나서…….'

아쉬운 마음에 스마트폰을 만지작거렸지만 쏟아지는 잠을 이길 수는 없었다. 스마트폰을 내려놓자마자 그녀의 눈이 스르륵 감겼다. 쌓인 피로가 순식간에 몰려온 것이다.

잠이 들었다.

제인은 분명 잠이 들었음을 자각했다.

이곳은 꿈속이었다.

정신이 몽롱했지만 꿈속임을 확실하게 알 수 있었다.

'응?'

눈앞에 펼쳐진 것은 대나무 숲이었다. 환한 달빛 아래 한가롭게 낚시를 하고 있는 누군가가 보였다. 어떤 사내가 죽립을 쓰고 꾸벅꾸벅 졸면서 낚싯대를 잡고 있었다.

'진우?!'

이 풍경이 어디서 본 건지 떠올랐다. 진우전생록이었다. 제인은 문득 호수에 비친 자신의 모습을 바라보았다.

'토끼? 어째서?'

자신은 토끼의 모습을 하고 있었다. 진우전생록에서 토끼의 모습을 본 적이 있기는 했다. 그런데 어째서 자신이 토끼가 되어 있고 진우의 모습이 보이는 걸까? 아마 꿈이기에 그럴 것이다.

'진우전생록 꿈이네.'

꿈이라기에는 정신이 또렷하고 현실이라고 하기에는 몽롱하다. 꿈과 현실의 중간 정도인 것 같았다.

이대로 꿈에서 깰 것 같지도 않으니 반쯤 포기한 상태로 진우를 바라보았다. 죽립 아래로 보이는 얼굴은 확실히 누군가를 닮아 있었다.

'아! 건느님!'

건느님의 모습과 매우 비슷했다. 아니, 확실히 건느님이었다. 건느님을 따르는 마음이 하늘에 닿아서일까?

꿈에서라도 뵙게 되어 너무나 행복했다.

그녀는 진우에게 다가갔다. 그가 앉아 있는 바위 밑에서 그를 올려다보았다. 꾸벅꾸벅 졸고 있던 진우가 눈을 뜨더니 그녀를 바라보았다.

제인은 감동했다. 그녀가 늘 보아왔던 건우의 모습이 그대로 투영되어 있었기 때문이다. 순간 시간이 멈춘 것 같았다.

진우의 눈빛이 날카롭게 빛났다.

휘익!

진우가 순식간에 죽립을 벗어 그녀의 앞을 막았다. 그녀가 깜짝 놀라 옆을 보니 죽립에 날카로운 창이 꽂혀 있었다. 죽립을 완전히 뚫고 나가지 못한 것이 신기할 따름이었다.

꿈에서는 토끼이지만, 그 광경에 소름이 돋았다. 몸이 오싹할 정도로 실감 나는 꿈이라고 생각했다.

"불청객이 오셨군."

그의 목소리 역시 예술이었다.

진우가 손을 뻗자 바닥에 놓여 있던 검이 그의 손에 날아와 들려졌다. 대나무 숲을 흔드는 강한 바람이 불었다. 그 소리가 상쾌하게 느껴졌다.

제인이 대나무 숲을 바라본 순간 날아오는 수많은 창들을 볼 수 있었다. 그녀는 그저 넋이 나갔다. 진우가 검을 한차례 휘두르는 순간 공중을 가르며 날아오는 창들이 수직으로 떨어져 내리며 바닥에 꽂혔다.

휘이이이이!

강한 바람이 부는 듯하더니 주변에 있던 대나무들이 잘려 나갔다. 진우가 자리에서 일어났다. 대나무 숲에서 창을 던진 이들이 모습을 드러냈다.

누더기를 입고 있는 거대한 늑대들이었다. 그 늑대들을 보는 순간 제인은 무슨 장면인지 확실하게 기억이 났다.

'아! 이 장면……!'

진우가 산적을 토벌하는 장면이었다. 진우전생록의 경쾌한 음악을 들으면서 봤던 터라 기억에 선명하게 남아 있었다.

아우우우!

아우우!

늑대의 소름 끼치는 울부짖음이 들렸다. 붉은 안광을 발하며 침을 질질 흘리고 있는 모습은 괴물이었다. 덩치가 2m를 넘어갔는데, 위압감이 느껴졌다.

'와, 털이 곤두섰어.'

자신의 토끼털이 곤두선 것이 보였다. 굉장히 흥미진진한 장면이었다. 이 장면을 꿈이지만 직접 보게 되니 흥분을 하지 않을 수 없었다. 무섭기는 하지만 꿈이라는 걸 생각하니 오히려 더 흥분되었다.

지이잉!

건우가 든 검이 울렸다. 검끝에서부터 푸른빛으로 타오르기 시작했다. 넋을 놓게 만들 정도로 환상적인 광경이었다. 건우의 검이 서서히 올라갔다. 그녀가 두근두근거리는 심장을 간신히 진정시키며 앞으로 펼쳐질 장면을 기대하는 순간이었다.

"일어나서 밥 먹거라."

몸이 흔들리는 느낌과 함께 익숙한 목소리가 들려왔다. 선명했던 환상이 점차 흐려지며 안개가 깔린 것처럼 변하더니 눈이 떠졌다.

제인은 눈을 깜빡이며 멍하니 할머니의 뒷모습을 바라보았다. 그리고 손을 들어 자신의 손을 바라보았다. 당연히 자신의 손이었다. 토끼의 다리 따위가 아니었다.

"아… 꿈?"

좋은 장면이었는데!

너무나 허탈했다. 다시 잠들면 이어서 꿀 수 있을까 하는 생각이 들었다. 눈을 감고 누웠지만 정신이 또렷했다. 온몸이 너무나 상쾌했다. 시계를 보니 5시간 정도 잔 것에 불과했는데 마치 하루 푹 자고 일어난 것 같은 느낌이었다.

'너무 생생했어.'

그토록 생생한 꿈은 처음이었다. 눈을 감으면 다시 그 장면이 펼쳐질 것 같았다. 하지만 정신이 멀쩡해서 잠이 도저히 오지 않으니 그게 문제였다.

어영부영 식사를 하는 와중에도 도저히 그 장면들이 머릿속에서 떠나지 않아 다시 진우전생록을 이어 보기 시작했다. 기대를 가지고 잠에 들었을 때, 아주 푹 자게 되어 실망하는 날도 있었지만 가끔씩 그 생생한 꿈을 꿨다.

제인은 신기한 마음에 진우전생록을 검색해 보았다. 미국에서 가장 유명한 커뮤니티가 있었는데, 그곳에 들어가니 깜짝 놀랄 만한 글이 보였다.

제목: 환상적인 체험에 관해.

최근에 진우전생록을 보고 환상적인 꿈을 꿨다는 글들이 심심치 않게 올라오는데요. 저도 체험자 중 한 명입니다. 그 진위 여부를 놓고 말이 많은데 확실히 말씀드릴 수 있는 것은 제가 체험한 것, 그리고 많은 분들이 체험한 것은 모두 진실입니다.

비율을 볼 때 소수의 사람들만 체험할 수 있지만 훈련을 통한다면 충분히 가능할 것 같습니다. 저도 여러 노력 끝에 경험하게 되었거든요.

저 같은 경우에는 엑스트라가 되어서 진우의 옆 테이블에서 술을 마셨습니다. 정말 환상적인 경험이었습니다.

좀 더 연구한 뒤에 매뉴얼을 만들어 올리도록 하겠습니다. 제 생각은 진우 화백과 이건우의 만남이 우주의 차원을 뚫어버린 것 같습니다.

댓글 232

deep5: 말도 안 되는 소리. 거짓말은 적당히 해라.

—Re: monone: 거짓말이 아니야! 나도 경험했다고!

sawaki55: 진우전생록에는 무언가 신비한 힘이 깃들어 있는 것을 느꼈어. 그렇지 않고서야 이런 환상적인 체험을 할 수 있을 리가 없지!

buleroe: 감성적으로 예민한 편이라 그런가? 나는 거의 매일 밤 꾸고 있어. 스트레스가 싹 사라져서 몸이 가뿐해!

아직까지는 극소수의 주장이기는 하지만 제인과 같은 체험을 한 이들이 존재했다. 제인처럼 생생하지는 않아도 어렴풋이 기억이 나는 꿈을 꾼 이들도 있었다.

"신기하네."

대단히 신기했다. 제인도 글을 작성하기 시작했다.

제목은 '토끼 일기'였다.

*   *   *

진우전생록은 완결을 향해 빠르게 나아가고 있었다. 매주
1회 연재였었는데, 3회로 바뀌니 팬들은 행복한 비명을 질렀
다. 게다가 본편과 별개로 외전인 '전생 사전'이라는 것도 틈
틈이 올라와 세계관을 더욱 풍족하게 만들어주었다. 전생 사
전은 유료가 아닌 무료였다.

진우전생록 하나만으로도 천문학적인 가치가 있다는 것이
전문가들의 평가였다. 실제로 납부한 세금만 해도 어마어마했
고, 에드스타의 본사가 있는 지역에서는 진우전생록 기념일까
지 지정될 정도였다. 얼마 전에 기념일 날 축제가 열렸는데, 해
외에서 찾아올 정도로 성대한 축제가 되었다.

진우전생록에 나오는 요리를 전문적으로 파는 레스토랑도 생
길 정도였다. 본래는 축제의 이벤트로 시작되었지만 예상보다
너무 반응이 좋아 지역의 명물로 자리 잡게 되었다. 한국적인
요리가 지역의 명물 요리가 되는 신기한 일이 발생한 것이다.

진우전생록은 만화라는 장르와 현대 예술 사이에 세워져 있
던 거대한 벽을 허물었다는 평가를 받고 있었다. 전문가들은
'미술의 교본', '예술의 집대성'이라고 부를 정도였다. 유명 대학
내에서도 강의 주제로 나올 만큼 많은 영향을 미치고 있었다.
진우전생록의 영향을 받은 예술가들이 꽤 많이 등장해 명성을

쌓고 있기까지 했다.

그런 진우전생록에 역사상 가장 위대한 뮤지션이라 칭송받는 이건우가 참여하니 '궁극의 예술'이라는 수식어가 만들어졌다. 반응은 당연히 난리가 났다. 건우가 하는 일이니 당연히 예상했던 결과였다. 세기의 컬래버레이션이라고 불리게 되었다.

당연히 빌보드를 포함한 여러 차트를 뒤집어 버린 것은 더 이상 언급하지 않아도 모두가 다 예상한 일이었다. 다만 사람들이 궁금해하고 있는 것은 이건우가 세운 최장기 1위의 기록을 스스로 깰 수 있는가 그것뿐이었다.

그러던 중 예상하지 못한 일이 더욱 화제가 되어 화끈한 열기에 기름을 통째로 부어버렸다. 그건 건우조차 깜짝 놀란 일이었다. 진우전생록 팬들 사이에서 나오는 기이한 체험에 대해서였다.

'전생 체험', '전생 접속'이라 불리고 있는 현상이 바로 그것이었다. 진우전생록 체험과 접속을 줄여서 그렇게 부르는 것인데 처음에는 극소수의 인원들에게서만 이 현상이 일어났었다. 그런데 네티즌들이 연구 끝에 체험 확률을 높이는 방법을 발견했다. 덕분에 모든 이들이 다 할 수 있는 것은 아니었지만, 체험한 사람들이 꽤 늘어났다.

접속 매뉴얼

1. 진우전생록 OST Part 1을 정자세로 연속해서 듣는다. 의자보다는 바닥에 앉는 편이 효과가 좋다. 단, 불편하다는 느낌을 받지 않는

상태에서 명상하듯이 들어야 한다. 듣는 도중 조금이라도 자세가 불편하게 느껴지면, 휴식 후 처음부터 다시 듣는다.

2. 노래를 연속해서 듣다 보면 어떤 느낌적인 느낌 같은 것이 올 것이다. 그 느낌을 유지하면서 진우전생록을 1화부터 현재 나온 화까지 1차 정주행한다. 1차 정주행은 속독도 상관없다.

3. 1차 정주행 후, 마음을 가다듬고 그림을 하나하나 집중하며 2차 정주행을 실시한다. 2차 정주행은 실험 결과 일반인 기준 13시간 정도의 집중이 필요하다. 어렵다고 생각할 수 있겠지만 작품의 흡입력을 볼 때 노력하면 어렵지 않게 가능한 수준이다.

4. 가능하면 대사와 장면을 외우려 노력한다. 명대사 모음집을 사전에 미리 참고하는 것도 좋은 방법이다.

5. 피곤하지만 정신이 맑아지는 그런 상태가 되면 바로 침대로 직행한다. 이것을 접속 대기 상태라 칭한다. 빛과 잡음이 없는 상태로 만든 후 반듯하게 눕는다. 이불은 명치까지만 덮는다.

6. 가장 중요한 관문이다. 잠에 빠지기 직전, 노래와 장면들을 강렬하게 떠올린다. 잠에서 깬다면 확률이 줄어들 수 있으므로 너무 집중하지 않도록 주의할 것!

참고 사항: 100명을 대상으로 총 5번의 시도 후, 성공률 12.43%를 기록했다.

이러한 매뉴얼까지 등장했다. 접속 매뉴얼대로 해도 성공률은 극히 낮았지만 진우전생록 광팬들은 시도를 멈추지 않았다. 그 결과 성공하는 이들이 꽤 많이 탄생한 것이다. 반면, 많은 시간을 투자했음에도 성과가 없는 팬들은 허무한 마음을 느껴야 했다.

꿈이기는 하지만 무척이나 생생하게 진우전생록 속의 장면을 체험하는 것은 팬들에게 있어서 엄청난 축복이었다. 체험한 사람들이 하나둘씩 에드스타에 체험 일지를 올려놓기 시작했다. 놀라운 점은 진우전생록에서 나오지 않은 장면들도 심심치 않게 등장했는데, 그것으로 인해 2차 창작이 급격히 늘어나기 시작했다.

본래 2차 창작은 원작자의 동의가 없다면 저작권에 걸렸다. '골든 시크릿' 같은 경우에는 작품성의 문제로 원작자가 절대 2차 창작을 허락하지 않았다. 함부로 건드렸다가는 소송까지 당할 우려가 있었다. 그러나 건우는 달랐다. 애초부터 자신의 이야기를 같이 공감해 주기를 바랐던 것이다.

2차 창작을 자유롭게 허가했고, 더 나아가 에드스타 측과 협의해 작품성이 높은 작품 같은 경우에는 수익 창출 역시 허락했다. 물론 까다로운 심사를 통과해야만 가능했다.

2차 창작 작품은 정사가 아닌 야사로 분류되었고, 건우가 신경 쓰지 않았던 캐릭터들의 이야기가 추가되거나 지역에 대한 설정이 추가되는 등 작품이 훨씬 풍부해졌다.

물론, 전 세계에 불어닥친 진우전생록의 엄청난 광풍은 긍정적인 측면만 있는 것은 아니었다. 부정적인 측면도 존재했다. 진우전생록은 건우가 의도하지 않은 방향으로 사회 전반에 큰 영향을 미치고 있었다. 현실을 외면하고 진우전생록의 세상 속으로 도피하는 이들도 생겨나고 있는 추세였다.

그러나 도피했다가 멘탈 케어를 하고 좀 더 나은 모습으로 사회에 나오는 이들도 존재해 그렇게까지 심각한 문제라고는 볼 수 없었다.

"음……."

건우는 모처럼 신음성을 흘렸다. 이런 현상이 있을 것이라고는 예상하지 못한 탓이었다. 현재 TV에서 이 현상에 대해 전문가들이 이야기를 나누고 있었다. 상당히 진지해 보였다.

[김한성 교수님 생각은 어떻습니까?]

[이게… 전례가 없는 특이한 현상이라 말이지요. 뇌 과학 분야에서도 연구가 진행되고 있습니다. 개인적인 소견으로는 예술 작품에 대한 과몰입이 불러일으킨 현상이 아닌지…….]

[음, 우려가 생기는데요. 신체에 악영향을 미칠 가능성이 있지 않겠습니까?]

[그럴 수도 있지만 오히려 정신적으로 안정되는 결과를 보여주고 있습니다. 우리가 넓은 바다나 산을 볼 때 얻는 심리적 안정감이 있지 않습니까? 그것과 비슷한 효과가 있는 것으로…….]

건우는 TV를 껐다.

어떻게 이런 현상이 일어났는지 이해가 되었다. 보통이라면 알아내는 데 꽤 오래 걸렸겠지만, 진희가 자신도 체험해 보겠다면서 인터넷에 돌아다니는 매뉴얼을 따라했던 적이 있었다. 반짝반짝 빛나는 눈빛을 보니 건우는 결코 말릴 수 없었다.

건우는 진희를 통해 명확히 알 수 있었다.

'주로 기감이 예민한 이들에게 나타나는 현상이겠지.'

감정의 힘이 의식 부분에 남아 있어 재구성된 것이었다.

건우가 명상을 하면서 가상의 적을 떠올리며 수련했던 것과 비슷했다. 본래 내력이 있어야 가능했지만 그 역할을 감정의 힘이 대신한 것이다.

'일반인들에게는 꽤 괜찮은 수행 방법이기는 한데……'

자주 경험하다 보면 의식이 확장되고 정신력이 높아질 것이다. 일종의 정신 수행이나 다름없었다. 물론, 내공을 얻는다거나 득도한다거나 하는 것은 없을 테지만 정신이 맑아진다거나, 멘탈이 강인해지고 어떠한 일을 할 때 좀 더 집중할 수 있게 해주는 효과는 있었다.

"뭐, 이미 엎질러진 물이니 할 수 없지."

중독 증상이 있기야 하겠지만, 수행의 일환이라고 생각하면 나쁜 것은 아니었다. 건우가 모르고 있지만 실제로 일부 사람들에게서 수행의 성과가 나오기 시작했다.

대형 커뮤니티의 고민 상담 게시판에 올라온 글이 있었다.

제목: 인생, 나쁜 것만은 아니다.

게시자: 극복하자

10년째 방구석 폐인 인생.

낙이라고는 게임이나 애니뿐이었어.

부모님한테 손 벌리기도 미안하고……

일은커녕, 사람들에게 말도 못 걸 정도였어.

그런데 최근에 유행하는 전생 체험을 계속하다 보니까 갑자기 현자 타임이 오더라.

ㅋㅋ근데 전생 체험 정말 끝내줌. 씨벌, 모가지가 막 날아다니는데 오줌 질질 쌀 뻔ㅋㅋ. 살수 6호가 되었었는데, 스트레스 개풀림ㅋㅋ. 그냥 막 날아다녔음.

아무튼, 계속하다 보니까 뭔가……. 이렇게 살면 안 될 것 같은 느낌이 들기도 하고… 할 수 있을 것 같기도 하고……. 전생 체험을 하니 그런 생각이 막 들더라고.

아무튼, 요즘 아르바이트이긴 하지만 일도 하면서 친구도 생기고 좋다. 일 잘한다고 사장님한테 칭찬도 받음ㅋㅋ. 왠지 집중력이 좋아진 듯.

검정고시 따고 자격증도 도전해 보려고.

그냥 이야기해 보고 싶었다.

댓글 23

가랏!: 이런 글은 무조건 ㅊㅊ!

뽀루룽: 나도 해보고 싶다. 근데 안 돼ㅠㅠ.

아이캬: 내 지인이랑 비슷하네. 지금 취직해서 잘 살고 있음.

물론 수행이라 부를 정도로 대단한 성과는 아니었지만 말이다. 그래도 건우가 바랐던 것처럼 좋은 영향을 미치고 있었다.

'마교의 교주 같은 놈이 이 힘을 지녔다면…….'

아마 재앙이 되었을 것이다. 그 시절 그랬던 것처럼 말이다. 건우는 자신이 가진 능력들이 장히 위험한 힘임을 다시 한번 깨달을 수 있었다. 일반적인 무공으로는 할 수 없는, 신이라 불려도 무방한 힘이었다.

"이렇게 하는 건 어때요?"

"좋아, 좋아! 순조롭구만! 순조로워! 느낌이 좋은데?"

열정적으로 회의를 하고 있는 리더와 잭이 보였다. 둘은 미국으로 돌아가지 않고 한국에 머물고 있었다.

영화 작업 때문이었다.

둘은 건우의 별장에서 완전히 살고 있었는데, 건우는 최근 지은 별장의 별채를 둘에게 내주었다. 별채는 손님맞이용으로 꽤 신경 써서 만들었다. 손님이 거의 없다 보니 한동안 봉인 상태였는데, 잭과 리더가 첫 손님이 된 셈이었다.

"건우, 이 건물 좀 더 자세히 그려줄 수 없어?"

"음, 아예 설계도처럼 그려 드릴까요?"

"오! 그럼 좋지. 하하, 역시 원작자가 있는 것이 좋구만!"

"'골든 시크릿' 때도 있었잖아요?"

건우의 말에 잭은 고개를 끄덕였다. 그때를 떠올린 것인지 잭의 표정은 그다지 좋지 못했다.

"그 양반, 몸이 좀 안 좋아서 말이지. 딱 한 번 만나봤을 뿐이야. 오늘내일했거든."

"그렇군요."

"건강이 최고야. 그게 제일 중요해."

잭은 진지한 표정으로 그렇게 말했다. 리더도 고개를 끄덕였다.

둘은 건우의 별장에 머물면서 진우전생록 영화화를 위한 각본 작업을 하고 있었다. 그리고 영화에 필요한 여러 가지 계획을 세우고 있었다. 소품 하나하나를 특수 제작 할 예정이기 때문에 원작자인 건우의 옆에 달라붙어서 조언을 구하고 있었다. 그들의 요청으로 인해 아예 건우가 콘셉트 아트를 그려주기까지 했다.

계획 중인 진우전생록의 영화에서 건우는 총괄 프로듀서이자 주연배우였다. 당연하다면 당연히 건우가 주연으로 참여할 계획이었다. 건우 혼자만으로는 총괄 프로듀서로서 한계가 있으니 유니크 스튜디오의 잭도 제작자로 참여했다. 영화의 연출은 잭과 리더에게 완전히 맡길 생각이었다.

건우가 총책임을 지되, 잭이 그 밑에서 모든 상황을 지휘할 것이다.

'잭의 말대로 순조롭군.'

에드스타와 UAA, 그리고 YS까지 투자를 하기로 했다. '골든 시크릿'과 맞먹는 규모의 제작비를 확보할 수 있었다. 건우가 상당 부분 사비를 털기도 했지만 '골든 시크릿'에 비하면 영화에 투자할 수 있는 제작비가 굉장히 많았다. '골든 시크릿' 판권은 한화로 3,121억이었기 때문이다. 세상에서 가장 잘 알려진 작품을 판권 구매 없이 영화화할 수 있다는 것은 엄청난 메리트였다.

각본은 건우가 직접 검수하고 있었다. 작업 속도는 꽤 빨라 진우전생록 완결 시점까지 각본이 완성될 것 같았다.

영화화 계획 발표는 완결 후에 있을 진우전생록 완결 기념 페스티벌에서 에드스타의 주관으로 있을 예정이었다.

그와 관련해서 하로니 측과도 은밀하게 접촉 중이었다.

"맞아요. 건강이 최고죠. 그런 의미에서 같이 운동하실래요? 슬슬 운동할 시간인데."

건우가 묻자 잭과 리더가 눈을 깜빡였다. 둘은 확실히 운동 부족이었다. 잭의 경우에는 뱃살이 예전보다 훨씬 많이 나와 있었고, 리더는 몸이 더 말라갔다. 둘의 모습은 너무나 상반되었다. 같은 점이 있다면 햇빛을 너무 안 봐 얼굴이 대단히 창백하다는 점이었다. 체력은 저질이어서 조금만 움직여도 힘들어했다.

"으음… 건우, 네가 하는 운동은 좀 빡세지 않을까?"

"맞아. 그 록마저 나가떨어지던데……."

잭과 리더는 내켜 하지 않았다. 건우의 운동 능력을 아주 잘 알고 있어서였다. 건우는 안심하라는 듯 고개를 저었다.

"괜찮아요. 진희도 같이할 건데요."

"음, 그럼 오랜만에 운동을 해볼까? 리더, 너도 가자."

"으으… 알았어요."

건우는 씨익 웃었다. 그 웃음을 본 순간 리더는 왠지 모르게 소름이 끼쳤다. 잘못 봤나 싶어서 눈을 깜빡이고 다시 건우를 보니 그 소름 끼치는 미소는 사라지고 아름다운 미소만이 남아 있을 뿐이었다.

'괜찮겠지?'

리더는 진희를 떠올려 보았다. 굉장히 아름다운 여성이었다. 가녀린 체구는 격한 운동과는 어울리지 않아 보였다. 절로 보호 본능을 자극하는 그런 매력이 존재했다. 그런 진희에게 운동 강도를 맞춘다고 하니, 리더는 안심할 수 있었다. 잭도 같은 생각이었다.

반면, 건우는 둘의 신체를 보면서 진지한 표정으로 고개를 끄덕였다.

'건강한 신체에 건강한 정신이 머물지. 모든 활동은 신체가 근간이니까.'

앞으로 진우전생록의 촬영을 이끌기 위해서는 강한 체력과 정신은 필수였다. 건우는 잭과 리더를 한층 더 건강하게 만들어줄 생각이었다. 그러기 위해서는 시간이 좀 걸리겠지만 앞으로 오랫동안 한국에 머문다고 하니 시간은 많았다.

'앞으로 재미있겠군.'

아예 개조를 해버릴 생각을 하니 오랜만에 손이 근질근질했다. 건우의 그런 생각을 모르는 잭과 리더는 순진하게 웃고 있을 뿐이었다.

진희가 복장을 갖춰 입고 나왔다. 간편한 복장이었다. 복장만 본다면 그렇게 힘든 운동을 할 것 같지는 않았다. 산책이라도 나갈 것 같은 복장이었다. 그러나 잭은 진희의 눈빛을 본 순간 몸을 흠칫 떨었다.

무언가 위압감이 느껴졌기 때문이다. 잭은 고개를 저으며 그런 생각을 부정했다. 요즘 영화에 신경을 쓰느라 예민해져 있던 것이 틀림없었다.

　진희가 건우를 보면서 투지를 불태웠다.

　"오늘은 꼭 성공할 거야."

　"아직 힘들지 않을까? 아! 오늘은 잭이랑 리더도 함께할 거야."

　진희는 실력이 비약적으로 늘었지만 아직까지 건우를 스치는 것조차 불가능했다. 아마 건우가 마음먹는다면 평생 불가능할 것이다. 늘 아슬아슬하게 피하고 있어 진희는 날이 갈수록 과감하고 과격해지고 있었다.

　"그럼 나가죠."

　잭과 리더도 편한 옷으로 갈아입고 왔다. 별장 앞의 마당은 수련을 위한 장소가 되어 있었다. 잔디가 있었던 바닥은 기묘한 형태로 파여 있었다. 부서진 바위들도 보였다. 부서진 바위들 사이에 날카롭게 잘려 있는 탑과도 같은 바위들이 서 있었다. 잭은 마치 영화 세트장처럼 꽤 자연스럽게 잘 만들어진 마당이라고 생각했다.

　역시 진우 화백다운 센스라는 생각이 들었다.

　"마당이 참 멋진걸?"

　그렇게 중얼거리며 잭은 마당에 놓인 바위로 다가갔다. 절삭력이 엄청난 무언가로 깔끔하게 자른 듯한 바위였다. 면이 아주 많은 주사위 같기도 해서 꽤 흥미롭게 바라보고 있었다. 그런 바위들이 꽤 많았다.

어떤 상징 같은 것이 있는 걸까?

"음? 뭐지?"

바위들을 살펴보던 잭은 무언가를 발견했다. 바위의 한쪽에 손바닥이 새겨져 있었다. 그 손바닥을 중심으로 바위 전체에 균열이 가 있었다.

잭이 보기에 조각한 것은 아니었다.

누군가 아주 강한 힘으로 바위를 친 것 같았다.

'이렇게 조각하는 게 불가능하지는 않겠지만 너무 힘들 텐데.'

잭은 그곳에 자신의 손바닥을 대보았다. 자신의 손보다 가늘고 작았다. 고개를 갸웃하던 잭은 건우와 이야기를 나누고 있는 진희를 바라보았다.

피식!

설마 하는 생각이 들었다. 건우라면 몰라도 연약해 보이는 진희를 보니 절대 그럴 리 없다고 생각했다. 무언가 스멀스멀 피어오르는 불안감을 간신히 없앤 잭은 건우를 바라보았다.

"근데 무슨 운동을 하는 거야?"

"가벼운 체력 단련하고… 음, 기왕 하는 거 무술 좀 알려 드릴까요? 살도 빠지고 체력도 늘어날 거에요. 유사시에는 호신술처럼 목숨을 구해줄 수도 있죠."

"오! 좋지! 배워보고 싶었어."

"단, 꾸준히 해야 해요. 그게 조건이에요."

"걱정 마. 나도 근성이 있어!"

잭은 건우의 무술 실력을 아주 잘 알고 있었다. 건우에게 직접 배운다고 하니 금방에라도 고수가 될 것 같았다. 리더도 기대가 가득한 눈치였다. 잭은 매끈한 근육을 가진 자신을 상상하자 의욕이 마구마구 생겨났다.

건우는 그 모습을 보며 무척이나 상쾌한 미소를 지었다.

"그럼 준비운동부터 하죠."

준비운동이 시작되었다. 그러나 잭과 리더가 알고 있던 준비운동과는 조금 달랐다. 진희는 유연한 몸놀림으로 준비운동을 했다. 유연하고 아름다운 모습에 잭과 리더가 감탄했다. 한 폭의 그림 같은 모습이었다.

건우가 잭과 리더에게 다가왔다. 준비운동을 도와주기 위함이었다.

"직접 자세를 교정해 드릴게요. 일단 잭부터."

건우가 잭의 몸에 손을 대었다. 뼈와 근육 그리고 혈맥을 살펴보았다. 잭의 몸은 꽤 심각했다. 통나무처럼 굳어 있었다. 이정도라면 기본적인 운동도 힘들 지경이었다.

'조금 과격하겠지만……'

제대로 교정을 해야 했다. 건우가 잭의 몸을 잡고 힘을 주자 잭의 몸이 건우의 손길을 따라 여러 자세로 바뀌었다.

으드득.

마치 뼈가 부러지는 것 같은 소리가 났다.

"으, 으억!"

"시원하죠?"

"아, 아니… 자, 잠깐……!"

까드득!

허리에서 뼈가 갈리는 소리와 함께 잭의 표정이 창백하게 변했다. 건우가 기운을 주입했기에 아픔 뒤에 기묘한 쾌감이 밀려왔다.

"앗흥! 잇힝!"

으득! 으드득!

뼈가 맞춰지는 소리와 함께 기묘한 신음이 울려 퍼졌다.

"하악! 웃흥!"

진희가 이해가 된다는 듯 잭을 바라보았고 리더는 갑작스러운 상황에 당황할 뿐이었다. 잭의 몸이 그의 몸집으로는 불가능한 포즈로 변했다.

허리가 비틀리고 목이 돌아갔다. 잭이 몸을 부르르 떨며 눈이 풀렸다. 리더는 침을 꿀꺽 삼켰다. 엄청나게 아파 보였기 때문이다.

"음, 한 달 정도 받으면 그럭저럭 괜찮아지겠는데요. 좀 쉬고 계세요."

그렇게 말한 건우가 손을 놓자 잭이 털썩하고 바닥에 쓰러졌다. 리더는 그 모습을 보며 뒤로 몇 걸음 물러났다.

'주, 죽었나?'

잭의 상태를 본 리더가 침을 꿀꺽 삼키고는 거부 의사를 표현하려는 순간이었다.

덥썩!

건우가 리더의 어깨를 잡았다.

"자, 잠깐… 재, 잭이……."

"걱정할 것 없어. 쉬고 있는 것뿐이야."

"쉬, 쉬고 있다고? 기, 기절한 게 아니라?"

리더가 간절한 눈으로 진희를 바라보았다. 진희는 몸을 풀다가 리더의 시선을 받고는 엄지를 세워주었다.

"자고 나면 개운해져요."

"네?"

"행운을 빌어요."

진희의 상쾌한 미소도 건우를 무척이나 닮아 있었다. 미소만큼이나 상당히 깔끔한 영어 발음이었다.

건우의 손이 리더의 머리를 잡았다.

으득!

"끄아흣!"

리더의 목이 돌아감과 동시에 신음이 터져 나왔다. 리더는 순간 정신이 아득해지는 것을 느꼈다. 온몸이 기이한 각도로 꺾이고 허리가 반쯤 돌아갔다.

아픔 뒤에 밀어닥치는 쾌감은 절로 기묘한 소리를 입 밖으로 내도록 만들었다.

털썩!

리더 역시 바닥에 쓰러졌다. 잭과 나란히 눕게 되었다.

잭과 리더는 아득한 정신 속에서 눈을 떴다.

'엥?'

'응?'

색다른 풍경이 펼쳐져 있었다.

휘이익! 퍽!

거대한 몸집의 누군가가 하늘을 붕 뜨더니 바닥에 처박혔다. 잭과 리더는 그대로 굳을 수밖에 없었다. 아름다운 여인이 달려드는 남자들을 무참하게 박살 냈기 때문이다.

잭은 그 여인이 누구인지 알고 있었다.

모를 수가 없었다.

'연? 이곳은……'

바로 연이었다.

눈앞에 펼쳐진 진우전생록의 한 장면이었다. 잭은 그제야 전생 체험임을 깨달을 수 있었다. 사실 그동안 잭과 리더 또한 굉장히 많이 시도를 해봤지만 경험할 수 없었다. 때문에 많은 이들이 떠들고 있기는 하지만 신빙성 없는 소문이라고 생각했다.

잭과 리더는 흥분으로 물들었다. 이건 정말 환상적인 체험이었기 때문이다.

퍽!

연은 과격한 몸놀림으로 달려드는 사내들을 박살 냈다.

'오우!'

'허억!'

다소 잔인한 부분도 있었지만 그걸 보는 순간, 잭과 리더는 이와 같은 장면을 꼭 연출해 보고 싶었다. 눈앞에 생생하게 펼쳐지는 환상이 있는데, 이대로 흘려보내기에는 너무 아까웠다.

잭과 리더는 이 다음에 펼쳐질 장면을 알고 있었다. 연은 실력이 좋기는 하나 고수는 아니었다. 사내들에게 밀리는 순간 누군가 난입했다.

진우가 등장하더니 연 앞에 있는 사내를 그대로 발로 차버렸다. 사내가 쭈욱 날아가더니 나무에 부딪혔다.

'오오!'

'대, 대단해!'

나무가 박살 나며 사방으로 파편이 휘날렸다. 수많은 나뭇잎이 공중으로 뿜어져 나가며 환상적인 광경을 연출했다.

잭과 리더가 흥미진진한 눈으로 다음 장면을 기다리는 순간이었다.

"으, 음⋯⋯."

"웅?"

콰앙!

잭과 리더는 정신이 들었다.

무언가 박살 나는 듯한 시끄러운 소리가 들려왔기 때문이다. 어째서 자신이 바닥에 곱게 쓰러져 있는지 기억이 났다.

"잭, 나 방금⋯⋯."

"너도?"

잭과 리더는 서로를 바라보면서 멍한 표정으로 고개를 끄덕였다. 방금 체험한 것이 무엇인지 깨달은 것이다.

둘은 몸을 일으켰다. 신기하게도 몸이 개운했다. 준비운동을 빙자한 건우의 인체 개조가 확실하게 효과를 발휘한 것이다.

"건······."

잭이 건우를 부르려다가 그대로 멈췄다. 리더도 마찬가지였다. 건우를 죽일 듯이 덤비는 진희의 모습이 보였기 때문이다.

진희의 주먹이 건우의 급소를 향해 뻗어갔다. 건우가 몸을 비틀어 가볍게 피하자 바로 발차기가 이어졌다.

펑!

발은 건우를 차지 못하고 뒤에 있는 바위를 때렸다. 바위가 흔들리더니 먼지가 치솟았다. 잭과 리더는 그대로 굳어버렸다. 리더는 너무 놀라 딸꾹질까지 했다. 잭과 리더는 방금 그 환상에서 본 장면과 눈앞의 장면이 오버랩되는 것을 느꼈다. 약간 달랐지만 과격하다는 점은 비슷했다.

저 주먹에 맞았다가는 뼈가 박살 날 것 같아 보였다.

휘익!

"으앗!"

건우가 진희의 발을 걸자 그대로 넘어졌다. 진희가 빠르게 바닥을 구르며 뒤로 물러났다. 진희가 사나운 눈빛으로 건우를 노려보았다. 건우는 여유로운 미소를 짓고 있었지만 분위기는 차가웠다.

"딸꾹!"

리더가 딸꾹질을 하자 진희가 자세를 풀고 리더를 바라보았다.

"일어나셨네요."

"아… 네, 네!"

방금 아무 일도 없었다는 듯 환한 미소였다. 리더는 그 미소가 아름답다고 생각했지만 동시에 무척이나 무서웠다.

건우는 멍한 표정의 잭에게 다가갔다.

"하, 한 번 더 해줘 봐!"

"준비운동이요?"

"기절했을 때 꿈을 꿨어. 엄청 생생한……! 그게 소문으로만 듣던 그건가 봐."

건우가 몸을 교정하며 흘려 넣은 기운 덕분인 것 같았다.

'영화에도 도움이 될 것 같은데…….'

그렇게 생각한 건우는 적당히 모른 척했다.

"음, 그냥 기절시켜 달라는 말이죠?"

"아, 말이 그… 그렇게 되나?"

건우가 웃으며 고개를 끄덕였다.

잭은 스스로 말해놓고도 무언가 잘못 말한 것 같았다.

"그럼 시작하죠."

건우는 본격적으로 잭과 리더를 가르치기 시작했다. 첫날부터 강도 높은 훈련이었다.

"웅흐잇!"

"웃흐응!"

기이한 신음 소리가 마당에 울려 퍼졌다. 그러나 관둘 수 없었다. 녹초가 되어 의식이 흐릿해질 때마다 진우전생록의 장면들이 눈앞에 보였다가 사라지는 게 반복됐기 때문이다.

그렇게 영화 계획이 착실하게 진행되고, 잭과 리더의 건강 역시 눈에 띄게 좋아졌을 때 진우전생록의 완결이 코앞으로 다가왔다.

5. 새로운 세계, 테마파크

진우전생록의 완결이 다가왔다는 소식이 들려오자 에드스타 본사에 정치권 인사들이 방문해서 연재를 조금 더 늘려보는 것이 어떻겠느냐는 제안을 했다. 그만큼 지역 사회에 큰 영향을 미칠 정도의 소식이었다.

　샌프란시스코와 로스앤젤레스 지역의 신흥 문화로 자리 잡고 관광 명소가 되어 막대한 수익 창출을 하고 있으니, 이 지역들의 관계자로서는 완결이 달갑지 않을 수밖에 없었다. 캘리포니아주에서는 세금 감면 및 여러 가지 이득이 되는 일들을 제안했지만 완결을 막을 수는 없었다. 건우는 억지로 분량을 늘리고 싶지 않았다. 이미 완벽하고 완전한 완결이었기 때문이다.

진우전생록 완결은 굉장한 소식이었다. 모두들 그냥 조용히 가만히 있지 않았다. 진우전생록의 완결을 맞이해서 대규모 행사가 계획되어 있기도 했다.

현재 TV는 물론 플레이스타를 통해 인터넷으로 생방송이 나오고 있었다. 진우전생록 완결 행사가 있는 현장의 생방송이었다. 카메라가 다가오자 현장에 있는 사람들이 일제히 환호성을 질렀다. 후끈한 열기가 느껴졌다.

[안녕하세요! 해피! 플레이스타의 제나입니다! 저는 지금 미국 로스앤젤레스에 위치한 하로니랜드에 나와 있습니다. 보시다시피 어마어마한 인파가 하로니랜드의 진우전생록 테마파크 앞에 몰려와 있는데요. 이곳 진우전생록 테마파크는 하로니랜드는 물론 세계에서 가장 큰 규모를 자랑하는 테마파크입니다. 현재는 하로니의 보물이라고 불리고도 있지요! 4개월이라는 긴 시간 끝에 확장 공사를 마치고 잠시 뒤 그 모습이 공개가 되는데요. 본래 공사 일정인 6개월에서, 성원에 힘입어 빠르게 앞당겼다고 합니다.]

화면에 테마파크의 전경이 비춰졌다. 하로니랜드의 진우전생록 테마파크는 하로니랜드와 조금 거리를 두고 있었는데, 다른 테마파크는 하로니랜드와 이어져 있었지만 진우전생록 테마파크는 독립된 형태로 운영이 되었다. 하로니랜드와는 완전히 다른, 독립된 장소라고 봐도 무방했다. 진우전생록 테마파크의 입장권도 하로니랜드에 비해 더 비쌌다. 그럼에도 불구하고 하로니랜드의 매출을 넘어선 지 오래였다.

하로니랜드 진우전생록 테마파크는 몇 차례 증축이 있었는데, 이번에는 대단히 큰 규모로 리뉴얼되고 증축을 했다. 그 규모는 하로니랜드 측에서도 상당히 부담스러울 정도였다. 이제 하로니랜드의 인기가 라인랜드를 넘어섰다고 평가되기는 하지만 이 정도 규모의 투자는 하로니랜드 측에서도 굉장히 부담스러워 보이기도 했다. 전문가들도 우려를 보였었는데, 하로니랜드가 그런 결정을 한 데에는 타당한 이유가 있었다. 물론 그 이유는 관계자 외에 아무도 모르고 있었다.

극비였기 때문이다.

[열기가 정말 대단합니다! 열기만으로도 이곳이 폭발할 것 같습니다!]

제나의 얼굴에도 흥분이 서려 있었다.

플레이스타는 카메라 한 대만 있으면 누구든지 방송을 진행할 수 있었다. 카메라가 없다면 핸드폰으로도 문제없었다. 타 플랫폼에 비해 깨끗한 화질을 자랑했다.

그녀는 400만 구독자를 가진 플레이스타 크리에이터였다. 예쁘장한 외모에 입담이 좋아 인기가 많았다. 에드스타에서 공식 후원도 하고 있었는데, 현재 생방송에도 10만 명이 넘는 인원들이 들어와 보고 있었다.

[그 이유는 여러분들도 아시다시피 앞으로 10분 뒤에 있을 진우전생록 완결 페스티벌 때문입니다! 10분 뒤부터 3일, 진우전생록 완결화가 업데이트되는 그날까지 24시간 내내 오픈이 됩니다. 즉! 3일 동안 문을 닫지 않는다는 이야기입니다! 저도

3일간 테마파크 안에 머물며 여러분들께 생생한 현장을 중계해 드리겠습니다! 네! 현장 반응이 계속해서 달아오르고 있습니다. 사람들도 더욱 많아졌구요! 마치 전 세계 팬들이 모두 몰려온 것 같습니다!]

[꺄아아아아악!]

[우아아아아!]

[시청자 여러분! 이 환호 소리가 들리십니까?]

제나의 주위에는 어마어마하게 많은 사람들이 줄을 서서 문이 열리길 기다리고 있었다. 주변 광장이 사람들로 꽉 찰 정도였다. 그 장면을 찍는 세계 각국의 방송사 스태프들의 모습도 보였다. 미국, 한국뿐만 아니라 각 세계의 주요 채널에서도 중요하게 다루고 있었다.

세계에서 가장 위대한 작품 중 하나라고 칭송받는 진우전생록의 완결을 모두 기다리고 있었다.

완결을 기념하기 위해서 세계 각지에서 팬들이 몰려왔다. 이곳 하로니랜드는 물론, 샌디에이고 컨벤션 센터, 서울시 코엑스 홀, 일본 치바 미쿠하리 멧세 등에서 완결 행사가 열렸다. 3일 내내 페스티벌이 열리는 것은 이곳 하로니랜드 진우전생록 테마파크가 유일했다.

축제의 마지막 날에는 세계의 여러 유명 인사들이 참여하기로 되어 있었다. 진우 화백도 직접 온다는 소문이 도니 영화계 관계자들도 대거 참가 의사를 밝혔다.

[네! 진우전생록 복장을 입고 있는 사람들도 많습니다. 복장

을 입고 있으면 할인된 가격에 입장권을 구매할 수 있고, 테마 파크 내의 각종 할인 행사 및 이벤트에 참여할 수 있다고 합니다. 저도 그래서 입고 왔는데요. 조금 우아한 것 같지 않습니까? 제가 입고 있는 이 브랜드는 요즘 학생들 사이에서는 선풍적인 인기를 끌고 있습니다. 파티룩으로도 각광받고 있다고 합니다.]

제나 주위에 있는 사람들은 모두 진우전생록의 복장을 입고 있었다. 저잣거리의 일반 백성룩부터 시작해서, 상인, 무인, 병사, 살수, 귀족 여인들의 복장까지 굉장히 다양했다. 모두 진우 작가의 디자인으로 탄생한 퓨전 한복의 느낌이었다. 거기서 더 나아가 동서양을 아우르는 디자인의 복장 역시 다양하게 있었다.

전생 사전에 자세한 디자인이 나와 있어서 직접 만들어 입을 수도 있었다. 그러나 가장 인기가 있는 것은 에드스타에서 매월 한정 생산하는 상품이었다. 한국의 장인들과 협업하며 만든 이 상품들은 없어서 못 팔 지경이었다.

초등학생들이 에드스타 정품 상품을 받고 눈물을 흘리는 리액션 비디오는 이미 상당히 유명했다.

[꺄아아악!]

[열렸다!]

[말씀드리는 순간 테마파크의 문이 활짝 열렸습니다! 지금 시각은 현지 시간으로 새벽 5시 59분입니다! 1분 뒤, 입장이 시작됩니다!]

날씨는 딱 좋았다. 이제 막 태양이 떠오르는 시점이라 날이 조금 어둡기는 했지만 하늘은 맑고 날씨는 적당히 선선했다. 그야말로 최고의 날이었다.

테마파크 입구에 불이 활짝 켜졌다. 불이 들어온 테마파크의 입구는 환상적이었다. 기와지붕은 주변의 자연경관과 어울리고 있어 굉장한 크기임에도 이질감이 전혀 들지 않았다. 제나도 입구를 보면서 감탄했다. 그리고 감동했다.

[아아, 여러분!]

입구를 상징하는 건축물은 진우전생록에서 등장하는 '태양의 문'이었다. 정도를 지향하는 강력한 무인들이 모여 있는 태양연맹의 본관으로 향하는 입구였다. 그 자체로도 훌륭한 관광 명소였다. 건물의 디자인에 진우 화백이 직접 참여했다고 하니 입구 앞에서 사진은 필수였다.

[태양의 문이 빛나고 있습니다! 사람들이 일제히 환호하기 시작합니다! 장관입니다! 아! 죄송합니다. 인터뷰를 깜빡했군요. 지금 바로 인터뷰를 해보겠습니다. 멋진 복장을 하고 계신데요. 어디에서 오셨나요?]

제나가 태양의 문을 바라보고 있다가 정신을 차리고는 인터뷰를 하기 시작했다. 제나 역시 진우전생록 광팬이었다. 감동 덕분에 목소리가 떨리고 있었다.

[어? 혹시 제나 씨? 반가워요! 이거 방송되고 있는 건가요? 저는 독일에서 왔어요!]

[오! 멀리서 오셨네요. 꽤 오래 기다리신 것 같은데… 언제부

터 기다리셨나요?]

[어제 아침부터 있었어요. 시작도 전인데 재미있어서 시간 가는 줄 몰랐어요. 우리는 환상적인 시간을 보냈어요. 그리고 더욱 놀라운 점은 이제부터가 본격적인 시작이라는 거죠!]

[3일 동안 계속 계실 건가요?]

[물론이죠! 여기가 바로 천국인걸요! 3일 내내 자지 않을 겁니다!]

[열정이 정말 대단하시군요.]

개장 시간 며칠 전부터 사람들이 몰려왔다. 모두 텐트를 지참하고 있었는데, 테마파크 앞 광장에서 텐트를 치고 밤새 노래를 부르며 개장 시간을 기다렸다. 그야말로 축제의 현장이었다.

하로니랜드에서는 사설 경비원도 대거 채용해 치안을 관리해서 특별한 문제는 일어나지 않았다. 테마파크 내부에는 숙박 시설도 존재했는데, 이 많은 인원들을 감당하기에는 무리가 있었다.

때문에 테마파크 한쪽에 공간을 만들어 텐트를 치고 숙식을 할 수 있도록 큰 공간을 만들어놓았다. 이용은 무료였지만 조건이 있었는데 바로 진우전생록 콘셉트에 맞는 모양의 텐트를 쳐야 한다는 점이었다. 때문에 사람들이 들고 온 텐트는 동양풍 천막 느낌이 나게 잘 꾸며져 있었다. 물론, 이용료가 조금 비싸기는 하지만 테마파크 내에서 텐트를 대여할 수도 있었다.

독일에서 온 팬은 한국식으로 인사를 하고는 거대한 대열에 합류했다. 카메라가 그 광경을 화면에 담았다. 맑아지기 시작한 하늘 아래 이 거대한 행렬은 그야말로 장관이었다.

태양의 문과 거대한 행렬이 어울리며 이국적인, 아니, 마치 다른 차원에 와 있는 것 같은 감동을 선사해 주었다.

화면으로는 담을 수 없는 벅찬 감동이 존재했다. 실제로 본다면 누구라도 제나처럼 넋이 나갈 것이다.

[대단히 질서 정연한 모습입니다. 이 정도의 인원이 움직이는데, 조그마한 충돌도 존재하지 않습니다. 모두 환하게 웃으며 축제의 시작을 즐기고 있습니다. 아! 이런! 저도 지금 들어가 보겠습니다!]

제나는 줄을 서지 않고 하로니랜드 스태프들의 안내를 받아 태양의 문으로 다가갔다. 이번 행사는 에드스타가 협력사로 참여하고 있었기에 플레이스타 크리에이터는 프리 패스로 통과할 수 있었다. 뿐만 아니라 모든 시설을 프리 패스로 이용할 수 있었고, 여러 가지 이벤트도 우선적으로 참여할 수 있었다. 3일간 플레이스타를 통해 많은 부분을 소개할 것이다.

제나는 플레이스타에서 방송 생활을 하기 참 잘했다고 생각했다. 어쩌면 이날을 위해 지금껏 방송을 했는지도 몰랐다.

태양의 문 앞 바닥에는 커다란 금색 선이 그어져 있었다. 금속으로 제작된 선 위에는 '환상 접속'이라는 글자가 새겨져 있었다. 이 노란 선을 넘어가면 전우전생록 세계로 들어가게 된다는 의미였다. 큰 의미가 없을 수도 있겠지만 사람들은 모두 그 앞에서 잠시 멈추었다가 넘어섰다.

경건한 의식 같은 느낌도 들었다.

스태프들도 모두 현실과 동떨어진 복장이었다.

[어서 오십시오!]

[반갑습니다.]

그들 모두 독특한 억양이 느껴지는 한국어 인사를 구사했다. 정중하게 인사하는 모습은 굉장히 기품 있고 우아해 보였다.

[와우! 정말 놀랍습니다! 시청자 여러분! 이 환상적인 광경을 보십시오! 이곳은 완전히 다른 세계입니다!]

제나는 진심으로 감탄했다. 하로니랜드가 작정하고 만든 것이 확 느껴졌다. 테마파크라고 하더라도 보통 한계가 있게 마련인데, 이곳은 그렇지 않았다. 현대적인 느낌이 하나도 나지 않았다. 물론, 깊숙이 들어가 보면 편의를 위해 마련된 현대 시설이 있었지만 그마저도 주변 경관과 잘 어울리도록 꾸며놓았다. 예를 들면 가로등은 촛불처럼 보이도록 해놓았고, 안내 표지판은 지도 모양으로 해놓았다. 컴퓨터들도 케이스를 고풍스럽게 포장해 놓았다.

눈길을 끄는 시스템이 있다면 환전소였다.

개인당 한정 수량으로 진우전생록 속에서 나온 화폐로 바꿀 수 있는데 테마파크 내의 각종 이벤트 참여나 한정판 상품, 시설 이용에 쓰였다. 상품 구매, 이벤트 참여 횟수를 제한하고 대기 행렬을 해소하기 위한 방편이었다.

거리를 돌아다니는 직원들이 보였다. 주요 상인이나 건물 주인 같은 경우에는 모두 하로니랜드의 직원이었다. 모두 주어진 역할을 수행하고 있었고 상황극을 하고 있었는데, 일반인들도 얼마든지 상황극에 참여할 수 있었다. 상황극에 참여하면 여러 가지 이점이 많이 제공되었다.

[푸른 매 상단에서 직원을 모집하고 있습니다! 시급이 1금화라고 합니다!]

환전을 하지 않고도 화폐를 따로 구할 수 있는 방법이 있었다. 직원들과 함께 상황극을 하거나 일을 하면 되는 것이다. 테마파크의 중요한 컨텐츠 중 하나였다.

[제가 한번 참여해 보겠습니다!]

제나는 상단주에게 다가갔다. 상단주는 여성이었는데, 토끼 귀를 하고 있었다. 흰 피부와 붉은 눈을 지닌 미인이었다. 메이크업도 사실적으로 되어 진짜 진우전생록 속의 인물 같았다.

[저기, 상단에 가입하고 싶습니다!]

[기괴한 무리로군! 네놈들의 정체가 무엇이냐! 저자는 어째서 저런 사악함이 느껴지는 복장에 저주받은 무기를 들고 있는 것인가?]

[네? 아, 이, 이건 카메라……]

[카메라… 참으로 사악함이 느껴지는 이름이로군! 여기가 어디라고 그런 사악한 물건을……! 이보시오! 사, 사악한 놈들이 있소! 도와주시오!]

제나와는 달리 카메라맨의 복장은 평범했다. 현대 옷을 입고 있어도 불이익 같은 건 없었지만, 플레이스타 방송임을 나타내는 명찰과 카메라를 보고 즉흥적으로 상황극이 일어난 것으로 보였다. 토끼 상단주의 외침에 주변에 있던 경비원이 빠르게 다가왔다.

경비 대장이 멋들어지게 등장을 하더니 쓰고 있던 죽립을 살짝 올렸다. 토끼 상단주가 고개를 숙여 인사했다. 그 일련의 과정이 굉장히 연습을 많이 했는지 굉장히 자연스러웠다.

[사악한 심연의 무리와 관련이 있을지도 모르겠군. 끌고 가라!]

[억?! 자, 잠시만요! 제, 제나TV 아시죠? 저 제나……]

[으윽! 마녀가 주문을 외운다! 포박하라!]

경비원들이 제나와 카메라맨을 포박했다. 제나와 카메라맨이 경비원들에게 질질 끌려가기 시작했다. 경비원 중 하나가 카메라를 대신 슬쩍 들고는 그 광경을 찍었다.

질질 끌려가는 제나의 모습은 처량하기 그지없었다.

[와아!]

[범죄자인가 봐!]

[저 여자 어디서 봤는데?]

그렇게 제나의 험난한 3일간의 일정이 시작되었다.

*　　　　　*　　　　　*

건우는 무척이나 보람찬 시간을 보냈다. 잭과 리더는 건우의 손길 아래 무척이나 건강해졌다. 놀라울 정도로 외형적인 변화는 거의 없었는데, 때문에 더욱 강도를 높여 지옥 훈련을 실시했다. 외형은 여전히 똑같은 모습이었지만 체력만큼은 엄청나게 단련된 잭과 리더였다. 이제는 하루를 꼬박 새워 작업에 몰두해도 피곤함을 느끼지 않을 정도였다.

"잭, 같이 가죠?"

"아, 꽤, 괜찮아. 나는 하루 전에 갈 테니까 지, 진희 양과 오붓한 시간을 보냈으면 조, 좋겠네."

"그, 그래. 마, 맞아."

건우의 말에 잭과 리더는 서로 눈치를 보다가 그렇게 말했다. 지옥과 같은 훈련은 확실하게 잭과 리더의 체력을 높여주고 정신력을 단련시켜 줬지만, 나날이 더욱 힘들어졌다. 둘은 뼈를 깎는 고통이라는 표현을 이해할 수 있었다. 병이라도 걸렸으면 좋겠다는 생각이 들 정도로 고통스러웠다. 그러나 신기하게도 다음 날이면 근육통이 사라지고 온몸에 활력이 돋아나서 변명조차 할 수 없었다.

확실히 건강도 좋아지고 체력과 정신력이 느는 것도 느껴지니 쉴 명분이 없었다. 특히 진희와의 무술 대련은 공포 그 자체였다. 바위가 박살 나고 파편이 비산하는 광경은 절로 소름이 끼치게 만들었다.

건우는 둘의 말에 고개를 끄덕였다.

기왕 공개 연애를 하고 있으니 진희와 오붓하게 데이트를 즐기는 것도 좋을 것 같았다. 잭과 리더는 별채에서 머물다가 나중에 현장에서 합류하면 될 것이다.

"알겠어요. 아! 대신 수련은 빼먹지 말도록 해요."

"알았어!"

"걱정 마!"

잭과 리더가 반색하면서 고개를 마구 끄덕였다. 속으로는 자유다! 라고 외치고 있었지만 티를 내지 않으려 노력했다. 건우와 같이 갔다간 미국이든 어디든 간에 지옥 훈련을 계속해야 했기 때문이다.

물론, 건우가 둘의 생각을 모르는 건 아니었다. 건우는 아름다운 미소를 그리며 둘을 바라보았다.

"그럼 오늘은 좀 더 진도를 나가볼까요? 그리고 수련 스케줄을 짜드릴게요."

"어? 으, 응."

"으윽."

둘의 얼굴이 새파랗게 질렸다. 둘은 평소보다 몇 배는 더 굴러야 했다. 덕분에 한층 더 건강해지는 잭과 리더였다.

*　　　　　*　　　　　*

완결 행사 참여를 위해 건우는 진희와 미국으로 가는 비행기에 올랐다. 비행기는 하로니 측에서 보낸 전세기였다. YS 직원들이 따라가기는 하지만 전세기의 좌석을 채우기에는 턱없이 부족했다. 특이한 점이 있다면 비행기의 겉모습이 하로니랜드 마크와 진우전생록 일러스트로 도배가 되어 있다는 점이었다.

누가 보더라도 하로니의 전세기로 보였다.

건우 일행은 하로니의 배려 덕분에 굉장히 편하게 미국에 올수 있었다. 이제는 일반 비행기는 못 탈 것 같은 느낌이 들 정도로 굉장히 편했다. 조금 사치라고 생각하기는 하지만 개인용 비행기를 사볼까 생각한 건우였다.

아무튼, 미국에서는 늘 그랬듯이 UAA에서 건우를 서포트했다. 마이클이 직접 공항에서 건우의 집까지 데려다주었다. 건우의 완결 행사 참여는 3일 중 마지막 날에 참여하기로 되어있었는데, 미리 가서 보고 싶었기에 마이클과 상의를 했다. 마이클은 건우의 호출에도 귀찮은 기색 없이 웃으면서 건우의 요구를 들어주었다.

할리우드의 명소로 자리매김한 건우의 집 앞에 마이클이 차량을 끌고 왔다. 단기 방문 같은 경우에는 마이클이 직접 건우를 관리했다. 하찮은 일까지 하나하나 모두 마이클의 손에서 이루어졌다. 요즘 미국의 일반 연예인들은 마이클의 눈조차 못 마주치고 있는데, 건우는 그가 그저 친구 같았다. 마이클 역시 건우에 대한 애정이 깊어 하나부터 열까지 모두 직접 챙기고 싶어 했다.

마이클은 건우와 진희가 나란히 서 있는 모습을 보고는 미소를 지었다. 환상적인 모습이었다. 그들의 아름다움은 인간 같지 않았고, '골든 시크릿'에나 나오는 엘프 왕족 같다고 생각했다. 건우는 요정왕이었으니 어떻게 보면 맞는 말이었다.

진희도 건우와 어울릴 정도로 아름다웠다. 신비함마저 느껴지는 아름다움이었다. 괜히 미국 팬들이 꽤나 늘어난 것이 아니었다. 심지어 어떤 미국 팬은 그녀가 다른 차원에 살고 있다가 온 것이라 막연히 생각하고 있기도 했다.

　"두 분이 나란히 계시는 모습을 보니 기분이 좋네요. 이보다 더 아름다울 수 없습니다. 정말 잘 어울리는 한 쌍입니다."

　"고맙습니다. 번거롭게 해서 죄송합니다."

　"그런 말씀 마세요. 귀찮음, 번거로움, 복잡함이 제 기쁨이지 않습니까?"

　건우가 웃으며 고개를 끄덕이자 마이클도 그를 마주 보며 미소 지었다. 진희는 마이클의 모습을 보면서 히어로물에나 나올 법한 만능 집사를 연상했다. 마이클의 복장도 깔끔한 정장이었다. 요즘 금테 안경을 쓰고 있었는데, 그와 잘 어울려 꽤 기품이 있어 보였다.

　진희도 마이클에게 감사를 표했다.

　"감사합니다. 마이클 씨."

　"별말씀을. 오늘 건우 씨와 함께 모실 수 있게 되어 영광입니다. 자! 타시지요. 편안하게 모시겠습니다."

　건우와 진희는 마이클이 직접 운전하는 차에 올랐다. 경호 차량이 뒤따랐지만 이제는 그들이 느껴지지 않을 정도로 익숙해진 건우였다.

　"하루는 테마파크 안에서 숙박하실 거지요?"

　"네, 가능하다면 그러고 싶습니다만, 가능할까요?"

"저만 믿으세요. 계획이 있습니다."

마이클이 백미러로 건우를 바라보며 찡긋하고 윙크를 했다. 할리우드에서 마이클의 저런 모습을 본 사람은 건우밖에 없을 것이다.

'그러고 보니 숙박 시설도 설계했었지.'

분명 숙박 시설도 그려줬던 기억이 있었다.

하로니랜드는 처음 테마파크를 선보인 이후에 건우와 꾸준하게 연락을 하며 확장을 했다. 본격적으로 지금의 형태가 갖춰진 것은 한국에서 있었던 만남 이후였다. 그 이후 하로니도 투자 배급사 및 사업 파트너로서 대열에 합류했다. 컨텐츠의 보안을 말하는 에드스타와, 컨텐츠의 발전과 확장에 가치를 두는 하로니는 궁합이 정말 잘 맞는 파트너였다.

테마파크 확장은 길게 보자면 영화를 위한 발판과도 같았다. 언론이나 일반인들에게 공개가 되지는 않았지만 유니크 스튜디오, 에드스타의 협업 아래 부지를 확보하고 여러 가지 기반 설계에 들어갔다. 한국과 뉴질랜드 등에서도 설계 단계에 있었다. 영화 세트장을 넘어 하나의 새로운 문화 공간으로서 나아간다는 목표도 가지고 있었다. 아무튼, 건우는 테마파크에서 하루 머물고 완결 행사에 참여하고 싶었다.

"엄청 기대돼. 궁금했는데 일부러 안 찾아봤어."

"잘했어."

진희의 말에 건우가 웃으면서 대답했다.

하로니랜드 테마파크는 이미 여러 방송에서 소개된 적이 있었다. 진희는 테마파크에 관한 방송이 나올 때면 채널을 돌렸고 인터넷에서도 반응을 찾아보지 않았다.

점심시간이 훌쩍 지나고 나서, 그들은 하로니랜드의 진우전생록 테마파크에 도착했다.

예상은 했지만 사람들로 엄청나게 북적였다. 태양의 문을 보는 순간, 건우는 꽤 감동했다. 전생의 기억과는 많이 다르기는 하지만 그래도 그 기본 틀은 똑같았다.

'정의를 상징하는 문이었지만……'

무림맹이 타락하고 저 문도 불타 사라져 버렸다. 건우가 기억하는 정의로웠던 그 시절을 상징하는 것이 바로 저 문이었다. 아름다운 기억들이 많은 시절이었다.

진희와 마이클은 감탄을 하지 않을 수 없었다.

"와… 엄청 웅장하네."

"저도 실제로 보는 건 처음인데 대단하군요. 테마파크보다는 문화유산 같은 느낌이 듭니다."

태양 빛을 받은 태양의 문은 찬란하게 빛나고 있었다. 원작 고증이 확실하게 되어 기와도 특수 제작 되었는데, 그래서인지 아름다운 색채를 뿜내고 있었다.

입구부터 '골든 시크릿' 테마파크와는 비교도 되지 않았다. 괜히 하로니랜드가 주력 컨텐츠로 밀고 있는 것이 아니었다. 실제로 매출은 하늘을 뚫어버릴 기세라고 한다. 인지도는 이미 라인랜드를 압도하고도 남았다. 어린아이들이 하로니랜드 테마파크에 가는 것이 소원이라고 말하고 다니기도 했으니 말이다.

입장권은 라인랜드보다도 훨씬 비쌌지만 그게 기이하게도 라인랜드와의 격차를 벌리는 차별점으로 작용하기도 했다.

마이클이 어딘가 통화를 하더니 입을 뗴었다.

"일반 차량은 저 노란 선 안으로 못 들어간다고 합니다. 차량에서 내리셔야 할 것 같네요. 하로니랜드 측에서 준비해 준다고 합니다."

"그래요?"

스태프들의 유도를 받아 테마파크 외곽 지역에 차량을 댔다. 일반 출입문이 아닌 직원용 출입문이 있었는데, 하로니랜드의 직원들이 기다리고 있었다.

직원들도 모두 진우전생록 복장이었다. 귀족을 연상시키는 고풍스러운 옷을 입고 있었는데, 건우가 무림맹의 복식을 한국식으로 재해석해서 디자인한 복장이었다. 선을 더욱 강조해서 더 기품 있고 우아했다.

'잘 만들었네.'

건우가 그린 그대로 재현이 되어 있었다.

코스프레 느낌은 나지 않고 영화 촬영장에 온 것 같았다. 진희도 눈을 반짝이며 그 모습을 바라보았다.

건우와 진희가 차에서 내리자 직원들이 공손하게 인사했다. 그들 중 금장식의 머리띠를 하고 있는 사내가 건우의 앞으로 다가왔다.

"안녕하세요? 만나뵙게 되어 영광입니다. 저는 태양연맹의 청룡단주 붉은 눈의 지크입니다."

"아… 네."

"부, 붉은 눈의 지… 크요?"

건우와 진희는 지크의 소개에 눈을 깜빡였다.

사내는 40대 중반으로 보이는 백인이었다. 약간 차가워 보이면서도 지적인 느낌이 났는데, 굉장히 진지하게 자기소개를 했다. 진우전생록의 세계관에 어울리기는 한데, 저렇게 진지하게 말하니 조금 어색했다.

"태양연맹의 청룡단주라면… 태양연맹주 직속 수하 아닙니까?"

"네, 그렇습니다. 이 도시의 운영을 맡고 있지요."

건우의 물음에 지크가 공손하게 대답했다. 아무래도 테마파크의 직책도 진우전생록의 직책을 본뜬 것 같았다. 대충 하로니랜드 진우전생록 테마파크의 운영 부문 총괄 부사장 정도로 보면 될 것 같았다.

"자! 환복을 추천드립니다. 그냥 들어가시면 난리가 날 테니까요. 수하들을 시켜 특별히 준비를 해놓았습니다."

건우는 고개를 끄덕였다. 변장을 하지 않고 들어가면 분명 엄청 난리가 날 것이다. 안전사고가 날 위험도 컸다.

지크는 건우와 진희를 바라보다가 주변으로 시선을 옮겼다. 마이클과 경호원들이 건우와 진희 옆에 서 있었다.

마이클은 지크를 웃으면서 바라보았다.

"준비성이 철저하시군요."

"네, 마이클 씨. 미리 말씀해 주셔서 준비할 수 있었습니다."

"좋군요. 완벽합니다. 역시 청룡단주……."

"후후후……."

마이클과 지크의 대화였다. 둘인 꽤 비슷한 분위기를 풍기고 있었다. 진희가 건우의 귓가에 조용히 입을 가져다 대었다.

"건우야, 마이클 씨도 팬인가 봐."

"그러네."

"엄청 즐거워 보여서."

쑥덕거리는 마이클과 지크에게서 약간 중2병의 향기가 나기는 했다.

지크의 뒤를 따라 안으로 들어갔다. 직원용 출입구도 결코 대충 만들지 않았다. 현대적인 느낌을 철저히 배제하려고 노력한 티가 났다. 지크는 의상 센터로 안내했다. 직원 전용 의상 센터였는데, 영화 소품실에 온 것 같은 느낌이 들었다.

"내가 골라줄게! 마이클 씨랑 경호원분들 것도요!"

진희가 눈을 반짝이더니 그렇게 말했다. 진희가 의상실을 돌아다니기 시작했다. 건우는 마이클과 함께 벽을 등지고 서서 그 모습을 훈훈하게 바라보았다. 경호원들도 오히려 건우보다 진희를 주시했다.

건우는 진희가 해준 코디대로 갈아입었다. 약간은 화려한 무늬가 들어간 복장이었는데, 전체적으로 선비 같은 느낌이 났다. 거기에 부채를 드니 제법 그럴듯했다. 진우전생록 속의 진우의 모습이 그대로 현실로 나온 것 같았다.

'옛날과는 많이 다르지만…….'

옛날로 돌아간 기분이 들었다. 환하게 웃는 진희의 미소를 보니, 그런 기분은 금방 사라졌다. 그때에는 저런 미소를 보여 준 적이 거의 없었기 때문이다. 힘들었던 과거의 기억을 추억으로 만드는 미소였다.

지크와 직원들이 건우의 모습을 보고는 박수를 쳤다.

"오오!"

"완벽합니다."

"역시 청룡단주님의 준비가 옳았습니다."

지크와 직원들은 말투가 연극 톤이었다. 얼굴을 반 넘게 가리는 가면을 써야 하는 것이 안타까울 따름이었다. 중간중간에 한국어를 쓰는 모습을 보니 주어진 역할에 완전히 동화되어 있었다.

진우전생록 테마파크 내부 규정 때문이기도 했다.

다른 테마파크와 차별화를 하기 위해, 이곳에 오게 되면 무조건 자신의 역할을 소화해야 했다. 하로니랜드 운영 부문 사장 역시 그러했는데, 직원들은 처음에는 어색해하다가 이제는 즐기는 수준에 이르렀다. 직원들 일부는 연극판을 전전하다 온 이들도 있었다. 끼를 살릴 수 있으니 경쟁률은 꽤 치열한 편이었다. 하로니랜드보다 월급이 많은 편이라서 진우전생록 테마파크로 오고 싶어 하는 직원도 많았다.

얼마 전 공채에서는 거의 100 대 1의 경쟁률을 넘어섰다는 통계가 나왔다.

"마이클 씨는 이걸로!"

"오……."

진희가 마이클의 것도 챙겨왔다. 옆에 있던 건우도 거들었다. 귀족 의상이었는데, 건우는 늑대 귀를 추가해 주었다. 마이클은 거울을 보더니 굉장히 만족해했다. 경호원들은 호위무사 복장에 마이클과 같은 늑대 귀를 했다.

그들의 덩치가 크다 보니 상당히 잘 어울렸다. 특수부대 출신 경호원답게 표정 관리를 하고 있지만 상당히 어색해하는 것이 눈에 보였다.

진희 역시 복장을 갈아입었다. 하늘거리는 옷보다는 활동하기 편한 여성용 무복이었는데, 꽤 잘 어울렸다. 면사까지 두르니 예전 느낌이 나는 것 같았다.

복장을 모두 갖춰 입고 의상실 밖으로 나왔다. 오솔길을 따라가니 놀라운 전경이 펼쳐졌다. 아름다운 건물들, 저마다 이곳에 어울리는 복장을 입고 있는 사람들, 역할에 충실한 직원들까지 어우러져 하나의 세계를 만들어내고 있었다. 정말 만화 속에 들어온 것 같은 그런 풍경이었다.

자신이 기억하고 만든 세계가 이렇게 구현되어 있는 것이다. 그 감동은 한동안 건우를 그 자리에 우뚝 서 있게 만들었다.

"무슨 일이 있으면 바로 연락 주세요. 저희 청룡단원들이 항시 대기하고 있습니다. 그럼 편안한 여행되시길!"

건우는 지크의 배웅을 받으며 노란 선 앞에 섰다. 마치 과거로 회귀를 하는 것 같아 기분이 묘해졌다.

건우는 피식 웃고는 안으로 들어갔다. 아이들이 웃으며 뛰어다녔고 아이들의 부모 역시 웃으며 즐기고 있었다. 직원들과 어울리고 있는 사람들, 상점에서 기념품을 사는 사람들도 많았다.

마이클이 건우와 진희를 돌아보았다.

"그럼 저도 즐기다가 내일 완결 행사 때 합류하겠습니다. 경호팀은 항시 대기 중이니 걱정하지 않으셔도 됩니다."

마이클은 건우와 진희를 배려해 주었다. 경호팀도 신경 쓰이지 않게 먼 거리에서 경호할 예정이었다.

"그리고 이걸 받으세요. 월하객잔 티켓입니다. VIP실로 예약해 두었습니다. 조금 힘들었으니까 앞으로 생색을 좀 내도 되겠지요."

"하하, 감사합니다."

"그럼 저는 이만……"

마이클이 엄지를 치켜들고는 인파 속으로 사라졌다. 경호원들도 방해를 하지 않도록 조금 떨어져 따라왔다.

'팔자가 완전히 바뀌었구만.'

옛날에는 호위무사는커녕 제 한 몸 간수하기 바빴었다. 과거로 돌아온 느낌이지만 상황은 완전히 반대였다. 부와 명예도 얻었고, 그 어떠한 적도 존재하지 않았다. 적이 존재한다고 해도, 심지어 그 마교의 교주가 살아 돌아온다고 해도 단번에 없애 버릴 수 있는 힘 역시 지니고 있었다.

앞으로 더 행복해질 일만 남은 것이다.

건우는 진희와 함께 테마파크를 천천히 둘러보기 시작했다.

"오⋯⋯."

건우는 새삼 놀랄 수밖에 없었다. 모든 것이 건우가 놀랄 정도로 완벽하게 구현되어 있었기 때문이다. 특히 식당 같은 경우에는 아예 진우전생록에 나오는 음식만을 팔았다. 미국에 흔히 있는 햄버거나 감자튀김은 흔적조차 보이지 않았다. 콜라 같은 음료수가 있기는 하지만 일반적인 페트병에 팔지 않고, 따로 만든 병에 담아 팔았다.

건우는 식당들이 오밀조밀 붙어 있는 길가로 진입했다. 간판은 모두 개성 있는 한글이었는데, 그 밑에 영어로 번역되어 써져 있었다. 신기하게도 한글과 꽤 잘 어울렸다. 이질감이 들지 않도록 영어 글꼴도 신경 쓴 것으로 보였다. 꼬치 같은 것도 팔았는데, 줄이 가장 긴 쪽으로 가보았다. 약간 매운 냄새가 났다. 한국 사람에게는 꽤 친숙한 냄새였다.

"와, 이무기통구이? 삼두사양념잡채? 저걸 진짜 파는 거야?"

"꽤 그럴듯하네."

건우는 고개를 끄덕였다. 삼두사양념잡채는 인기가 무척이나 많은지, 많은 사람들이 종이 그릇에 담긴 삼두사양념잡채를 먹고 있었다. 이무기통구이는 달러로는 사지 못하고 이곳에서 발행하는 금화로 사야 했다. 한정 수량이기 때문인 것 같았다.

"내가 사줄게!"

진희가 지갑을 꺼냈다. 그러고는 옆에 있는 환전소를 향해 전력으로 뛰어갔다. 건우는 그 모습을 보며 피식 웃었다.

이무기통구이를 파는 식당은 '통구이 원조 맛집'이라는 간판을 걸고 있었고 방문객들이 식당 선별을 하기 쉽도록 메뉴판과 식당에 대해 설명해 놓은 간판도 걸어놨다.

간판에 적힌 설명이 건우의 눈길을 끌었다.

이무기통구이 원조 맛집

샌프란시스코의 명물 이무기통구이 2호점입니다. 샌프란시스코 남동부 지역에서 가장 먼저 시작한 통구이 전문점으로서 100% 원작 재현률을 자랑합니다. 미슐랭 3스타를 자랑하는 원조 이무기통구이를 직접 경험해 보세요!

조엘 에반스가 감동했다는 그 맛입니다!

건우는 고개를 갸웃했다. 이무기통구이는 전생 사전에 건우가 직접 등재해 놓은 것이었다. 건우는 취미가 요리였기에, 그동안 쌓아놓은 요리들을 자유롭게 그려 넣었다.

모두 건우의 스타일이 듬뿍 들어간 요리였다.

실제로 조리 방법도 자세히 설명을 해놓았는데, 문제는 메인 재료가 이무기나 영물이라 불리는 것들이라는 점이었다. 이무기통구이 같은 경우에는 이무기를 직접 잡는 법까지 자세히 기술해 놓았다. 실제로 건우는 전생에 그러한 방법으로 이무기를 잡은 적이 있었다.

'이무기고기는 닭으로 대체했군.'

슬쩍 보니 뼈를 일일이 다 발라내 커다란 뱀 모양으로 만든 것 같았다. 샌프란시스코에서 최초로 시도한 것이라 원조 맛집이라 불리는 모양이었다.

"샌프란시스코에서 먹어봤는데 장난 아니었어!"

"거기 3달 전에 예약해야 하던데. 금화 2개면 뭐……."

오가는 사람들의 이야기를 들어보니 샌프란시스코의 명물이라고 한다. 최근 이런 식당이 폭발적으로 증가하고 있었는데, 이것도 나름 2차 창작이라고 봐야 했다. 때문에 건우로서는 딱히 저작권료를 받을 생각은 없었다. 전생 사전을 통해 이미 공개가 된 레시피이기도 했다.

건우는 샌프란시스코가 원조가 되니 재미있다고 생각했다. 요리 업계에서는 진우 화백은 일대종사 같은 취급을 받고 있었다.

환전소에 갔던 진희가 돌아왔다.

"오늘 금화 다 풀리고 없대."

"그래?"

"하지만 구할 방법은 있어!"

진희의 손에 팸플릿이 들려 있었다. 테마파크에서는 여러 이벤트, 퀘스트가 존재했다. 팸플릿에 붙어 있는 지도에 이벤트나 퀘스트를 받는 곳이 표시되어 있었다. 그 규모만큼이나 상당히 많았는데, 테마파크의 주요 컨텐츠 중 하나로 보였다.

건우와 진희는 벤치에 앉아서 같이 팸플릿을 살펴보았다.

"가족끼리 하는 게 많네?"

"응. 단순히 놀이 기구를 타는 것보다 좋은 것 같아. 아이들도 굉장히 좋아할 것 같고."

마음껏 뛰어다니는 아이들을 보니 나중에 아이가 생기면 다시 와보고 싶었다. 아이들의 복장도 귀여웠다. 테마파크에서 빌릴 수 있었지만, 완결 행사 때문에 붐비니 직접 구해온 사람들이 더 많았다.

아이들을 바라보는 건우의 눈은 곱게 휘어져 있었다.

"건우야, 이거야! 이걸로 하자."

"살수행?"

"재밌을 것 같지 않아? 완결 페스티벌 한정 행사래!"

"좀 살벌해 보이는데……."

진희의 얼굴에 흥분이 감돌았다.

실제로 누군가를 죽이는 건 아닐 것이다. 건우는 천천히 고개를 끄덕였다. 진우전생록에서도 살수가 꽤 많이 등장하기는 했다. 건우도 테마파크에서 할 수 있는 살수행이 굉장히 궁금해졌다.

지도를 따라 걷다 보니 사람들이 몰려 있는 곳이 나왔다. 초라해 보이는 가게였는데, 줄이 꽤 길었다. 살수복을 입은 직원이 팔짱을 낀 채 줄을 통제하고 있었다.

건물의 이름은 '심연의 성소'였다.

"살수의 조건?"

건우의 눈에 심연의 성소 앞에 있는 게시판이 보였다. 살수의 조건이 있었는데, 일단 현대 복장으로는 출입할 수 없었고, 부상 방지에 대한 교육과 동의를 해야 했다. 줄이 꽤 길어 시간이 걸렸지만 주변을 구경하면서 흥미진진하게 기다릴 수 있었다.

안으로 들어가니 꽤 넓었다.

칸막이로 초급, 중급, 고급이 나눠져 있었다. 그쪽으로 다가가니 살수복장을 입고 있는 남자가 음침한 웃음을 흘렸다.

"크크큭, 어둠에 바람이 스치니 그것이 바로 심연이로다. 그림자 속에 파묻혀 이곳에 당도한 자들이여. 그대들은 정녕 살수행을 선택할 것인가?"

"아, 네!"

진희의 대답에 남자는 흡족한 듯 다시 웃으면서 양피지 느낌이 나는 종이 서류를 건네주었다.

"환영하네. 어둠의 집행자여. 계약서를 읽어보고 서명하시게. 살수 교육은 5분 뒤에 단체로 있을 예정일세. 꼭 참석해야만 하네."

건우는 계약서를 읽어보았다.

이용료에 대한 고지와 주의해야 할 사항과 부상을 입었을 시 의료 시설이 있는 곳, 그리고 개인행동에 따른 책임은 본인이 져야 한다는 항목이 있었다. 그리고 규칙 준수를 하지 않았을 시에 대한 불이익 항목도 존재했다.

다른 방으로 가니 사람들이 많이 모여 있었다. 여성 살수가 연기와 함께 등장하더니 안전 교육 및 퀘스트 진행 설명을 하기 시작했다.

"안녕하세요! 흑염의 라라입니다. 어둠의 집행자님들, 보호장비는 꼭 착용하여 주시고……."

장갑과 팔꿈치, 무릎 보호대 착용은 필수였다.

기본적인 무기가 지급이 되었다. 센서가 달려 있는 스펀지 검과 창이었다. 두꺼운 스펀지로 된 암기도 있었는데, 꽤 잘 만든 것 같았다.

보호 장비에도 역시 센서가 달려 있어 장비들로 타격을 몇 번 입게 되면 해당 부위가 붉게 빛나 탈락이 되었다.

데이터는 컴퓨터로 모두 수집이 된다고 한다.

'비싼 이용료가 이해가 되네.'

테마파크의 입장료는 상당히 비쌌지만 장비들을 보니 그럴 만하다는 생각이 들었다.

"기본 장비 이외에 특수 장비 렌탈과 살수 수첩 등록은 이용료가 부과되니 그 점 참고 부탁드립니다. 제한 시간은 1시간입니다."

"오오오!"

"가자!"

여러 종류의 수배서가 있었다. 초급 수배서는 전체적인 복장이 사진으로 나와 있었지만 고급 수배서는 얼굴의 몽타주와 간략한 특징이 있을 뿐이었다. 그리고 비쌌다. 보상도 그만큼 컸지만 말이다.

"재미있을 것 같아!"

"음, 생각보다 괜찮은 것 같은데?"

건우와 진희는 보호 장비를 착용하고 수배서를 살펴보다가 고급 수배서 중에 가장 랭크가 높은 걸 골랐다. 사내가 그걸 보더니 근엄한 표정이 되었다.

"허어, S급으로 고를 텐가? 지금까지 그 누구도 성공한 적이 없다네. 그렇기에 성공하게 되면 명예의 전당에 등록될 수 있지."

"보상은 금화 50개인가요?"

"그렇지. 암살 대상의 인장을 가지고 오면 금화를 바로 지급해 주겠네. 대신 접수비가 그만큼 비싸다네. 크크크, 그럼 행운을 비네."

건우는 고개를 끄덕였다. 진희와 마찬가지로 의욕이 생겼다. 수배서를 보니 토끼 귀를 하고 있는 여인이었다. 이름과 신분, 장소는 불명으로 적혀 있었다.

즉석에서 이용료를 내고 밖으로 나왔다. 상당한 돈이 들었지만 전혀 아깝게 느껴지지 않았다.

"암살은 처음인데."

"응? 다른 건 해봤어?"

"음? 아니. 그냥 해본 말이야."

건우는 진희의 말에 고개를 저으며 얼버무렸다.

이런 넓은 곳에서 암살 대상을 찾는 것은 힘든 일이었다. 더군다나 정보가 이렇게 없는 경우에는 더더욱 그러했다.

사람들이 우르르 몰려가는 것이 보였다. 다양한 이벤트에 참여하느라 사방이 분주했다.

"으하하!"

"좋아! 가보자고!"

나이가 지긋한 어른들이 오히려 더 열정적으로 좋아했다. 이벤트나 행사는 조금 유치한 모습이 보이기는 하지만 그런 맛에 테마파크에 오는 것 아니겠는가?

어째서 라인랜드를 가볍게 넘어섰는지 알 수 있을 것 같았다. 일상생활을 잊게 해주고, 새로운 세계를 경험하게 해주었다. 잠시이기는 하지만 자신이 원하는, 새로운 신분으로 살게 해주었다. 이곳에 있을 때면 그저 순수하게 역할극을 즐기면 되는 것이었다. 모든 걸 잠시 내려놓을 수 있는 안식처라고 봐도 무방했다.

'웬만해서는 이 정도 규모로 이렇게 만들 수 없겠지.'

본래 계획은 이보다 규모가 작았지만, 영화 제작 결정이 내려지고 하로니가 투자 배급에 참여하면서 더욱 규모를 늘리고 있었다. 아예 하나의 도시를 구축하겠다는, 미래의 큰 그림을 그리고 있는 하로니랜드였다. 물론 진우전생록은 그만한 가치가 있었다. 미국의 음식 문화에도 큰 영향을 줄 정도였으니 말이다.

건우와 진희는 이곳저곳을 돌아다녔다. 처음에는 암살 대상을 찾아다니다가 주변 풍경을 감상하며 걷기 시작했다. 커다란 인공 호수에 떠 있는 나룻배, 배에서 노래를 부르고 있는 사람들, 하늘과 맞닿아 있는 것 같은, 선이 우아한 건물들은 눈을 즐겁게 만들었다.

'과거에 늘 바랐던 풍경……'

진희와 같이 이 풍경 속에 있으니 현실과 과거의 경계가 허물어지는 느낌을 받았다. 전생을 떠올리면 늘 텅 빈 가슴을 느껴야 했지만 지금은 그렇지 않았다. 오히려 호수에 가득한 상

쾌한 물들이, 호수를 황금빛으로 물들이는 따듯한 태양이 가
슴속으로 들어온 것 같았다.

건우는 잠시 걸음을 멈춰 섰다. 그녀의 손을 잡은 손에 조금
힘이 들어갔다.

"응? 왜?"

"그냥……."

건우는 그냥 웃음이 나왔다. 형용할 수 없는 감정이 한 번에
밀려오는 것 같았다. 서서히 저물어가는 태양 아래서 좋은 분
위기를 즐길 때였다.

"어? 저기……!"

"음?"

"찾았다!"

진희가 무언가 발견했다. 수배서에 있는 암살 대상이었다. 암
살 대상은 호위무사들의 호위를 받으며 거리를 당당하게 지나
다니고 있었다. 호위무사들에게도 센서 장비가 달려 있었는데,
체격이 상당히 컸다. 무술 유단자 느낌도 났다.

'그래서 S급이라고 했던 거군.'

일반인들이 이겨내기에는 굉장히 어려워 보였다. 진희의 눈
빛이 투기로 일렁였다. 먼저 발견한 것은 건우와 진희가 아니었
다. 이미 한 살수 집단이 암살 대상에게 다가가고 있었다.

진희는 의욕에 불타올랐다.

"금방 해치우고 올게."

"해치운다는 소리를 들으니 불안한데."

"걱정 마! 문제없어! 금화는 우리 꺼야!"

건우에게 싱긋 웃어 보인 진희가 암살 대상이 있는 곳으로 달려갔다. 안정된 보법은 건우의 고개를 절로 끄덕이게 만들었다.

'누가 가르쳤는지 참 잘 가르쳤어.'

건우는 그녀의 성장을 보며 뿌듯함을 느꼈다. 성장이 워낙 빨라 지구상에서 그녀를 이길 사람은 건우 외에는 찾아보기 힘들 것이다.

건우도 암살 대상의 주변으로 다가갔다.

"잡아라!"

"S급 암살 대상!"

"흐흐, 금화 50개!"

살수들이 암살 대상의 앞을 막아섰다. 4명이었는데 모두 일행인 듯 검은 옷으로 맞춰 입었다. 역할에 꽤 심취해 있었는데, 음침한 웃음까지 흘렸다.

암살 대상과 호위무사들도 연기를 하기 시작했다. 암살 대상은 수배서대로 토끼 귀를 하고 있는 여인이었다. 다만 수배서보다 좀 더 나이가 들어 보였다.

"웬 놈이냐!"

토끼 여인이 그렇게 외치자 호위무사가 검을 뽑고는 그녀의 앞을 막아섰다. 물컹한 스펀지 재질로 된 검이었지만 도색을 해서 그런지 꽤 멋들어졌다.

그 모습은 주변을 지나가던 사람들의 이목을 끌었다.

"오? 이벤트인가 봐!"

"멋지다!"

사람들이 그 주변으로 몰리기 시작했다. 모두 핸드폰을 들고 흥미진진하게 구경하기 시작했다. 살수들은 자신들에게 꽂히는 시선에 움찔하다가 점점 흥분하기 시작했다.

"흐흐흐… 죽어주셔야겠소."

"원한은 없소. 그저 하늘을 원망하시오."

"쿡쿡쿡. 운이 참 없군."

역할에 상당히 빠져 있는 것 같았다. 거기에 시선 때문인지 조금 더 오버하는 기색이 보였다. 토끼 여인은 그런 대사에도 전혀 당황하지 않고 여유롭게 연기를 했다.

"내가 누군지 아느냐! 어느 안전이라고 감히……! 여봐라! 저 놈들을 당장 쳐라!"

살수들이 먼저 호위무사에게 달려들었다. 검을 쥔 폼은 꽤 그럴듯했지만 공격에 들어가니 역시 일반인의 한계가 보였다. 그냥 마구잡이로 검을 휘둘렀다.

퍽! 퍽!

반면 호위무사들은 꽤 능숙한 공격을 해서 단번에 살수들을 베어버렸다. 살수들의 몸에 붙어 있는 센서가 붉게 빛나자 그대로 바닥에 쓰러졌다. 교육 내용에 있었고 계약서에 서명까지 했으니 규칙을 따라야 했다.

호위무사들이 씨익 웃으면서 마지막 남은 살수에게로 다가갔다.

"저놈의 목을 쳐라."

"옛! 대인!"

호위무사가 살수를 향해 검을 내려치려는 순간이었다.

휘익!

누군가 난입해 호위무사 하나의 몸을 검으로 타격했다.

"크윽!"

호위무사가 깜짝 놀라서 움찔했지만 가슴을 부여잡더니 그대로 털썩하고 쓰러졌다. 굉장히 리얼해서 건우도 감탄을 터뜨렸다.

'연기자가 분명하네. 무술 유단자도 보이고.'

진희가 화려하게 난입해서 살수의 앞을 막아섰다. 그녀에게 검술을 가르친 적은 없지만 건우가 했던 폼을 보고는 제법 그럴듯하게 따라했다.

그 자세가 기품 있고 우아해 보였다.

"오오! 죽었어!"

"저 여자는?"

진희의 등장은 누군가 연출한 것처럼 극적이었다. 보아하니 진희도 그걸 노리고 있었던 것 같았다. 진희도 역시 천생 연기자였다. 주목받을 수 있는 방법을 아주 잘 알고 있었다.

"누님!"

갑자기 살수가 진희를 보고 누님이라고 부르더니 무릎을 꿇었다. 진희가 움찔거리며 당황했지만 티를 내지 않으려 노력했다.

"쳐, 쳐라!"

살짝 당황한 토끼 여인의 외침에 호위무사들이 꽤 그럴듯하게 달려들었다. 호위무사들이 적당히 진희를 봐주려는 움직임이 보였지만 진희가 그 기대를 배신했다.

"우와!"

"멋지다!"

화려하게 보법을 밟으며 스펀지 검을 피했다. 호위무사들이 당황하며 검을 더 빠르게 휘둘렀지만 진희의 몸에 아슬아슬하게 스쳐 지나갔다.

마치 합이라도 맞춘 것처럼 화려한 몸놀림이었다. 건우의 눈에 진희의 주먹이 움찔하는 것이 보였다. 주먹을 썼으면 진즉에 다 때려눕혔을 테지만 그럼 큰 사고가 될 것이다. 진희가 검을 배우지 않은 것이 다행이라면 다행이었다.

여러 명의 호위무사가 휘두르는 검을 피하는 모습은 상당히 위태로워 보였다.

"앗!"

"아아!"

구경하는 사람들이 긴장하며 주먹을 꽉 쥐고는 진희에게서 눈을 떼지 못했다. 거친 몸놀림에 면사가 벗겨졌다. 진희가 얼굴을 재빨리 가리며 뒤로 물러났다. 다행히 빨리 가려 현장에 있는 사람들은 진희의 얼굴을 자세히 보지 못했다.

"하악, 하악!"

"허억!"

호위무사들은 지금 이 상황에 굉장히 당황한 듯했다. 거친 숨을 내쉬며 토끼 여인을 바라보았다. 토끼 여인은 계속하라는 듯 무언의 제스처를 보냈다. 여기서 어색하게 상황이 마무리된다면 죽도 밥도 안 되었기 때문이다.

진희가 손으로 얼굴을 가린 채로 건우 쪽을 바라보았다. 반대 손으로 마구 손짓했다. 도와달라는 표시였다. 건우는 그냥 지켜보려다가 참전할 수밖에 없었다.

'기왕 하는 거 제대로 해야지.'

건우는 그렇게 생각했다. 어쨌든 금화를 받아서 이무기통구이를 먹어야 하니 말이다. 건우는 몸을 날렸다. 빠르게 달리다가 벽을 박차며 화려하게 공중제비를 돌아 진희의 앞에 착지했다. 긴 옷자락이 휘날리며 바닥에 있던 먼지를 사방으로 날렸다.

"우, 우아아!"

"뭐야?"

"꺄악!"

주변에서 지켜보던 사람들이 환호성을 내질렀다. 진우전생록에서 나오는 무인에게서나 나올 법한 멋진 움직임이었기 때문이다.

살수라기보다는 정의의 편 같은 느낌이 강력하게 났다. 오히려 호위무사와 토끼 여인이 사악한 집단으로 느껴질 정도였다.

"으엉?"

"응?"

토끼 여인과 호위무사들의 표정이 멍했다. 속으로 '저건 또 뭐야?'라는 생각이 들 뿐이었다. 하로니랜드 측에서 준비한 깜짝 이벤트인가 하는 생각이 들 지경이었다.

"두목님! 저, 저놈입니다요! 저놈이 그 사악한 악적입니다요!"

살아 있던 살수가 그렇게 외쳤다. 상황극을 포기하지 않고 있는 것이다. 죽은 살수들은 바닥에 누워 흥미진진하게 이 상황을 관전했다.

건우는 검을 들고 있지 않았다. 표창 모양의 암기 두 개 정도만 대여했을 뿐이었다.

"후후훗! 우리 두목님이 오신 이상 너희는 죽은 목숨이다."

진희 역시 살수의 연기에 입을 맞췄다. 잭, 리더와 자주 보다 보니 진희의 영어 실력 굉장히 많이 늘어 있었다.

"우리 두목님의 이름은…….."

"철가면Z!"

살수와 진희가 외쳤다.

건우의 이름이 순식간에 정해졌다. 가면을 쓰고 있어서였다. 진희의 목소리는 확실히 연기 톤이었다. 주변 사람들의 귓가에 쏙쏙 들어왔다.

"오오!"

"처, 철가면Z라……."

"저런 캐릭터도 있었나?"

건우는 고개를 끄덕이고는 바닥에 떨어져 있는 스펀지 검을 바라보았다. 검날 부분이 스펀지이기는 하지만 그런 건 건우에게 전혀 장애가 되지 않았다. 건우가 살짝 발을 놀리자 마치 마술처럼 검이 튕겨져 올라오더니 건우의 손에 들려졌다. 건우는 일부러 화려하게 잡으며 검을 휘둘렀다.

휘익!

스펀지에서 나온 것이라고는 믿기지 않은 소리가 나며 바닥에 Z자가 새겨졌다. 주변에는 사람들이 꽉 찰 정도로 몰려와 있었다. 사람들이 그 모습을 보고 환호를 내질렀다. 특히 아이들이 굉장히 좋아했다.

이런 분위기라면 연기를 중단할 수도 없었다. 토끼 여인은 연기 판에서 많은 경력이 있는 배우였다. 이 정도 상황은 능히 극복해 낼 수 있었다. 연기에 관한 임기응변은 자신이 있었다.

"철가면Z 드디어 나타났군! 네놈을 잡으려 이 무대를 준비했다. 후후, 후후훗! 흐하하하!"

토끼 여인의 목소리가 악당 톤으로 바뀌었다. 표정이나 몸짓 역시 마치 악당의 간부를 보는 것 같았다. 순식간에 장르가 전대물로 바뀐 느낌이지만 반응은 굉장히 좋았다.

"오늘로써 네 악행도 끝이다."

건우는 맑고 힘 있는 목소리를 내었다. 열혈 느낌도 나는 전형적인 주인공 톤이었다.

"후후후, 과연 그럴까? 쳐라!"

호위무사가 움직이기도 전에 건우가 먼저 움직였다. 화려한 검식을 섞으며 호위무사의 몸을 난도질했다. 실질적인 타격은 없었지만 스펀지를 기운으로 빳빳하게 세워 진짜 검을 휘두르는 느낌이 났다.

"윽!"

"억!"

호위무사의 몸이 그대로 무너져 내렸다. 살짝 기운을 흘려보내 그의 몸에서 힘을 뺀 것이다. 건우의 기운에 홀린 다른 호위무사들이 검을 휘둘러 왔다. 힘 조절을 전혀 하지 않은 모습이었다.

휘이익!

"오오오!"

"우와!"

건우가 아슬아슬하게 검을 피하더니 그대로 호위무사 둘을 스쳐 지나갔다. 그러자 둘의 손에 들려져 있던 검이 하늘로 치솟더니 바닥에 떨어졌다. 건우는 그대로 허리를 비틀며 공중에서 돌더니 암기를 던졌다.

턱!

암기를 맞은 호위무사가 그대로 쓰러졌다.

토끼 여인은 마치 영화를 보는 듯한 화려한 몸놀림에 멍한 표정이었다. 건우의 신형이 순식간에 토끼 여인의 앞으로 미끄러져 가더니 검끝이 몸에 살짝 닿았다. 토끼 연인의 몸에 붙어 있던 센서가 붉은빛으로 물들었다.

잠시 정적이 내려앉았다.

털썩!

토끼 여인이 바닥에 주저앉았다. 그 순간이었다.

"와아아!"

"철가면Z!"

환호 소리가 사방에서 들려왔다. 바닥에 쓰러져 있던 모든 이들이 일어나서 웃음을 머금었다.

건우는 살짝 손을 흔들어주고는 토끼 여인으로부터 인장을 받았다. 암살이 성공했음을 나타내 주는 인장이었다.

건우는 다시 심연의 성소로 돌아갔다. 건우와 진희가 인장을 들고 오자 흑염의 라라가 활짝 웃으며 두툼한 가죽 주머니를 들고 왔다.

"축하드립니다! 명예의 전당에 등록되셨습니다! 여기 50금화입니다!"

흑염의 라라가 사진기를 가지고 오더니 건우와 진희의 모습을 찍었다. 즉석에서 바로 프린트되었다. 신기한 점은 편집 프로그램을 통해 동양풍의 그림처럼 사진이 나온다는 점이었다. 실내에 큼지막하게 건우와 진희의 모습이 걸렸다.

명예의 전당!

S등급 의뢰 성공!

1. 철가면Z와 면사녀

최초로 명예의 전당에 등록이 되었다. 그것은 길이길이 전설로 남을 역사의 한 장면이었다.

장비를 모두 반납하고 밖으로 나오자 같이 토끼 여인에게

도전했던 살수들이 보였다. 모두 재미있는 경험이었다는 이야기를 나누며 웃고 있었는데 건우는 진희와 눈이 마주쳤다. 무슨 생각을 하고 있는지 말하지 않아도 알았다.

건우는 그들에게 다가갔다.

"안녕하세요?"

"아! 네! 두목님."

살수들이 웃으면서 그렇게 말했다.

"혹시 시간 괜찮으시면 이무기통구이 어떠신가요? 덕분에 상금을 탄 것 같은데, 제가 사겠습니다."

"오! 좋죠!"

"이야! 역시 두목님이십니다."

"앞으로 두목님으로 모시겠습니다!"

살수들은 자세히 보니 약간 어려 보였다. 슬쩍 물어보니 고등학생이라고 한다. 그들은 진우전생록의 굉장한 팬이라 하루 전부터 도착해서 계속 머물고 있었다.

"크흐, 두목님, 누님과 연인이십니까? 부럽습니다."

"저희는 모태 솔로입니다."

"크흑!"

"괜찮습니다. 제 최애캐는 연이니까요!"

연이라는 말에 건우가 살짝 살수를 바라보기는 했지만 피식 웃으며 넘어갔다.

식당으로 오니 맛있는 냄새가 진동했다. 식당 종업원이 두 손을 비비며 다가왔다. 생쥐 귀와 꼬리를 달고 분장을 하고 있었는데, 하급 종업원으로는 딱 어울렸다.

식당 분위기를 보아하니 역시 테마파크였다. 편하게 대화하는 이들도 꽤 있었지만 복장을 입고 있는 이들은 점잖을 뗐다.

"허허, 이 육즙에서 천하를 보았소."

"그렇소이까? 으음, 맛의 천하라! 참으로 괜찮은 표현이오!"

"하하하!"

살수들에게 듣기로는 첫날에는 누구나 할 것 없이 모두 어색해했는데 하루가 지나고 나니 모두 이런 상황에 심취하게 되었다고 한다.

모든 식당에서 역할극을 제대로 하면 음식값 할인을 해준다고 하니 대부분의 사람들이 연기를 하고 있었다.

"나리! 무엇을 드릴깝쇼?"

"음, 이무기통구이 있는가?"

"허! 그걸 어찌 알고 찾아오셨는지! 역시 안목이 대단하십니다!"

가게 밖에서 홍보를 잔뜩 하고 있지만 종업원이 태연하게 그렇게 말했다.

"허나 가격이 꽤 비싼데 가능하신지……?"

"이거면 되겠나? 이건 팁일세."

금화 하나를 쥐어주자 종업원이 넙죽 고개를 숙였다.

"하하핫! 나리! 성심성의껏 모시겠습니다요!"

"이무기통구이 세트로. 음, 술은 뭐가 있나?"

"서역에서 건너온 맥주가 있습죠."

"그걸로 주게나."

건우는 식당을 바라보았다. 식당 안은 한적했다. 경호원들도 은밀하게 자리 잡았다.

"모두 내가 계산하도록 하지."

"억! 정말이십니까요?"

"저 호걸들에게는 이무기통구이 한 접시씩 가져다 드리게."

경호원들의 식사를 사는 겸해서 그렇게 말하자 종업원이 활짝 웃었다.

"주목해 주십시오! 여기 이 나리께서 모두 계산하신답니다!"

"오오! 감사합니다!"

"과연! 영웅이 탄생했구려!"

식당 안의 사람들이 박수를 치며 좋아했다. 특히 경호원들은 굉장히 좋아했다. 건우는 환호를 보내는 이들에게 손을 흔들고는 자리에 앉았다. 살수들의 눈빛에는 존경이 감돌았다.

"크흐! 과연 두목님이십니다요."

"음, 자네들은 미성년자이니 콜라가 어떻겠나?"

"감사합니다!"

두목 역할을 하는 것도 나쁘지 않았다.

잠시 후 이무기통구이가 나왔다. 진짜 이무기를 잘라놓은 것처럼 보였다. 비주얼에서부터 원작을 재현하려 노력한 흔적이 확실하게 보였다.

맛 역시 괜찮았다. 건우가 계획했던 맛과는 조금 차이가 있었지만 훌륭하다고 할 수 있었다. 과연 샌프란시스코의 지역 명물로 통할 만했다. 비싼 값을 확실하게 했다. 건우는 입과 턱이 노출되어 있어서 상관없었지만 진희는 먹을 때마다 면사를 들어 올려야 했다.

굉장히 불편해 보였다. 그걸 본 건우는 피식 웃었다.

"뭐, 어때. 그냥 편하게 먹어."

"그럴까?"

칸막이도 마침 쳐져 있었고, 오늘 하루 소문만 안 나면 되는 거니 벗고 있어도 상관없었다. 진희가 면사를 벗자 콜라로 건배를 하고 있던 미성년자 살수들이 그대로 굳어버렸다. 건우는 진희를 알아본 것이라 생각했다. 미국에서 진희도 나름 인지도가 있었기 때문이다.

"여, 연 님!?"

"연 님이 혀, 현실 세계에?"

"어어억!"

건우는 그들의 반응을 보며 눈을 깜빡였다. 미성년자 살수들은 진희를 알아본 것이 아니었다. 진희의 모습이 연과 거의 완벽한 싱크로율을 보여 놀란 것이었다. 진희는 그런 시선을 신경 쓰지 않고 음식을 먹기 바빴다. 살수들은 멍하니 건우에게로 시선을 옮겼다.

건우는 장난기가 돌아 살짝 웃으면서 가면을 벗었다.

"커헉!"

"억!"

살수들의 눈이 풀리더니 그 자리에서 기절했다.

건우는 자신을 알아본 것인지 아니면 다른 존재를 건우에게서 본 것인지 묻지 못했다.

정신을 차리고 나서, 눈앞에 있는 사람이 건우라는 것을 바로 알아본 살수들은 패닉 상태에 빠졌다. 진희는 몰라도 건우는 워낙 유명해서, 몰라볼 리가 없기도 했다.

건우를 실물로 본 그들은 같은 남자임에도 넋이 나가 버렸다. 멍한 표정은 모든 식사를 끝마칠 때까지 이어졌다. 겨우 정신을 차린 그들이 더듬더듬 건우에게 입을 열었다.

"저, 저기… 사인 좀……."

"네. 어디다 해드릴까요?"

그들이 입은 살수복에 사인을 해주었는데, 그들은 어디선가 하얀 마커를 가지고 왔다. 완결 행사에 유명한 사람들이 꽤 온다고 하니, 본래부터 준비한 복장에 사인을 받을 생각이었다고 한다. 건우는 살수들의 등짝에 커다랗게 사인을 해주었다. 진희도 같이했다.

살수들은 건우의 사인이 정확히 얼마만큼의 값어치가 나가는지 몰랐다. 가까운 미래에 건우의 사인이 들어간 살수복의 가치가 천문학적으로 뛸 테지만, 그것을 알 리가 없었다.

그저 유명인인 건우가 사인을 해준 것이 마냥 즐거울 뿐이었다.

"재미있었어."

"그러게."

"다른 것도 해보자!"

"그래, 돈도 많으니까."

건우는 피식 웃으면서 대답했다. 아직도 주머니가 묵직했다.

살수들과 헤어지고 본격적으로 테마파크를 구경했다. 다양한 이벤트가 열려 구경하는 것만으로도 즐거운 시간을 보낼 수 있었다.

해가 지자 청월객잔으로 향했다. 청월객잔은 테마파크에 있는 호텔이었는데, 목재 건물이었다. 진우전생록에서도 고급 객잔으로 등장했다.

청월객잔의 내부는 원작 고증이 확실하게 되어 있었고 편의시설 역시 잘 꾸며져 있었다.

건우는 고급스러운 느낌보다는 객잔 특유의 시끌벅적한 느낌이 마음에 들었다.

예전에도 몇 개월 전부터 예약하지 않으면 이용할 수 없었는데, 특히 이번 행사 기간에는 더더욱 그러했다. 그러나 건우는 해당되지 않았다. 건우가 직원에게 티켓을 꺼내 보이자 바로 VIP룸으로 안내해 주었다.

테마파크의 전경이 내려다보이는 것이 가장 마음에 들었다. 건우는 눈앞에 펼쳐진 테마파크를 바라보았다. 진짜 과거로 돌아온 것 같은 풍경이었다.

잠시 그렇게 바라보고 있을 때 방을 둘러보던 진희가 활짝 웃으며 다가왔다.

"개인 온천도 있어! 탕도 엄청 넓어."

"그래?"

"어때?"

가장 마음에 드는 것이 바뀌었다.

건우는 피식 웃었다.

6. 건우의 전생록

드디어 완결의 날이 다가왔다. 마지막 화는 미국 시간으로 오후 8시에 공개가 되었다. 완결 당일이 되자 하로니랜드 진우전생록 테마파크 이외에 세계 각 지역에서도 페스티벌이 시작되었다. 전 세계적인 축제가 되고 있었다. 현장에는 대형 스크린이 등장했는데, 완결 공개 시간까지 카운트가 되고 있었다.

역시 가장 많은 관심이 쏠리는 곳은 공식 행사가 있는 하로니랜드의 진우전생록 테마파크였다. 에드스타가 참여한 완결 페스티벌은 그 규모가 어마어마했다. 테마파크의 중앙에 있는 태양궁, 그 앞 태양의 정원에서는 퍼레이드와 공연이 계속 이어졌다.

퍼레이드는 그야말로 장관이었다. 그 규모는 하로니랜드 역사상 가장 크다고 한다. 하로니랜드가 얼마나 진우전생록을 중요하게 생각하는지 알 수 있는 대목이었다.

두둥! 두둥!

대지를 울리는 북소리가 울려 퍼졌다. 그와 동시에 음침한 선율이 흘러나오기 시작했다. 누구라도 처음 듣는다면 그 섬뜩함에 몸을 부르르 떨 수밖에 없을 것이다. 심장을 후벼 파는 듯한 섬뜩함이었다. 공기마저 차갑게 만드는 것 같았다.

"오오! 심연 파트 2다!"

"크으, 짜릿하지!"

구경하는 사람들이 음악 소리에 환호했다. 이제는 너무나 유명해진 음악이었다. 음악 소리를 듣는 순간 머릿속에 저절로 그 장면들이 펼쳐졌다. 소름이 끼치는지 몸을 부르르 떠는 사람들도 있었다.

검은 복장을 입고 있는 무리들이 등장했다. 얼굴을 가리는 흰 가면엔 섬뜩한 웃음이 그려져 있었다. 바로 심연을 숭배하는 심연교의 광신도들이었다. 심연을 숭배하며 영원불멸을 바라는 심연교는 진우전생록의 가장 큰 악이자 모든 일의 흑막이었다.

기계적인 움직임과 인간을 벗어난 듯한 묘사는 절로 공포를 심어주었다. 그 모습도 충실하게 재현되어 있었다. 심연교의 광신도들이 재현하는 기계적인 움직임은 소름을 자아내게 만들었다. 피나는 연습을 통해서 그 모습이 퍼레이드에서도 구현이 된 것이다.

척! 척!

그들은 대열을 맞추며 마치 한 몸인 것처럼 움직였다. 손에
들린 거대한 창도 박자에 맞춰 움직였다. 그 모습은 마치 안드
로이드를 보는 것 같았다. 인간미라고는 전혀 느껴지지 않았다.
까딱거리는 가면 또한 기괴한 느낌을 주는 데 한몫하고 있었
다.

지금이라도 당장 이 자리에 있는 모든 사람들을 학살해 버
릴 것 같았다. 피비린내가 풍기는 느낌마저 들었다.

저들이 등장할 때면 그 자리는 늘 초토화가 되었다.

목격자를 단 하나도 살려두지 않았다. 그리고 시체를 온전
하게 남기지도 않았다. 저 흰 가면이 피로 붉게 물들어질 때면,
가면에 그려진 웃는 얼굴이 흘러내리며 기이하게 비틀려 버리
며 압도적인 공포를 만들어냈다.

"우와!"

"퀄리티 미쳤다!"

창이 양옆으로 흔들리자 흰 가면이 붉게 물들더니 웃는 표
정 그림이 녹아버렸다. 구경하는 사람들이 깜짝 놀랄 만한 원
작 재현율이었다.

심연교의 행렬이 멈춰 서는 순간 음악이 바뀌었다. 그와 대
조되는 고급스러운 복장을 입고 있는 무리가 나타났다. 태양연
맹의 무인들이었다. 흰 무복에 태양을 상징하는 황금빛 문양
이 그려져 있었다.

심연교와 대조를 이루고 있지만 그들은 정의의 편이 아니었

다. 진우전생록의 묘미는 절대 선이 없다는 점이었다. 그런 입체적인 캐릭터는 굉장히 인기가 있었다. 주인공이 절대적인 인기를 얻고 있기는 하지만 다른 캐릭터들도 굉장히 매력적이라 인기투표는 늘 치열한 편이었다. 주인공인 진우는 논외로 치고, 크게 두 팬덤으로 나눠져 있었는데, 태양연맹과 심연교였다. 스토리가 진행되며 둘 다 추악한 민낯을 보여주었는데, 의외로 그게 매력으로 다가간 모양이었다. 대리 만족 요소도 충분했으니 말이다.

퍼레이드에서는 그밖에 진우전생록을 대표하는 다양한 집단의 모습이 나왔다. 하나하나 뒤떨어지는 것이 없는 최고의 퍼레이드였다.

그런 퍼레이드의 영상들이 플레이스타를 통해 실시간으로 올라오고 있었다. 플레이스타 크리에이터 외에 일반 방문객들도 상황을 전달하며 동영상 인기 순위가 전부 테마파크 관련 영상들로 채워지고 있었는데, 부동의 1위를 달리고 있는 동영상이 있었다.

바로 건우와 진희가 나왔던 동영상이었다.

제목: 하로니랜드 철가면Z와 면사녀
조회수 134,124,133회
[영상 첨부]
갑자기 벌어진 액션 이벤트.
사전에 연습한 공연이 아니라 이벤트에 참여한 사람들과 함께 즉석

에서 만들어졌다고 합니다. 무슨 영화 보는 줄 알았습니다. 궁금해서
물어보니 철가면Z라는 이름도 그 자리에서 지어졌다고 합니다. 하로
니랜드에서 이런 광경이 꽤 많이 나오는 듯합니다.

댓글 7,231

antmi: 즉석이라고? 그게 가능한 거야?
　—Re: amp44: 응, 게임처럼 퀘스트를 하는 형식인가 봐. 연기자들
도 있기는 한데 모두 참여형 공연이래. 참고로 토끼 귀족이랑 호위무
사들이 연기자임.
　—Re: antmi: 반대가 아니라?
　매운맛: 날아다니네ㅋㅋ. 미쳤다. 와이어 없는 거 맞음?
　kazuma: 재미있겠다. 입장권도 한정 수량이라며. 어제 예약했는데
3주나 밀려 있음.
　흑염의 라라: 저 여자분은 딱 연 모습인데. 얼굴이 안 보이는 게 아
쉽네.
　davidzone: 나도 그 생각했음:)

많은 사람들이 찍어서 플레이스타와 여러 대형 커뮤니티에
올라왔는데, 흐릿하기는 하지만 살짝 드러난 진희의 얼굴을 분
석한 글이 화제가 되고 있었다. 입을 가리고 있는 옆모습 사진
이었는데, 최근 진희의 사진과 대조하며 갑론을박이 벌어지고
있었다.

철가면Z도 건우라는 설이 나오고 있었는데, 건우와 진희가

최근에 LA에 왔다는 점이 그 신빙성을 더해주었다. 무슨 무인 커플이냐며 엄청나게 많은 짤들이 생산되고 있었다. '무적 커플 근황'이라는 제목으로 한국의 대형 커뮤니티에도 퍼져 나가고 있었다.

건우와 진희는 그런 상황을 전혀 몰랐다. 온천에서 푹 쉬고 행복한 시간을 보냈다. 핸드폰을 아예 쳐다보지도 않았다. 같이 있다 보니 진희도 건우와 닮게 되었는지, 핸드폰을 잘 만지지 않았다. 건우와 진희는 퍼레이드를 감상하다가 행사 시간이 되자 태양궁 근처로 다가갔다.

태양궁 앞은 사람들로 붐볐다. 거대한 무대가 설치되어 있었고 그 주위에 사람들이 빼곡했다. 인파 때문에 접근이 불가능했는데, 건우는 직원들에게 안내를 받으면 되니 상관없었다.

건우는 새삼 완결 페스티벌의 규모가 엄청나다는 것을 느꼈다. 이 많은 사람들이 축하해 주기 위해 찾아온 것이다. 감동을 느끼지 않을 수 없었다.

"건우야, 오늘 밝힐 거야?"

"응. 그게 오늘의 메인이벤트이니까."

"리허설은 했어?

"어젯밤에 잠깐 나갔다 왔잖아. 그때 했지."

건우는 오늘 진우 작가의 정체를 밝힐 생각이었다. 한국에서 만남을 가진 이후부터 업계에 소문이 나기 시작했고, 알 만한 사람들은 대부분 알고 있었다. 입을 다 봉인할 수는 없어서 몇몇 기자들도 이미 알고 있었다. 건우가 밝히지 않더라도 언젠

가는 밝혀질 일이었다.

그렇다면 남에게 밝혀지기보다는 스스로 밝히는 것이 훨씬 나았다.

'기왕 하는 거 임팩트 있게 밝히는 것이 좋겠지.'

게다가 영화를 위한 일이기도 했다. 건우는 이번 영화에 모든 역량을 집중시키고 싶었다. 그러기 위해서는 건우가 전면으로 나서야 했다.

건우는 진희와 이야기를 하며 마이클을 기다렸다. 먼저 직원의 안내를 받아 대기실로 이동해도 되었지만 마이클에게 신세를 졌으니 함께 들어가고 싶었기 때문이다.

건우는 약속 장소에 도착했다.

태양궁의 뒤편에 있는 인적이 드문 곳이었다. 출입증이 있는 스태프들만 들어올 수 있는 구역이었다. 건우가 오자 직원들이 나와 있었는데, 건우는 마이클을 기다리겠다고 말해주었다.

"응? 저건……?"

진희가 무언가를 발견했다. 화려한 무복 차림의 덩치 큰 남자들에게 둘러싸인 마차가 건우 쪽으로 다가오고 있었다. 사람들의 시선을 잔뜩 받으며 이곳으로 오고 있었는데, 건우도 무슨 일인가 싶어 마차를 주시했다. 마차가 건우의 바로 앞에서 멈추었다. 화려한 마차는 딱 봐도 태양연맹의 마차로 보였다.

마차의 문이 열리며 건우가 아주 잘 아는 사람들이 모습을 드러냈다.

"으하하! 짐이 이곳에 당도했노라! 무릎을 꿇어라!"

태양연맹주의 복장을 한 잭이 마차에서 걸어 나왔다. 리더는 시종 복장이었다. 리더는 나름 역할을 충실하게 연기하고 있어서인지 잭의 뒤에서 굽신거렸다.

마이클도 손을 흔들며 내렸다.

"우리도 왔어."

"대장!"

마차 뒤에 있던 이들이 앞으로 나왔다. 록과 데이비드, 반 스타뎀을 포함한 할리우드 배우들이었다. 흔히 이건우 군단이라 불리는 배우들이 웃으면서 건우를 바라보고 있었다.

"다들 안 바빠?"

건우의 말에 록은 씨익 웃었다.

"스케줄보다는 의리가 중요하지."

록의 말에 모두 고개를 끄덕였다. 건우가 있는 곳이라면 스케줄이 있다고 하더라도 모두 취소하고 올 이들이었다.

건우는 웃으면서 고개를 설레 저을 뿐이었다.

태양의 궁전 앞에 있는 무대 위에 있는 커다란 시계는 오로지 완결 시간만을 위해 흘러가고 있었다. 수많은 사람들이 무대 주위에서 시계가 8시를 향하기를 기다리고 있었다. 8시에 완결 화가 올라오게 되면 축하 무대와 함께 본격적인 페스티벌이 시작되는 것이다. 광란의 밤이 예고되어 있었다.

퍼레이드는 정확히 7시 30분에 끝났다. 화려한 퍼레이드가 진행될 동안 환호성으로 테마파크가 시끄러웠지만 지금은 적막만이 깔려 있을 뿐이었다. 30분 동안 모두 침묵을 지키면서 완결화가 올라오기를 기다리기 시작했다. 이곳에 있는 모든 이들이 진우전생록의 엄청난 팬이었기에 그 행동에서는 신성함마저 느껴졌다.

팬들 사이에서는 '침묵의 30분'으로 통하는 신성한 의식이었다. 일부 광팬들 사이에서 시작된 의식이었는데, 최신 화를 보기 전에 경건한 정신과 신체를 준비하는 행위였다. 30분 동안 명상을 하듯이 경건한 마음으로 기다리고 있으면 진우전생록에 완전히 빠져들 수 있다고 생각하는 모양이었다. 완결 화이니만큼 모두 침묵의 30분에 참여했다.

10분 정도 남아 있을 때 사람들이 조용히 핸드폰을 들고 흔들기 시작했다. 수만 명이 흔드는 핸드폰 불빛은 그야말로 장관을 만들어냈다. 밤하늘에 떠 있는 수많은 별들을 연상시키는 모습이었다.

이윽고 완결 공개 30초 전이 되었다. 알 수 없는 긴장감이 주변에 가득 내려앉았다. 마치 전쟁이라도 일어날 것 같은 팽팽한 긴장감이었다. 불빛이 모두 꺼지고 어둠과 더욱더 깊은 침묵이 동시에 다가왔다.

10초가 남는 순간 분위기가 완전히 반전되었다.

"우아아아!"

"10!"

"9!"

우레와 같은 환호 소리와 함께 수많은 사람들이 카운트다운을 외치기 시작했다. 그 외침에는 기쁨과 흥분, 그리고 기대가 가득 담겨 있었다.

전 세계의 모든 행사장이 마찬가지였다.

이토록 많은 사람들을 열광하게 만든 작품이 있었을까?

감히 이 작품 이외에는 없었고 앞으로도 없을 것이라 말할 수 있었다.

"3! 2! 1!"

모두가 외치는 카운트다운이 끝나는 순간이었다.

휘이이이이— 펑!

태양궁에서 폭죽이 터져 나왔다. 하늘을 가득 채우는 불꽃은 굉장히 화려했다. 순식간에 주변이 대낮처럼 밝아졌다. 너무나도 성대한 불꽃놀이였다.

보통 이런 상황이라면 감탄하면서 박수를 치거나 환호를 해야 했다. 축제의 시작을 알리는 신호탄이었기 때문이다. 그것이 모두가 예상할 수 있는 반응일 것이다. 그러나 펼쳐진 풍경은 예상을 훨씬 벗어나 있었다.

조용했다. 싸늘하리만큼 조용했다.

환호 소리는커녕 숨소리조차 들리지 않았다.

공기마저 냉각되는 것 같았다. 마치 고사장 같은 느낌마저 들었다.

그 이유는 주변을 살펴보면 단번에 이해가 되었다.

모두 고개를 숙인 채 스마트폰 화면을 바라보고 있었다. OST를 들으며 보기 위해 이어폰을 귀에 끼고 있는 이들이 대부분이었다. 주변에 그 어떤 것도 눈과 귀에 들어오지 않았다.

오로지 방금 나온 완결 편에 모든 정신이 집중되어 있었다.

단체로 최면에라도 걸린 듯 모두가 똑같은 행동을 했다. 한 차례 하늘을 밝게 물들이던 불꽃도 잠잠해졌다. 시간이 지나 자 간혹 숨이 넘어가는 소리나 감탄사가 들려왔다.

그렇게 다시 10분 정도가 지났다.

"우, 우아아아!"

"흐흑……."

환호 소리가 터져 나왔다. 흐느끼는 소리 역시 들려왔다. 모 두 밀어닥치는 감동의 파도에 몸을 맡기고 있었다.

누군가 감동에 몸을 부르르 떨며 박수를 쳤다. 그러자 박수 가 점점 퍼지며 태양궁 주변이 모두 박수 소리로 뒤덮였다.

푸시시시!

태양궁 앞에 있는 무대의 바닥에서 연기가 솟구쳤다. 그러 더니 바닥이 열렸다. 연기와 함께 등장한 것은 오케스트라였 다. 진우전생록의 복장을 입고 있던 오케스트라가 진우전생록 OST를 연주하기 시작했다. 사람들은 모두 익숙한 곡들을 감상 하며 흥분의 도가니에 빠져들었다.

OST를 듣는 것만으로도 머릿속에서 여러 장면들이 펼쳐졌 다. 이것이 음악이 가진 위대함이었다.

"와아아아!"

화끈한 축제는 이제 시작이었다.

그 열기가 건우의 피부로 여실하게 느껴졌다.

건우는 태양궁에 마련된 대기실에서 무대를 지켜봤다. 진희와 다른 배우들, 찾아온 손님들은 태양궁 안쪽에 있는 VIP 룸에서 무대를 지켜보고 있었다. 유명한 이들이 워낙 많다 보니 현장에서 감상하기에는 많은 제약이 따랐기 때문이다.

VIP 룸에서는 누구나 알 만한 이들이 많이 찾아왔는데, 캘리포니아 주지사의 모습도 보였다. 영국에서 축하 화환과 영국 여왕의 편지를 가지고 온 스미스 요원도 있었다.

찾아온 손님들 대부분이 둘 다 진우 작가의 정체를 알고 있었다.

주지사가 건우와 깊은 이야기를 나누고 싶어 했지만 건우는 무대를 핑계로 대기실로 피신했다. 미국의 정치 쪽과는 연관되고 싶지 않았다.

'아무튼… 좋네.'

관현악단이 연주하는 OST를 들으니 좋다는 생각이 절로 들었다. 자신이 만든 노래가 세상에 울려 퍼지는 것을 듣는 것은 언제나 좋았다.

건우의 차례는 관현악단의 연주와 초청받은 댄스팀의 퍼포먼스가 끝난 후에 있었다. 댄스팀은 요즘 굉장한 센세이션을 일으키고 있다고 한다. 그들은 무대에서 비보잉과 무술 동작을 결합한 공연을 선보였다.

건우가 보기에도 나름 괜찮았다. 분위기가 후끈 달아올랐다. 사람들이 내지르는 환호가 진동이 되어 건우가 있는 대기실까지 흔들었다.

'이제 시작이군.'

건우는 정신을 가다듬으며 내력을 끌어 올렸다.

이번 발표에서는 잭이 수고를 해주기로 했다. 이번 프로젝트에서 건우 다음으로 중책을 맡은 이가 바로 잭이었기 때문이다. 본래부터 대단히 유명한 감독이었지만 '골든 시크릿', '존 리페인'을 거쳐 세계에서 가장 유명한 제작자이자 감독이 되었다.

그가 이번 발표를 맡는 것은 당연한 일이었다.

밝은 조명이 무대를 비추었고 무대 위에 대형 스크린 역시 불이 들어왔다. 갑작스럽게 바뀐 분위기에 사람들이 당황스러워했다. 계속해서 공연이 이어질 줄 알았던 것이다. 실제로 배부된 공연 스케줄도 그러했다. 관계자들을 제외하고는 무슨 상황인지 아는 사람이 단 한 명도 없었다.

'잭은 여전히 이런 이벤트를 좋아하는군.'

깜짝 이벤트 제안은 잭이 한 것이었다.

물론 하로니랜드에서는 적극적으로 협력해 주었다. 하로니랜드는 건우가 무슨 일을 하든지 지지해 줄 자세가 되어 있었다. 건우와 멀어지기에는 이미 너무 멀리까지 와버렸다. 건우와 관계된 모든 일들이 하로니의 핵심 사업이 되어 있었으니 말이다.

건우는 대기실에서 나와 무대 뒤편에 도착했다. 준비를 끝마치고 무대 위로 오르는 잭을 바라보았다. 잭이 무대 위에 올라오자 조명이 강하게 잭을 비추었다. 대형 스크린의 화면에도 잭의 모습이 잡혔다.

잭은 귀족 복장을 그대로 입고 있었다. 체형이 변하지 않아서 그런지 멋은 나지 않았지만, 만화 속에서 뛰쳐나온 캐릭터

같았다. 그게 잭의 매력이었다.

'그래도 힘이 느껴지기는 하네.'

예전에는 조금만 움직여도 헉헉거렸는데, 지금은 표정이 밝고 몸에서 힘이 느껴졌다. 덕분에 본래 가지고 있던 부드러운 분위기와 더불어 사람들을 휘어잡는 카리스마가 느껴졌다.

대단한 감독, 그리고 제작자였지만 그 지적 수준에 어울리는 육체가 받쳐주니 완벽하게 완성된 느낌이었다. 영화인으로서 잭의 전성기는 아마 지금부터일 것이다.

잭은 쏟아지는 조명 위에서 두 팔을 벌리며 하늘을 바라보았다. 자신에게 몰리는 시선을 온전하게 즐기고 있었다. 누구보다도 연예인 같은 모습이었다.

"……."

"뭐……."

강력한 침묵이 내려앉았다. 사람들이 잭을 바라보며 눈을 깜빡였다. 조금 길어지기 시작한 침묵에 잭이 조금 당황한 것이 보였다. 그러나 꿋꿋하게 그 자세로 계속 있는 것을 보면 잭은 역시 대단한 사람이었다. 자신만의 고집이 있었다.

대형 스크린에 크리스틴 잭슨이라는 이름이 나타나자 그제야 사람들이 웅성거렸다.

"누구?"

"응?"

"아! 그 감독 아니야? '존 리 페인'!"

"이건우랑 친한 감독?"

사람들의 목소리가 또렷하게 들렸다. 크리스틴 잭슨은 자세를 풀고는 손에 들린 마이크를 입가에 가져다 대었다.

　"이렇게 환영을 안 해주시다니……. 여러분들께서 놀랄 만한 소식을 들고 왔는데 정말 너무하는군요. 저는 이만 물러가겠습니다."

　잭이 실망한 표정을 지으며 돌아섰다. 그러자 대형 스크린에 '제발 환호해 주세요!'라는 다급한 문구가 떴다. 그제야 사람들이 환호를 하기 시작했다. 반쯤 억지로 환호를 내지르는 것이지만 잭은 만족스러워했다.

　잭은 뒤돌아서 내려가는 척하다가 빙긋 웃으며 다시 몸을 돌렸다.

　"제가 누구인 줄 아십니까?"

　"크리스틴 잭슨!"

　자신의 이름이 나오자 잭은 만족하며 미소를 지었다.

　"맞습니다. 제가 바로 그 유명한 크리스틴 잭슨입니다. 실물로 보니 엄청 잘생기지 않았습니까?"

　"우우우!"

　"에이!"

　잭은 능숙하게 분위기를 전환했다. 넓은 무대 위에 잭 홀로 서 있었지만 무대가 썰렁해 보이지는 않았다. 강연 같은 느낌도 들었다. 물론, 복장은 그런 것과는 거리가 있었지만 말이다.

　"진우전생록의 완결을 진심으로 축하하며, 저는 앞서 말씀드렸다시피 중대 발표를 하기 위해 이 자리에 나와 있습니다. 이

자리만큼 좋은 자리는 없을 겁니다. 이 작품을 사랑하고 진정으로 즐길 줄 아는 분들이 계신 곳이니까요. 이곳에서 가장 먼저 공개하게 되어 무한한 기쁨을 느낍니다."

잭의 표정은 진지했다. 말투와 몸짓 덕분인지 흡입력이 있었다. 사람들은 잭의 말을 경청했다.

"일단 보시지요."

더 이상 말은 필요 없었다. 잭이 박수를 치자 조명이 어두워지며 대형 스크린에서 유니크 스튜디오의 로고와 함께 영상이 흘러나왔다. '존 리 페인'으로 처음 등장한 유니크 스튜디오의 영상은 영화 팬이라면 무척 익숙한 영상이었다.

유니콘의 모습이 나오고 유니크 스튜디오의 로고가 떴다. 그리고 에드스타와 하로니의 영상도 나왔다. 무언가 직감한 사람들이 소리를 지르기 시작했다. 진우전생록의 그림들이 영상으로 편집되어 나타나기 시작했다. 이날을 위해 특별 제작 된 영상이었다.

짧은 영상이 끝나고 글귀가 떠올랐다.

글귀가 떠오른 순간 잠시 정적이 내려앉았다. 그러다 바로 엄청난 환호가 터져 나왔다.

"우, 우아아!"

"꺄악!"

바로 진우전생록 영화화 확정이라는 문장 때문이었다.

엄청난 액수의 판권을 자랑하는 진우전생록은 영화화가 될 것이라는 관측이 있었지만 먼 미래의 일이라는 것이 전문가들의 생각이었다.

일단 작가의 신상 자체가 비밀이었고 에드스타 측에서도 부정적인 견해를 밝힌 적이 있어서였다. 영화화될 경우에는 교섭 단계부터 판권 구입, 그리고 영화화 결정까지 꽤 오랜 시간이 걸렸다. 더군다나 진우전생록이었다. 많은 영화사들이 탐을 내고 있었다. 그들이 모두 경쟁에 뛰어든다면 시간이 더욱 지체될 것이 뻔했다.

그런데 완결이 되자마자 영화화 소식이 나온 것이다.

이 모든 소식은 플레이스타와 각종 방송사를 통해 생중계되고 있었다.

그야말로 광란의 밤이었다.

이 소식에 잔뜩 흥분한 팬들이 소리를 지르거나 방방 뛰는 등, 기쁨 마음을 표출했다.

"꺄아악!"

"크리스틴 잭슨!"

"크리스틴 잭슨! 크리스틴 잭슨!"

"잘생겼어요! 진심이에요!"

사람들이 잭의 이름을 외치기 시작했다. 잭은 환호를 즐기며 더 환호하라는 듯 손짓했다. 그러자 귀를 먹먹하게 만드는 함성이 터져 나왔다.

"여기서 끝이 아닙니다. 영화화에 대해서 예측하신 분들도 계셨겠지요. 그러나 지금부터 공개할 소식은 아마 전 세계를 뒤집어놓을 것입니다. 감히 확신할 수 있습니다."

잭이 그렇게 말하고 잠시 뜸을 들였다. 잭이 말을 하지 않고 가만히 있자 사람들이 궁금증을 참지 못하고 잭의 이름을 소리쳤다. 잭은 더 해보라는 듯 손짓하자 날카로운 비명까지 나왔다.

잭은 만족스럽게 고개를 끄덕였다.

"이분을 소개하며 저는 퇴장하겠습니다. 박수로 환영해 주세요. 진우 작가님을 모시겠습니다!"

사람들은 잭의 말에 깜짝 놀랐다. 진우 작가는 세계에서 가장 신비한 인물 1위에 꼽히기도 했다. 공식 석상은커녕 외부로 단 한 번도 노출된 적이 없었고 인터뷰조차 없었다. 작품을 연재할 때도 사적인 이야기는 전혀 하지 않았다. 그런 그가 드디어 모습을 드러내는 것이다. 무대 밑으로 내려간 건우는 연주팀 사이에 섰다.

필요한 장비는 모두 세팅이 되어 있었다.

지이잉!

바닥이 열리면서 건우와 연주팀이 위로 치솟았다. 불꽃과 함께 연기가 치솟았다. 대단히 화려한 등장이었다.

건우는 가면을 쓰고 있었다. 지금까지 쓰고 다녔던 가면은 아니었다. 머리를 완전히 가리는 가면이었다. 가면을 쓴 건우의 모습이 스크린에 비추었다.

"진짜 진우 작가야?"

"가면을 썼는데?"

"가짜 아니야?"

사람들이 수군거렸다.

모든 시선이 건우에게로 집중되었다. 믿지 못하겠다는 시선도 많았다. 그렇다면 실력으로 증명하면 되는 것이다.

건우는 여유롭게 인사를 하고는 가운데에 있는 책상 앞에 앉았다. 건우가 자리에 앉자 연주팀이 연주를 시작했다. 책상에는 스크린과 연결된 타블렛이 있었다. 스크린에 진우전생록의 마지막 화가 떠올랐다.

마지막 화에 삽입한 OST가 연주되었다.

마지막 화의 마지막 컷은 의도적으로 여백을 길게 만들어놓았다. 건우는 팬을 잡았다. 팬을 잡은 건우의 모습과 여백의 모습이 화면에 동시에 잡혔다.

흐르는 음악에 맞춰 건우의 펜이 빠르게 움직였다.

"오, 오오!"

"지, 진짜다!"

흰 여백에 실시간으로 그림이 그려졌다. 건우가 그리는 이곳의 풍경이었다. 태양궁을 그리고 무대를 그렸다. 대충 휙휙 긋는 것 같았지만 마치 프린터로 인쇄가 되는 것처럼 빠르게 그려졌다. 사진 찍어내듯이 똑같은 것은 아니었다. 과장된 부분도 있었고 생략된 부분도 있었다. 그것이 그림을 그림답게 만들었다.

여백이 빠르게 채워지는 모습에 사람들은 넋이 나갔다.

태양궁과 무대가 그려졌다. 무대 위는 텅 비어 있었다. 건우는 가장자리부터 채우기 시작했다.

"와!"

"살면귀다!"

악역 중에서도 조금 비중이 있었던 살면귀가 가장자리에 조그맣게 나타났다. 현장 스태프가 화면을 조정해 줘서 하나하나 자세하게 볼 수 있었다. 세상에서 건우밖에 할 수 없는 수준의 드로잉쇼가 펼쳐지고 있었다.

압도적인 속도와 말도 안 되는 퀄리티의 작화는 지켜보는 모든 이들에게 막대한 감동을 선사해 주었다. 음악과 절묘하게 어울려 그저 넋을 잃고 바라보게 만들었다.

그림은 마치 살아 있는 것처럼 생동감이 넘쳤다.

건우는 그리면서 즐거워졌다. 사람들이 내뿜는 감정은 늘 그를 취하게 만들었다. 건우의 기운이 발산되며 펜을 따라 움직였다.

감정을 주체하지 않아도 되었다.

춤을 추는 기운을 막지 않아도 되었다.

건우의 펜은 너무나 자유로웠다. 펜이 춤을 추고 있는 것으로 보일 정도였다.

"와아!"

"저게 가능해?"

살면귀부터 시작해서 심연교의 고수들, 태양연맹의 위선자들, 산적두목 등 꽤 비중 있고 인기 있는 인물들이 그려졌다. 악역이기는 하지만 전형적인 악인은 아니었다. 모두 각자가 추구하는 것을 위해 움직였을 뿐이었다. 명예, 권력도 있었고, 사랑과 우정도 있었다.

반대쪽에서부터 주인공과 인연이 있는 비교적 정의로운 인물들을 그렸다. 그의 스승부터 시작해서 석준과 여러 고승들이 등장했다. 비록 모습은 달라져 있었지만 분위기만큼은 똑같았다.

건우는 자신과 그녀에게 가장 큰 상처를 주었던 마교의 교주, 진우전생록에서는 심연교의 교주를 그렸다. 자신 다음으로 인기가 있었다. 절대적인 카리스마, 잔인무도한 성격이 대리 만족을 주는 모양이었다.

'이제는 추억일 뿐이지.'

분노와 원한, 증오도 이제는 모두 희석되어 사라졌다. 이렇게 다시 그려보니 그때 당시의 모든 감정들이 기억과 추억으로 서서히 정리가 되어가고 있음을 느낄 수 있었다. 이제는 더 이상 그의 기억만이 아니었다. 모든 이들이 공감하고 즐기는 하나의 이야기가 되었다.

건우는 연을 그리고 마지막으로 진우를 그렸다.

주인공인 진우의 모습이 등장하자 사람들은 흥분을 감추지 못했다. 마치 생명체가 창조되는 것 같은 경이로움을 느끼고 있었다.

주요 등장인물들이 여백 위의 무대를 가득 채웠다. 시간이 꽤 걸렸지만 사람들은 모두 지루함을 느끼지 않았다. 건우가 펜을 내려놓자 음악이 멈췄다.

그와 동시에 다시 엄청난 환호가 다시 터져 나왔다. 단순한 그림 시연이 아닌, 하나의 예술 공연을 보는 것 같았다. 환희와 감동으로 넘실거렸다.

준비한 것은 이게 끝이 아니었다. 전 세계를 충격으로 몰아넣을 순서가 남아 있었다.

건우는 자리에서 일어나 무대 중앙으로 걸어 나왔다. 건우의 손에는 마이크가 들려 있었다. 건우가 마이크를 들자 기다리고 있었다는 듯 연주팀이 준비된 곡을 연주하기 시작했다.

마지막 챕터를 장식하고, 지금 빌보드 1위에 올라 있는 곡이었다. 진우전생록 OST 파트 2의 마지막에 실린 곡이었다. 바로 '인연'이었다. 세계 음악 차트를 정복하는 것은 이제 일상이 되어버려 아무런 감흥이 없었다. 다만, 조금이라도 많은 사람들이 들을 수 있으니 그것이 행복할 뿐이었다.

익숙한 선율이 흘러나오기 시작하자 사람들이 즐거워하면서도 어리둥절해했다.

건우는 전주를 들으며 입을 떼었다.

"과거로부터 지금까지 이어진 인연, 그 많은 추억을 같이한 사람들. 아픔과 슬픔을 공감해 주어 아름다운 추억으로 만들어주신 여러분. 이 이야기를 사랑해 주신 모든 분들을 위해, 바로 당신께 이 노래를 바칩니다."

건우의 목소리가 나오자 사람들이 깜짝 놀랐다. 긴가민가하는 사람들도 많았다. 진우 작가가 건우라고는 생각할 수조차 없었기 때문이다. 웅성거리는 사람들의 반응을 보며 건우는 입을 떼었다.

건우의 노래가 울려 퍼지기 시작했다. 아주 오랜만에 갖는 라이브 무대였다. 건우의 전신에서 막대한 기운이 퍼져 나가며 넘실거렸다. 그 존재감은 무대 주변을 가득 채운 사람들을 압도할 정도로 대단했다. 사람들은 건우의 목소리에 완전히 홀려버렸다. 그 어떤 반응도 할 수 없었다. 그저 멍하니 건우의 노래를 들어야만 했다.

건우의 라이브는 귀로 듣는 마약 그 자체였다. 정신과 감정을 음악에 섞어버리는 그런 마약이었다.

인연은 건우가 가장 마지막에 만든 노래였다. 전생에서 느꼈던 간절한 마음과 현생의 행복한 마음이 교차하는 그런 감정의 노래였다. 사람들로 하여금 슬픈 눈물이 아니라 행복의 눈물을 흘리게 만드는 힘이 담겨 있었다.

"아, 아아……."

"흐윽, 흑"

사람들이 깨닫지도 못하는 사이 눈물을 흘렸다. 그들의 정신과 육체 속에 남아 있던 상처의 후유증, 흉터들이 점차 옅어지는 것이 보였다. 정신적인 쾌감은 듣는 이들에게 막대한 만족감을 주었다.

편안하고 아늑한, 그리고 따듯한 기분으로 만들어주었다.

건우는 마지막 소절을 남겨두고 앞으로 걸어 나갔다. 화면에 건우의 모습이 클로즈업되어 잡히었다. 건우는 고개를 숙이며 가면에 손을 가져다대고 가면을 벗었다.

마스크 싱어 때 처음 자신의 모습을 알렸던 것처럼, 오랜 시간이 지난 지금, 다시금 자신의 모습을 사람들에게 공개했다.

꾸며진 것이 아닌, 자신의 모든 것을 내보이는 것 같은 느낌이
들었다.

건우는 천천히 고개를 들었다.

"어, 어어?"

"억?!"

사람들의 표정이 충격과 경악으로 물들었다. 건우는 그 어
떤 말도 하지 않고 태연하게 살짝 웃으며 인사했다. 그러고는
연주팀의 연주에 맞춰 다시 노래를 부르기 시작했다.

"하, 하아아……."

"으어……."

사람들 중 몇몇은 그 자리에서 혼절해 버렸다. 바닥에 주저
앉은 이들도 꽤 많았다. 그야말로 패닉 상태였다.

바빠진 것은 하로니랜드의 구급팀이었다.

그 어떤 말을 할 수 있을까?

세계를 경악으로 물들인 전설적인 무대라고 평가되는 것은
당연했다.

＊　　　　　　＊　　　　　　＊

누구나 다 예상했다시피 완결 페스티벌은 그야말로 전설이
되었다. 그동안 베일에 쌓여 있던 진우 작가가 건우라는 사실
이 밝혀지자 그 파장은 어마어마했다. 충격과 논란, 계속해서
생산되는 여러 말들이 가라앉을 기색을 보이지 않자 건우는 한

차례 기자회견을 해야 했다.

건우는 기자회견에서 몇 마디 하지 않았다.

"제가 진우 작가였습니다. 그동안 밝히지 않아 죄송합니다."

그렇게 짧게 말했을 뿐이었다.

건우가 짧게 말한 영상은 그해 최고 화제 영상으로 꼽혔다. 연예인을 하면서 책을 출판하거나 예술적인 부분에 두각을 나타내는 이들은 꽤 있었지만 이번 일은 그것과는 차원이 다른 일이었다. 건우는 이미 살아 있는 전설이자, 역사상 가장 위대한 예술가 중 한 명으로 평가받고 있었다. 미국에서 가장 유명한 일간지와의 인터뷰가 있었다.

A. 온통 이건우 이야기뿐이다. 세간에서는 이건우 쇼크라고 불리고 있다. 그에 대한 생각은?

G. 그런 관심과 응원에 감사할 뿐이다. 하루하루 즐거운 마음으로 생활하고 있다.

A. 음악과 연기뿐만 아니라 미술 쪽까지 잘할 줄은 몰랐다. 불세출의 천재, 예술의 신이라 불리고 있는데, 어떻게 시작된 일인가?

G. 처음에는 쉬는 기간에 취미로 시작한 일이다. 에드스타 블로그에 올린 것이 화제가 되어 여기까지 왔다. 솔직히 이렇게 되리라고는 생각하지 못했다. 지금도 믿겨지지 않을 때가 있다.

A. 시작된 계기가 김진희 씨의 추천이라는 소문을 들었다. 필명에는 의미가 있나?

G. 맞다. 그녀의 추천으로 시작된 취미였다. 진우라는 필명은 진희

의 진과 건우의 우를 따와서 지은 것이다. 아무리 생각해 봐도 잘 지은 것 같다.

A. 정체를 숨긴 이유는? 그리고 지금 밝힌 이유는 무엇인가?

G. 이건우라는 이름이 가진 유명세로 평가를 받고 싶지 않았다. 그건 여러 예술가들에게 민폐일 뿐이니까. 그러다가 예기치 않게 너무 유명해져 버려 두고 보자는 의견이 많았다. 밝히지 않을 생각도 있었다. 그러나 영화화가 결정된 이상 전면으로 나서야 했다.

A. 앞으로 작품 활동을 계속할 생각인가? 차기작 요구가 빗발치는 것으로 알고 있다.

G. 현재까지 영화 이외의 계획은 없다. 이번 영화에 모든 역량을 집중하고 싶다. 그 이후에는 아마 오랫동안 쉴 것 같다. 그림과 음악의 조합은 나에게 많은 영감을 주었다. 한계를 극복할 수 있는 가능성을 보았다. 경험해 보지 못했던, 하지 못했던 것들을 해보고 싶다.

A. 뭐든지 다 잘할 것 같다. 다른 분야들도 긴장해야 할 듯하다. 공부를 한다면 노벨상을 탈 수 있지 않을까?

G. 그랬으면 좋겠지만 아쉽게도 그렇지 않다. 학창 시절부터 공부는 잘하지 못하는 편이었다.

A. 늦었지만 아카데미상 및 여러 상을 탄 것을 축하한다. 아카데미상을 두 번 탄 소감은?

G. 고맙고 영광이다. 두 번째라 조금 익숙해졌다. 세 번째는 더 여유로워지지 않을까? 물론 농담이다.

A. 마지막으로 팬들에게.

G. 많은 응원과 사랑 고맙습니다. 영화로 찾아뵙겠습니다. 감사합

니다.

인터넷 기사로도 게재된 짧은 인터뷰였지만, 인터뷰가 실린 일간지는 판매 부수는 창사 이래 최고 기록을 갱신했다. 웃돈을 주고 구입하는 수집가들도 있었다.

그로부터 시간이 꽤 지났다.

완결이 나오고 꽤나 많은 시간이 지났지만 건우는 여전히 화제가 되고 있었다. 이건우가 만능이라는 밈(Meme)이 대세가 되어 대형 커뮤니티를 도배했다.

제목: 저는 사실 이건우입니다.
[첨부 파일: 이건우 합성.jpg]
마이클 조던이 아닙니다.
저는 사실 이건우입니다. 그동안 밝히지 않아 죄송합니다.
댓글 132

스페셜: 사실 리오넬 메시도 이건우였던 거임ㄷㄷㄷ.
ㅡRe: 노답인: 사실 아인슈타인도 미래에서 온 이건우였던 거임.
칠성미린다: 이거 그쪽 SNS에도 올라왔음 이거ㅋㅋ.
샬롯: 저는 빌 게이츠가 아닙니다. 사실 이건우입니다.
양파돈까스: 저는 워런 버핏이 아닙니다. 사실 이건우입니다.

처음에는 이렇게 커뮤니티에 장난식으로 올라왔다. 다른 사람의 얼굴에 건우의 얼굴을 합성한 짤방이 유행하기 시작하더니, 역사적인 인물들은 물론 신화에 나오는 신이나 인물에게까지 합성이 되었다.

합성 대상이 된 당사자들 사이에서도 유행하기 시작했다. 합성이 된 것이 업계 최고라는 의미로 통하다 보니 자신의 SNS에 영광이라는 말과 함께 합성 사진을 올렸다.

가장 공감을 많이 받은 것은 '태양이 아닙니다. 저는 사실 이건우입니다'라는 글과 함께 올라온 태양과 이건우의 합성 사진이었다.

그러한 소동이 있고 나서 본격적으로 영화가 제작되었다.

크랭크인에 들어갈 때까지 제법 많은 시간이 걸렸다. 완벽한 상태에서 영화를 만들고 싶었기 때문이다.

영화 세트장 건설, 오디션, 스태프 구성 등을 포함해서 건우가 모두 직접 관여를 해야 했다. 진우전생록 OST 앨범, 즉 이건우 2집 앨범으로도 다시 한번 그래미상, 여러 시상식을 휩쓸고 나서 본격적인 영화 제작에 들어갔다.

제작비는 충분히 확보했고 모든 상황이 완벽했다. 완성도를 중요시했기에 스케줄은 여유로웠다. 건우는 영화 제작에만 몰두할 수 있도록 모든 환경을 완벽하게 조절했다.

진우전생록은 인터넷을 통해 전 세계적으로 사랑을 받은 작품이었다. 때문에 극장 개봉과 동시에 플레이스타 유료 플랫폼을 통해서도 공개를 하기로 했다.

오디션을 통해 주요 배우들의 섭외가 완료되었다. 주인공 진우 역은 당연히 건우였고, 연 역할은 진희로 결정되었다. 진희는 플레이스타 공개 오디션을 통해 당당히 그 실력을 입증했는데, 공개된 영상만으로도 압도적인 지지를 받았다. 진우전생록 특성상 액션이 많을 수밖에 없었다. 진희는 대사 연기뿐만 아니라 액션 연기에서는 그 누구도 따라올 수 없을 만한 능력을 보여주었다.

그밖에 건우와 친분이 있는 배우들도 대거 참여하였고, 신인 배우들 역시 제법 많이 뽑았다. 건우의 눈은 무척이나 정확해서 미스 캐스팅이 단 하나도 없었다. 모두 찬란하게 빛나는 황금빛 재능을 가진 배우들이었다.

주인공 진우 역할은 건우밖에 소화할 수 없다는 평이 대부분이었다. 건우는 뒤로 물러나서 영화 제작에만 몰두해 볼까 하는 생각도 해보았지만 잭과 리더, 그리고 투자자들이 기겁하며 반대했다. 반드시 건우가 있어야 했다. 그렇지 않았다가는 팬들 사이에서 폭동이 일어날지도 몰랐다.

아무튼, 건우는 현재 뉴질랜드 세트장에 나와 있었다. 진우전생록 세트장은 미국 LA, 뉴질랜드, 그리고 한국에 있었다. 가장 규모가 큰 곳은 미국이었다. 최근에 완성된 유니크 스튜디오와 하로니가 협업하여 만든 실내 세트장 때문이었다.

뉴질랜드에는 광활한 자연경관을 배경으로 하여 아름다운 세트장이 지어졌다. 뉴질랜드 정부에서 적극적으로 협조를 해주어 너무나 순조로웠다.

영화 스케줄은 할리우드 방식과는 조금 달랐다. 영화 촬영 전부터 건우와 조나단의 지도하에 모두 혹독한 훈련을 해야 했다. 그것은 영화 촬영이 상당 부분 마무리된 상태인 지금도 유효했다.

"으윽!"

"흑!"

이른 아침, 배우들이 모두 모여 훈련을 했다. 액션 비중이 있는 배우라면 무조건 나와서 훈련을 해야 했다. 이런 훈련 경험이 조금이라도 있어야 건우의 페이스에 따라올 수 있었다. 다행인 점은 건우와 훈련을 해본 배우들이 꽤 있다는 점이었다. 록과 반 스타뎀, 에란 로비와 스테판이 그러했다.

그들은 건우의 수하를 자처하며 배우들을 길들였다.

"허허, 그렇게 허약해서 되겠나?"

최운식이 배우들 사이에서 오롯이 서 있었다. 이곳에 있는 배우들 중에서 가장 나이가 많았음에도 불구하고 체력은 대단히 좋았다. 진우의 스승 역이다 보니 최운식 역시 훈련에 참여해야 했는데, 훈련을 시작한 이후로 새 세상을 만났다는 것이 그의 소감이었다.

그는 모든 촬영을 마치고 하차했는데, 훈련은 매일 나왔다. 사비를 털어서 나온다는 걸 건우가 모두 지불해 주었다. 최운식이 현장에 나와 있는 것만으로도 든든했기 때문이다.

"크하하! 영감님. 대단하군!"

"자네도 썩 나쁘지는 않구만. 괜히 덩치가 큰 것이 아니었어."

"당연하지!"

"오늘 술 한잔 어떤가?"

"오오! 굿!"

상의를 벗은 록이 근육을 뽐내다가 최운식과 어깨동무를 했다. 다른 배우들은 헉헉거리며 바닥에 주저앉아 있었다.

"으, 으아아……."

"지옥이다."

"그런데 벗어날 수가 없어. 으윽."

조나단의 스턴트팀과 전혀 차별이 없는 강도 높은 훈련이 매일 이어졌는데, 이게 너무 중독성이 심해 매일매일 나올 수밖에 없었다. 막상 훈련을 할 때는 죽고 싶은 마음이 들 정도인데 훈련이 끝나면 그렇게 상쾌하고 날아갈 것만 같았기 때문이다.

건우는 조나단과 스턴트팀을 따로 훈련시키고 있었다. 건우가 총지휘하는 액션 연기는 세상에서 가장 발전된 형태였다.

중국 영화나 잘 만들어진 할리우드 영화의 액션신을 보면 그 안에 주고받는 리듬, 움직임의 리듬이 살아 있다. 그렇기 때문에 액션을 볼 때 더 몰입해서 볼 수 있었다. 요즘 할리우드 영화는 컷과 컷만 이어 붙여 실질적인 타격이 들어간 장면은 잘 보여주지 않았다. 편집으로 극복을 하려 하니 허공을 치려 하는 듯한 느낌과 과장된 액션이 나오는 것이다. 현장감을 주기 위해 마구 흔들리는 카메라 역시 일조를 했다.

건우는 액션의 리듬에서 한걸음 더 나아가 실전의 리듬을

섰었다. 연기로 느껴지지 않는, 실전과도 같은 살벌함과 무서움을 관객들에게 그대로 전해주고 싶었기 때문이다. 건우의 능력으로 그것이 가능했다.

조나단이 건우를 바라보았다.

"이번 영화가 끝나면 건우 씨께서 가르쳐 주신 걸 바탕으로 액션 스쿨을 운영해 볼 생각입니다. 비용은 섭섭하지 않게 해드리겠습니다."

"비용은 무슨……. 이미 비용은 다른 것으로 받고 있지 않습니까? 마음껏 가져다 쓰세요."

"하하, 그럼 건우 씨의 얼굴을 도장에 붙여놔야겠군요. 창시자시니까요."

"그건 조금 부끄러운데요."

건우는 웃으면서 그렇게 말했다.

조나단과 그의 스턴트 팀원은 건우의 실전의 느낌이 물씬 풍기는 훈련 덕분에 전사의 눈을 가지게 되었다. 훈련 시간 중에는 실제 살기를 흘려가면서 실전이라는 감각을 체득시켰다. 그런 훈련 방식과 기본 무술이 조나단에게 큰 충격을 주었다. 그리고 몇 단계나 진보할 수 있는 기회를 주었다.

그러나 진희만큼은 아니었다.

퍽! 퍽!

혼자 샌드백을 치고 있는 진희가 보였다. 샌드백이 마구 출렁거렸다. 조나단도 그녀의 모습에 혀를 내둘렀다.

조나단의 팀원들은 진희를 누님이라 부르며 따르고 있었다.

괜히 그녀의 앞에서 멋진 척을 했다가 개박살 났기 때문이다.

"진희 씨는 정말 대단하군요. 정말 건우 씨와 무척 닮아 있는 것 같습니다. 아마 이후에 할리우드에서 엄청난 러브 콜을 받을 것 같은데요."

독보적인 미모에, 연기는 건우와 합을 맞출 수 있을 정도로 출중했다. 거기에 조나단 팀원을 가볍게 넘어서는 무술 실력과 액션 연기에 대한 이해도를 지니고 있는 팔방미인이었다.

"열받아."

콰앙!

그렇게 살짝 중얼거린 진희가 주먹을 휘두르자 샌드백이 터져 버렸다. 주변에 있던 스턴트 팀원은 박수를 쳤다.

조나단은 어색한 미소를 지으면서 건우를 바라보았다.

"또 하나가 터져 버렸군요. 이제 그만 당해주시는 것이 어떻습니까?"

"고민을 좀 해봐야겠는데요."

"음, 조만간 진희 양이 준비한 모든 것을 쏟아낼 겁니다. 그때는 부디 눈치 있게 행동하시길 바랍니다. 가장 중요한 결단을 할 시기는 언제나 갑작스럽게 찾아오는 법이랍니다."

"조언 고마워요."

조나단은 밤에 건우와 진희가 개인적으로 훈련을 한다는 것을 알고 있었다. 그리고 내기에 대해서도 알고 있었다. 진희를 농락하며 약을 살살 올리는 건우의 모습이 머릿속에 그려졌다.

조나단은 건우가 심어놓은 스파이였다. 진희가 꾸미는 일들을 모두 건우에게 충실하게 보고했다. 앞의 대화에서 건우가 이미 비용을 받고 있다는 말은 이것을 두고 하는 말이었다.

조나단은 고개를 설레 저었다.

"뭐, 그때까지 부부 싸움만큼은 하지 말아주세요. 너무 살벌할 것 같습니다."

그의 말에 건우는 피식 웃을 뿐이었다.

생각해 보면 옛날에는 그런 마음에 의한 싸움조차 사치일 뿐이었다. 그렇다고 다투고 싶다는 것은 아니었다. 단지, 그 과정도 모두 사랑스러울 것 같다는 생각뿐이었다.

짝짝!

건우가 박수를 한차례 치자 모두 건우에게 시선이 모아졌다.

"수고하셨습니다. 오늘 촬영도 힘내도록 합시다."

"오늘도 잘 부탁드립니다!"

"화이팅하죠!"

건우의 말에 배우들이 웃으며 대답했다.

건우는 촬영 현장의 중심이었다. 제작자로 참여하는 잭과 연출을 맡고 있는 리더도 있었지만, 건우가 연기 지도부터 시작해서 소품 하나하나까지 모두 지적하며 챙겼다. 연기 경력이 많든, 나이가 많든 그런 것은 모두 상관없었다. 건우는 차가울 정도로 냉정하게 지적하고 고칠 것을 요구했다. 분쟁이 일어날 법했지만 현장 분위기는 그 어떤 영화 촬영 현장보다도 좋았다. 건우의 존재감과 카리스마 덕분에 모두 본능적으로 건우를 따르고 있었기 때문이다.

"리더, 잠깐 이야기하자."

"아! 응. 나도 말할 게 있어."

연출에 대한 것 역시 잭, 리더와 지속적으로 이야기를 나누고 있고, 이야기가 길어질 때도 있었다.

리더는 이렇게 많은 자본을 들여 찍는 영화가 처음이었기에 부담스러워했지만 잭과 건우가 옆에서 도와주니 이제는 그런 기색이 사라졌다. 건우의 의견대로 따르고 있었지만 그 와중에서도 자신의 독특한 색을 잃지 않았다.

리더는 이미 그 재능을 찬란하게 꽃피우고 있었다.

촬영 준비를 끝마치고 모두 모였다. 누구하나 소외되는 배우 없이 모두 공동체처럼 움직이기 때문에, 촬영 전에는 늘 이렇게 얼굴을 마주봤다. 한국은 물론이고 할리우드 스타일과도 많이 달랐다.

메가폰을 잡은 리더가 배우들과 현장 스태프들의 시선을 잡으며 서 있었다. 잭은 건우의 옆에서 흐뭇하게 리더를 바라보고 있을 뿐이었다.

"좋은 아침입니다. 오늘 촬영은……."

리더는 오늘 일정을 모두 브리핑해 주고 주의할 점과 특이 사항을 말해주었다. 이제는 꽤 능숙했다. 리더의 본래 성격을 아는 사람은 '존 리 페인'에 참여했던 배우와 스태프, 그리고 건우뿐이었다. 촬영 중의 리더는 칼을 떠올리게 할 정도로 날카로웠다. 숙소로 돌아가서는 마음고생을 하고 있지만 말이다.

'이번 뉴질랜드 촬영을 끝내면 영화도 대부분 끝나는군.'

제작 기간은 할리우드 영화 평균 제작 기간보다 긴 편이었지만 시간이 순식간에 지난 것 같았다. 연기만 놓고 본다면 건우에게 있어서 가장 편한 배역이었다. 배역 연구를 할 필요도 없이 그저 자신의 모습을 꺼내면 되니 말이다.

그래, 그렇게 하면 되었다.

"좋구만."

야외 세트장은 뉴질랜드의 북섬이었다. 북섬에 거대한 대나무 숲을 만들었고 촌락을 세웠다. 뉴질랜드의 자연경관과 어울리는 모습이 그야말로 장관이었다.

흔들리는 대나무 사이로 진희의 모습이 보였다. 그 모습을 보니 전생의 그때로 돌아간 것 같았다. 창작을 가미해 달라진 부분이 많았지만 지금 이 풍경만큼은 기억 속 그대로였다.

리더와 이야기를 나누면서 진희가 고개를 끄덕였다. 스턴트 팀원들이 다가와 웃으며 뭐라 했는데, 진희가 주먹을 쥐니 모두 도망갔다.

'이 장면이 이렇게 즐거워질 줄은 몰랐네.'

그때와 꼭 닮아 있었지만 분위기는 완전히 달랐다. 그리고 앞으로 담게 될 장면 역시 다를 것이다. 그리고 모두의 기억 속에도 그렇게 남게 될 것이다. 이것이 마교의 교주에게 할 수 있는 건우 나름대로의 최고라 할 수 있는 복수이기도 했다.

촬영이 시작되었다.

건우는 순식간에 집중했다. 건우의 눈앞에 전생에 겪었던 그 순간이 펼쳐졌다. 그때로 회귀한 것만 같았다. 과거의 기억과 현실의 연출이 교차되며 건우를 몰입시켰다.

그녀를 떠나보내고 마교, 지금은 심연교라 불리는 이들을 막아섰다. 섬뜩한 미소를 그리고 있는 가면은 얼굴을 다른 사람의 얼굴 가죽으로 바느질한 마교의 살수들과 똑같았다. 그들은 인간 같지 않은, 마치 인형과 같은 움직임으로 건우를 향해 쏟아져 내렸다.

건우의 검에서 검강이 폭사되어 나왔다. 맹렬한 푸른빛을 내뿜은 검강은 절대강자만의 전유물이었다.

휘익!

검이 한 번 휘둘러질 때마다 대나무가 갈라졌고, 초록빛 잎사귀가 붉게 물들었다. 수많은 암기가 비처럼 내렸지만 건우가 검을 휘두르며 모두 튕겨냈다. 대나무를 밟고 날아올랐다. 마치 거미처럼 따라붙는 심연교의 살수들은 공포 그 자체였다.

건우의 몸에 암기가 박히고 피가 튀겼지만 건우의 눈빛은 또렷했다. 그 어떤 절망도 체념도 서려 있지 않았다. 기필코 그녀의 곁으로 돌아가고 말겠다는 강력한 의지가 서려 있었다.

건우의 검이 폭풍처럼 몰아쳤다. 사선으로 갈리는 대나무와 함께 살수의 몸이 잘려 나가며 바닥에 떨어졌다. 검강에 묻은 피는 붉은 증기를 만들어내며 사라졌다.

스산한 바람이 불었다. 대나무가 마구 휘어지는 광경이 건우의 눈에 들어왔다. 대낮임에도 주위가 너무나 어둡게 보였다. 심연을 들여다보는 것 같은 기운이 대나무와 대지의 생명을 모두 죽이며 빛마저 흡수하고 있었다.

건우의 숙적이 드디어 모습을 드러냈다.

심연교의 교주.

거만한 표정과 말투, 행동, 그 모든 것들이 너무나 익숙했다.

"영원한 생명이 눈앞에 있는데 그걸 외면하다니 참으로 우매한 자로다."

"순간에 저무는 모든 것들이 아름답소. 삶은 그렇기 때문에 의미가 있는 것이라 생각하오."

"뜬구름 잡는 소리만 하는군."

"뜬구름 잡는 소리이기는 하지만 하나 확실한 것이 있지."

건우는 천천히 검을 들었다. 그의 눈가에 살기가 일렁였다. 주변에 있던 대나무가 퍼석 하더니 가루가 되어 바람에 휘날렸다.

"네놈의 끝은 굉장히 추하다는 것."

건우는 확신할 수 있었다.

영원한 생명을 추구하고 집착하여 오랜 세월을 살아왔기에 그 끝은 추할 것이다. 심연교의 교주는 스스로 저무는 법을 몰랐다. 건우는 죽음이 있기에 비로소 삶이 완전하다고 생각했다. 끝이 있기에 역설적으로 영원한 사랑을 속삭일 수 있다고 생각했다.

교주는 오만하게 검을 잡았다.

진우전생록에서 가장 화려하고 처절한 싸움이 이곳에서 펼쳐졌다.

'음?'

달라졌다.

연기에 몰입하고 있는 와중에도 건우는 그런 생각이 또렷하게 들었다.

전생에서는 죽을 무덤을 찾았다. 그녀를 위해 죽는 것이야말로 가장 바람직하다고 생각했다. 그러나 진우전생록을 통해 다시 만들어낸 자신은 삶의 의지를 불태우며 고통과 마주 보고 있었다. 그리고 그 모습에 자신은 격하게 공감하고 있었다.

건우는 자신이 전생의 자신과는 완전히 다른 사람이 되었음을 깨달았다.

그 순간 집중이 깨지며 대사를 하지 않았다. 한동안 그렇게 가만히 서 있었다. 상대 배우가 의아한 눈으로 건우를 바라보았다. 리더와 스태프도 마찬가지였다. 지켜보고 있던 진희 역시 고개를 갸웃했다.

"……."

대사를 하기 위해 입을 뻥긋거렸지만 결국 말을 내뱉을 수 없었다. 건우가 단 한 번도 보여주지 않았던 어설픈 모습이었기 때문이다.

"컷! NG!"

결국 NG 사인이 나오고 리더가 촬영을 중단했다.

자신에 대한 이유로 NG를 낸 적이 거의 없는 건우였다. 대사를 잊고, 입만 뻥긋거린 모습은 모두 처음 본 것이었다.

그러한 NG는 배우들에게 일상적인 것일 수도 있었지만 건우에게는 아니었다. 모두 걱정스러운 눈으로 건우를 바라보았다.

"죄송합니다. 조금만 쉬었다 하죠."

건우의 말에 리더가 고개를 끄덕이며 촬영을 중지시켰다. 진희가 가장 먼저 다가왔다. 걱정스러운 눈으로 건우를 바라보았다.

"괜찮아? 어디 아파?"

"아니. 괜찮아. 연기하다 보면 NG를 낼 수도 있는 거지. 대사를 까먹을 수도 있고."

"그렇다면 다행인데……."

생각해 보면 아무것도 아닌데 진희도 그렇고 주변에서는 유난히 건우를 걱정했다. 그만큼 건우의 이미지는 만능에 가까웠다.

"진짜 괜찮은 거지?"

"갑자기 집중이 깨졌어. 나와 다르다고 생각하니까… 내가 아니라고 생각하니까 그렇게 되었어."

"당연한 거 아니야? 그러니까 연기를 하는 거잖아."

건우는 진희를 잠시 바라보다가 웃으면서 고개를 끄덕였다. 전생의 자신을 꺼낼 수 없었다. 이미 너무나 달라졌기 때문이다.

'아…….'

해방감이 느껴졌다.

이제야 전생에서 완벽히 벗어난 것 같았다.

건우는 깊은 한숨을 내쉬었다. 더 이상 그를 붙잡아두는 것은 없었다. 모든 것을 뒤로 두고 진정한 미래를 향해 걸어나갈 수 있을 것 같았다. 진희는 진지한 표정으로 자신을 바라보는 건우를 보며 고개를 갸웃했다.

"너 아무래도 좀 쉬는 게 좋겠어."

"음, 그럴까?"

"물 가져올게!"

후다닥 달려가는 진희의 뒷모습을 바라보던 건우는 다시 한 번 피식 웃었다.

건우는 잠시 휴식을 취한 뒤, 다시 연기를 시작했다.

처음에는 NG를 몇 차례 내었지만 서서히 다시 본래 그의 모습으로 돌아올 수 있었다.

건우의 진우로서의 연기는 최절정에 달해 있었다.

촬영은 순조롭게 마무리되었다. 건우는 진우를 연기했다. 심연교의 교주에게 단지 일격을 먹인 전생과는 다르게 혈전을 벌였고, 동귀어진의 수법으로 죽이는 것에 성공했다. 그 후, 연이 죽어가는 진우를 찾아와 심연교의 교주가 그토록 바라던 생명의 힘을 건우에게 불어넣는 것으로 진우의 목숨이 되살아났다. 연은 누구나 탐내던 힘을 잃어 심연교의 속박에서 자유로워질 수 있었다.

한층 강해진 진우가 전율이 이는 힘으로 심연교를 찍어 누르는 장면은 앞으로 있을 촬영 중에서 제일 기대되는 부분이었다.

늦은 밤이 되었다.

별이 쏟아질 것 같은 뉴질랜드의 밤하늘이 보였다. 건우는 유난히 아름다운 밤이라고 생각했다.

'오늘 아예 작정을 했군.'

주변에서 꽤 많은 기척이 느껴졌다. 건우는 모른 척하고 있었다. 평소처럼 훈련을 하러 나온 듯 태연하게 행동했다. 진희가 평소처럼 커피를 담은 텀블러를 건우에게 건네주었다. 뉴질랜드에 오고 나서 늘 개인 훈련 때면 이렇게 건우의 커피를 챙겨주었다.

진희는 평소와 같은 표정이었다. 연기는 완벽했다. 그러나 투기는 감추지 못했다.

"고마워."

건우가 텀블러를 손에 들고 커피를 마시려고 할 때였다.

"시작!"

진희가 그렇게 외치더니 건우의 가슴을 향해 빠르게 주먹을 휘둘렀다. 샌드백조차 터뜨려 버린 주먹이었다. 아무런 대비 없이 맞는다면 뼈에 금이 확실하게 갈 것이다. 건우가 대견하게 생각할 정도로 완벽한 기습 공격이었다.

휘익!

그러나 건우는 커피를 마시면서 허리를 비틀어 피해냈다. 여유롭게 피했는데, 건우의 눈썹이 조금 찡그려졌다. 커피가 아니라 고추냉이와 간장이었다. 진희에게 수단과 방법을 가리지 않아도 좋다고 말했었지만 오늘을 위해 사전 공작을 꾸준히 벌일 줄은 생각지도 못했다. 미각이 아주 발달한 건우의 약점이라면 약점이라고 할 수 있는 부분을 노린 것이었다.

그러나 건우의 인내력은 인간을 뛰어넘었기에 아무런 타격도 없었다. 입안에 간장과 고추냉이의 향이 가득 담겨 있긴 하지만 말이다.

"너무 치사한 거 아니야?"

휘익! 휙!

건우의 말에도 진희는 말없이 진지한 표정으로 공격을 퍼부었다. 오늘 아침에 열받은 척했던 것도 다 사전 공작인 것 같았다.

오늘이야말로 진심으로 끝장을 보겠다는 투기가 진희의 전신에서 뿜어져 나왔다. 건우는 피식 웃으면서 바닥에 원을 그렸다.

코를 스쳐 가는 손날이 굉장히 위협적이었다.

'적당히 당해줘야 하는데…….'

건우도 눈치가 있었다. 늘 그렇게 생각하면서 당해주지 않은 이유는 어쩌면 과거의 기억이 그의 발을 붙잡고 있어서인지도 몰랐다. 자각은 하지 못했지만 행복이 바로 눈앞에 있었는데 그저 지켜만 보고 있었던 것 같았다.

건우가 그런 생각을 할 때였다.

"지금이야!"

진희가 외치자 사방에서 살수 복장을 한 이들이 튀어나왔다. 건우는 알고 있었지만 놀란 척했다. 조나단과 스턴트 팀원들, 그리고 멀뚱멀뚱 건우를 바라보고 있는 리더와 잭이었다. 리더의 손에는 전선과 연결된 버튼이 들려 있었다.

'준비한 게 이것이었군.'

생각보다 훨씬 치밀하게 준비가 되어 있었다.

"감독님! 지금이에요!"

"오, 오케이!"

진희의 신호에 리더가 버튼을 누르자 주변에서 연기가 치솟았다. 시야가 완전히 가려졌다. 건우가 원 밖으로 나가거나 진희에게 한 대 맞으면 지는 것이었기에 대단히 불리한 상황이었다.

"잡아!"

"돌격!"

"수단과 방법을 가리지 마라!"

조나단은 살벌한 말을 내뱉었다.

조나단과 조나단의 팀원은 건우의 실력을 잘 알고 있었다. 앞이 안 보이는 상황에서 사방에서 달려드는 건장한 체구의 남성들을 피한다는 것은 일반적으로는 굉장히 힘든 일이었다. 하물며 움직임에 제약이 있는 상태에서 말이다. 그러나 건우는 역시 보통 사람이 아니었다.

진우전생록에 나오는 진우보다도 더 강한 무력을 소유한 자였다.

"억!"

"큭!"

건우의 몸에 닿기도 전에 조나단의 팀원들이 튕겨져 나갔다. 건우가 슬쩍 몸을 틀며 밀어낸 것이다. 건우의 위치를 대강 짐작해 달려들었는데, 그들도 연기 때문에 앞을 보지 못했다. 자신이 어떻게 쓰러졌는지조차 알지 못했다.

"누님!"

"지금이에욧!"

달려오는 진희의 기척이 느껴졌다. 건우는 피하는 것을 멈추고 연기 속에서 달려오는 진희를 바라보았다.

'음, 피할 수 없겠구나.'

충분히 피할 수 있음에도 그렇게 느꼈다. 연기 속에서 반짝이는 그녀의 눈을 본 순간 비로소 서로 같은 것을 보고 있다는 것을 깨달았다.

퍼억!

건우의 몸이 뒤로 크게 밀려나며 넘어졌다.

건우는 넘어진 상태로 잠시 그렇게 있었다. 연기가 공기 속으로 흩어졌다. 품 안에 있던 진희가 그대로 벌떡 일어나며 주먹을 추켜올렸다.

짝짝짝!

조나단과 조나단의 스턴트 팀원들, 잭과 리더가 박수를 치기 시작했다. 잭과 리더는 환호를 지르면서까지 좋아했다. 건우가 당하는 모습을 보는 것은 이번이 처음이었기 때문이다. 스턴트 팀원들 역시 마찬가지였다.

건우는 이 내기에서 이기면 원하는 모든 것을 들어준다고 했었다.

'소원이라……'

건우는 환하게 웃고 있는 진희의 얼굴을 바라보았다. 그 순간 그녀가 원하는 것이 무엇인지 알 것 같았다.

그것은 건우도 간절히 바라던 것이었다. 자신이 바꾼 진우전생록과 같은 해피 엔딩이었다.

7. 해피 엔딩

이른 아침이었다. 아니, 새벽이라고 봐야 했다.

건우의 아침은 이른 편이었다. 과거였다면 늦은 오전에 일어났을 테지만 지금은 아니었다. 가족 중 가장 먼저 하루를 시작하고는 했다. 오늘은 유난히 이른 편이었는데, 이유가 있었다.

'음……'

전날 사온 신선한 식재료들을 모두 꺼냈다. 최고 등급의 소고기와 각종 야채들, 그리고 직접 잡아온 물고기도 있었다. 그가 최고의 물고기를 잡기 위해 낚싯대 하나를 들고 섬으로 들어가 잡은 전설적인 물고기였다. 일반적인 낚싯대로는 잡을 수 없는 물고기였는데 건우에게는 해당되지 않는 얘기였다.

모든 재료들은 기운을 주입해 아주 싱싱한 상태였다.

건우는 조용히 식칼을 들었다. 식칼에는 검기가 서렸다.

스슥!

건우의 손이 움직였다. 그야말로 빛살과도 같은 속도였다. 재료들이 공중에 떠오르는가 싶더니 순식간에 잘리며 도마 위에 떨어졌다.

도마 위에 떨어지는 걸 건드리지도 않았는데, 마치 누군가 정성스럽게 정리한 것처럼 오와 열이 딱딱 맞았다.

'요리는 정성!'

건우는 모든 정성을 다했다. 모든 감각과 내력을 끌어 올리며 그가 할 수 있는 최고의 요리를 만들었다. 시간이 꽤 오래 걸렸지만 이른 새벽에 일어난 만큼 아슬아슬하게 시간을 맞출 수 있었다.

건우는 눈앞에 있는 엄청나게 크고 많은 도시락 통을 보면서 고개를 끄덕였다. 무려 17개의 도시락 통이었다. 그것도 3단 이상 되는 것들이 많았다. 그러나 건우를 만족시킬 수 없었다.

"아직 부족해, 뭔가……."

"하암, 새벽부터 무슨……."

하품을 하며 건우의 뒤에서 누군가 등장했다. 곰 캐릭터가 그려진 잠옷을 입고 있는 아름다운 여인이었다. 건우도 똑같은 옷을 입고 있었다.

나름 가족 잠옷이라고 맞춘 것이었다.

바로 건우의 아내, 세기의 미인, 최강의 여배우라는 수식어를 지닌 진희였다. 그녀는 테이블 위에 놓인 크고 많은 도시락 통을 보더니 말을 잊었다. 그러다가 작게 한숨을 내쉬었다.

"내가 이럴 줄 알았어."

"부족해 보이지 않아?"

"이거 다 못 먹어."

진희가 살짝 한숨을 쉬고는 건우를 뒤에서 껴안았다. 그제야 건우는 고민을 멈추고 요리를 여기서 끝내기로 했다. 진희가 아니었다면 더욱 많이 추가되었을지도 몰랐다.

진희는 건우의 그런 폭주를 멈추는 방법을 아주 잘 알고 있었다.

"학예회를 그렇게까지 준비하는 아빠는 당신밖에 없을 거야."

"당연한 거 아니야? 초등학교에서의 첫 학예회라고."

"…유치원 때도 했잖아."

"음, 그때도 좋았지."

"맞아. 동네방네 소원이 아빠라고 소문이 다 났지."

진희는 고개를 설레 젓다가 결국 웃을 수밖에 없었다. 유치원 학예회 때 딸이 무대 위에서 노래를 부른다고 하니 기타를 들고 무대 위에 직접 올라서 반주와 코러스를 해준 건우였다. 아직도 그 영상이 플레이스타에 역대 화제 영상으로 남아 있었다.

'이건우의 라이브를 단 한 번이라도 들을 수 있다면 그 인생은 성공한 것과 다름없다'라는 말이 있었다. 그만큼 건우의 라이브 공연은 귀했는데, 어느 작은 유치원에서 연주회가 벌어진 것이다.

당연히 화제가 될 수밖에 없었다.

이번 학예회는 딸아이가 초등학교에 입학하고 나서 맞이하는 첫 학예회였다. 자율성을 중시하는 초등학교였는데, 모든 학예회 공연을 학생들이 주관해서 하는 식이었다.

두 달 전부터 공연 준비를 하느라 리온의 집에서 자주 숙박을 하는 딸, 소원이 때문에 건우의 컨디션은 극히 좋지 못했다.

리온의 둘째가 소원이보다 한 학년 선배여서 둘이 공연 준비를 같이하는 모양이었다. 건우가 도와주려고 했지만 아빠한테는 비밀이라는 말에 충격을 먹고 삼 일 동안 식음을 전폐한 일도 있었다.

그 모습을 보고 한숨을 쉰 소원이가 같이 나들이를 한번 가줬기에 겨우 극복할 수 있었다.

"다들 일어났어?"

"이제 일어났을걸? 록이랑 반은 마당에서 운동하고 있어."

"음, 좋은 자세군."

건우는 잭과 리더, 그리고 할리우드 배우들을 초대했다. 그들은 이건우 사단이라 불리고 있는 있었는데, 이제는 거의 가족처럼 지내고 있었다.

개인 비행기까지 보내주며 초대를 하자 모두 오기는 왔는데 소원이 학예회 때문에 불렀다고 하니 모두 어이없어 했다. 드디어 오랜만에 영화 작업을 하나 싶어 잔뜩 기대하고 왔는데 그게 아니었으니 허무할 만도 했다.

그래도 모두 즐거워하고 있었다. 건우와 어울리는 일은 늘 즐거운 일이었다. 무엇보다 소원이가 너무 사랑스러운 것이 컸다.

진희는 건우의 추진력에 늘 당황스러워했다. 설마 딸아이의 무대를 자랑하려고 저 비싼 몸값을 자랑하는 이들을 초대할 줄은 몰랐기 때문이다. 다른 이유가 있는 것도 아니었다. 순수하게 딸을 자랑하기 위해 부른 것이다.

언론에서는 벌써 이건우 사단이 움직였다고 하며 난리가 났는데, 기자들이 그 이유를 알면 어떤 표정을 지을지 궁금하기는 했다.

역사상 최다 그래미상, 아카데미 남우주연상을 차지했고 주요 메이저 상들을 모두 독식한 이건우였다. 그리고 잭과 반 스타템, 데이비드, 에란 로비, 스테판 등은 할리우드 중견 배우로서 대단한 몸값을 자랑했다.

잭과 리더 역시 마찬가지였다. 무엇보다 그 전설적인 영화 시리즈 '진우전생록'을 탄생시킨 이들이었기 때문이다. '골든 시크릿'의 아성을 가볍게 무너뜨린 '진우전생록'을 시작으로, 속편까지 총 3편이 제작되었고, 외전 격 작품도 제작되었다. 그리고 '진우전생록' 이전의 이야기를 다루는 작품을 현재 구상 중이기도 했다.

모두 나올 때마다 폭풍과도 같은 흥행을 보여주었다. 유니크 스튜디오는 이미 할리우드에서 막대한 영향력을 자랑하는 영화 제작사로 성장해 있었다.

"에휴, 소원이가 또 뭐라고 하겠네."

"아빠를 최고로 사랑한다고 하겠지!"

"이건우 씨는 왜 이렇게 바보가 되었을까?"

건우는 진희의 말에 환한 미소를 지으며 그녀를 껴안았다. 말을 하지 않아도 그 이유를 알 수 있었다.

건우가 서두르기 시작했다.

"빨리 준비해."

"응?"

"스타일링받으러 가야 하잖아."

"시상식이 아니야. 학예회야. 초등학교 학예회. 조그마한 강당에서 하는 거야."

진희의 말에 건우는 무언가 깨달았다는 듯 고개를 끄덕였다.

"그랬지. 꽃다발도 준비했어야 했는데… 잠깐만!"

건우가 어디론가 급히 전화를 했다. 진희는 그런 건우를 말릴 자신이 없었다. 아니, 사실 굉장히 행복해 보여 말릴 마음이 생기지도 않았다. 진희는 피식 웃고는 옷을 챙겨 입고 마당에 나왔다.

록과 반 스타뎀이 마침 막 운동을 마치고 마무리로 스트레칭을 하고 있었다.

진희가 마당으로 나오자 록이 손을 흔들었다.

"대장은 또 폭주 중이지?"

"응. 미안해."

"하하, 우리야 뭐 재미있으니까 상관없어. 오랜만에 소원이도 보고 좋지."

록은 고개를 저으며 대답했다. 록과 반 스타뎀은 소원이랑 제법 친했다. 건우 몰래 호신술을 가르친 것도 둘이었다. 건우와 진희의 아이라서 그런지 격투 분야에서 엄청난 천재성을 발휘하고 있었다.

"대장이 그러는 게 하루 이틀인가."

반 스타뎀은 피식 웃었다. 전설적인 여러 일화들이 있었다. 누구도 모르는 사실이지만 반 스타뎀이 알고 있는 사건이 있었다.

예전에 소원이가 태어났을 당시 멕시코 갱단 하나가 SNS로 납치 예고를 한 적이 있었다. 갱단의 세력을 과시하고 싶었던 모양이다.

반 스타뎀은 건우가 그 소식을 들었을 때 옆에 있었는데, 정신이 혼미해질 정도의 두려움을 느꼈다.

그 후, 모든 스케줄을 중단한 건우가 잠시 사라졌고 얼마 지나지 않아 갱단이 공중분해되었다는 소식이 들려왔다. 경찰들이 발견했을 때 갱단의 주요 간부들이 똥오줌을 지린 채 벌벌 떨고 있었다고 한다. 반 스타뎀은 소식을 듣자마자 건우가 한 일이라는 걸 본능적으로 알 수 있었다. 반 스타뎀에게 건우는 영화보다 더 영화 같은 사람이었다. 또한 그의 인생을 바꿔준 사람이기도 했다.

시간이 조금 지나자 모두 마당에 모였다. 잭과 리더도 졸린 눈을 비비며 합류했다.

건우가 나타났다.

도시락 통을 가득 들고 나타난 건우의 표정은 무척이나 진지했다.

"리더, 카메라는?"

"아, 응! 가, 가져왔어."

"좋아. 잘 부탁해."

리더는 어색하게 웃으며 고개를 끄덕였다. 진우전생록의 연출을 맡으면서 할리우드의 명감독으로 유명해진 리더였지만 오늘은 일개 카메라맨일 뿐이었다. 단지 연출을 잘하는 감독이라는 이유에서였다.

"하핫! 건우! 사진은 나에게 맡기라고!"

"잭, 고마워요."

할리우드 영화의 살아 있는 전설로 통하는 크리스틴 잭슨이 사진기를 들고 환하게 웃었다. 건우는 만족스러운 미소를 그리며 엄지를 추켜세웠다. 그리고 말없이 록을 바라보았다.

건우의 시선을 마주한 록은 알겠다는 듯 고개를 끄덕여 보였다.

"대장, 응원은 걱정하지 마. 우리 애들 확실한 거 잘 알잖아."

"음, 훌륭해."

록의 뒤에는 반 스타뎀, 데이비드, 에란 로비, 스테판 등이 서 있었다. 건우가 개인 비행기로 모셔온 멤버들이었다. 모두 귀찮아하는 기색이 전혀 없었다. 그동안 건우에게 신세를 진

것이 무척이나 많았기 때문이다.

그들은 유니크 스튜디오에서 자체적으로 제작한 응원 물품을 손에 들고 있었다.

건우는 고개를 끄덕이며 미소 지었다.

"괜찮군."

건우는 완벽하지는 않았지만 이 정도면 만족스러운 수준이라고 생각했다. 건우는 차고로 가서 대형 밴을 끌고 왔다.

모두와 함께 YS 사옥으로 향했다. 석준에게는 미리 연락을 해놓았다. YS 사옥에서는 스타일리스트가 대기 중이었다. 학예회로 무슨 요란을 떠느냐고 말할 수 있겠지만 석준은 학예회 소식을 듣자마자 이런 사태가 벌어질 것을 이미 예상하고 있었다.

YS 사옥에 도착한 그들이 안으로 들어가니 플래카드가 붙어 있었다.

이소원 양의 초등학교 첫 학예회를 축하합니다.
우승은 소원이의 것!
박살 내버렷!

석준이 준비한 것이 확실했다. 스타일링 룸으로 가자 석준이 나와 있었다. 이미 서로를 다 안다 자부할 만큼 친한 사이였기에 그들은 격식 없이 인사를 나눴다. 석준은 진지한 표정으로 스타일링을 받기 시작한 건우를 바라보았다.

"마이클 씨는 조금 늦는다던데?"

"그래요?"

"아! 오늘 나도 간다. 노래를 부른다고 했지? 음, YS의 대표인 내가 빠질 순 없지."

석준은 소원이가 유치원에 다닐 때부터 천재성을 발견했다. 건우의 강력한 실드 때문에 접근하지 못했지만 요즘은 은근히 뒤에서 부추기고 있는 중이었다. 소원이의 실력이 얼마나 늘었을지 궁금한 석준이었다.

그들은 꽤 오랜 시간이 걸려 스타일링을 끝마쳤다. 물론 머리부터 발끝까지 완벽했다. 환상적이라는 말로도 다 표현할 수 없었다. 석준은 건우와 진희의 모습을 보고 혀를 내둘렀다.

"너희는 늙지도 않냐. 딱히 관리하는 것도 없잖아?"

이제 40대인 건우와 진희였다. 그러나 전혀 40대 같지 않았다. 많이 쳐줘야 20대 중반으로 보였다. 오히려 예전보다 더 젊어진 것 같은 느낌까지 들 정도였다. 일각에서는 뱀파이어 부부라고 불리고 있었는데, 석준은 그저 부러울 따름이었다. 건우와 비슷한 또래인 리더가 건우보다 훨씬 나이가 들어 보였다.

"아마 소원이 때문인 것 같아요."

건우가 젊음의 비결을 말해주자 석준은 어이없는 눈으로 건우를 바라보다 피식 웃었다.

"진희야, 네가 고생이 많구나."

"요즘은 아들을 키우는 느낌이에요."

진희는 그렇게 대답하면서도 건우를 사랑스러운 눈으로 바라보았다. 딸에게는 진짜 친구 같은 아빠였다. 딸의 시선으로 세상을 보고 맞춰주려고 노력하고 있었다.

모두를 데리고 초등학교로 출발했다. 학예회 때문인지 운동장에 주차장이 마련되어 있었다. 다른 학부모들의 차량도 입장하고 있어 조금 밀렸는데, 건우의 차 주위는 꽤나 넓은 간격이 있었다. 굉장히 고급스러운 차량이었기 때문이다. 대한민국에서도 한 대밖에 없는, 명품 자동차 회사에서 건우의 가족을 위해 특별히 제작해 준 차였다.

건우가 차를 운동장에 주차시키자 주변에 있던 학부모들의 시선이 모아졌다.

차 문이 열리고 건우와 진희, 그리고 모두가 내렸다. 건우가 먼저 선글라스를 쓰자 진희부터 시작해서 모두 선글라스를 착용했다. 굉장한 포스가 뿜어져 나오는 모습에 주변에 있던 학부모들이 주춤 물러났다.

"안녕하세요? 소원이 아빠입니다."

건우는 학부모들에게 웃으며 그렇게 인사했다.

"이, 이건우 씨죠?"

"소원이 아빠입니다."

"아… 네."

왜인지 건우에게 다가가면 안 될 것 같은 느낌에 학부모들은 물러나며 길을 비켜주었다. 건우가 어딘가에 나타나면 그 일대가 난리가 났지만, 지금은 강력한 존재감을 내뿜고 있기 때문에 다가올 수 없었다.

리더가 소형 카메라를 들고 잭이 사진기를 목에 걸었다. 할리우드 배우들은 플래카드 및 형광봉을 챙겼다.

"가자."

오늘따라 건우의 목소리가 사뭇 비장했다.

건우 부부와 심상치 않은 무리들이 강당 건물 안으로 들어갔다. 무대가 마련되어 있었고 철제 의자가 오와 열을 맞춰 세워져 있었다. 학년, 반별로 학부모들이 앉을 수 있게 구역을 나눠놓았다.

구역마다 담임 선생님이 서 있었는데 건우는 제일 먼저 담임에게 찾아갔다. 의자를 다시 정리하고 있던 담임이 건우와 무리들이 다가오자 흠칫 놀라며 넘어질 뻔했다.

눈앞에 있는 존재는 세계의 모두가 다 아는 톱스타였다.

톱스타 이건우가 눈앞에 있으니 정신이 마비되는 느낌이었다. 담임은 소원이의 부모가 건우와 진희라는 걸 알고 대비를 하고 왔지만 실물로 보니 충격이 어마어마했다.

그리고 그 뒤에 있는 배우들 역시 현실처럼 느껴지지 않았다. 영화 속에 들어와 있는 기분이었다.

"안녕하세요? 처음 뵙겠습니다."

"소, 소원이 아, 아버님, 어머님이시지요?"

"네, 만나뵙게 되어 영광입니다, 선생님."

"아, 아니에요. 제, 제가 영광입니다. 팬이에요."

담임은 말을 더듬으며 그렇게 말했다.

"잘 부탁드립니다. 선생님."

"아, 아, 네!"

건우가 고개를 숙여 인사하자 담임도 허겁지겁 같이 고개를 숙였다.

"그, 그런데 다른 분들은……."

"네, 소원이 삼촌과 이모입니다."

건우가 배우들을 소개하자 배우들은 담임을 바라보며 인사했다.

담임은 반쯤은 넋이 나간 듯한 모습으로 입을 열었다.

"네… 그, 그렇군요. 아, 여기 앉으시면 됩니다."

모두 자리에 앉았다. 엄청난 포스를 발산하고 있기에 시선이 모이는 건 당연했다. 학예회가 시작되고 아이들이 줄을 맞춰 입장했다.

2학년 1반에 있는 소원이의 모습도 보였다. 건우와 진희의 외모를 이어받아서 그런지 눈에 확 띄었다. 약간 새침데기 같은 분위기를 풍겼다.

건우가 소원이를 발견하고 손을 마구 흔들었는데 소원이는 건우를 힐끔 보더니 한숨을 쉬고는 고개를 돌렸다.

"으……."

"후훗, 거봐."

충격을 받고 굳어진 건우를 향해 진희가 그럴 줄 알았다는 듯 웃었다. 잭은 열심히 사진을 찍고 있었다. 잭이 방금 찍은 사진을 보여줬다.

"오오, 잘 나왔네요."

"그렇지? 할리우드 짬밥은 괜히 먹은 게 아니야. 하핫!"

"앨범으로 만들어야겠어요."

이미 집에는 앨범이 15권이나 있었다.

이번 학예회는 1학년부터 3학년까지만 하는 학예회였다. 때문에 강당 하나로 모든 행사를 감당할 수 있었다.

아이들이 줄을 지어 서 있고 교장으로 보이는 남자가 무대 위로 올라왔다. 푸근한 인상으로 사람이 참 좋아 보였다.

"에… 오늘 이 자리에서 꿈과 열정을……."

느릿하게 준비한 연설문을 읽어가다가 건우 쪽으로 시선이 옮겨졌다.

"발산… 억, 큭!"

교장이 건우와 배우들을 보더니 깜짝 놀라 버렸다. 사례가 걸렸는지 가슴을 치다가 간신히 말을 이어갔다. 아주 지루하기로 유명한 교장 선생님의 훈화가 짧게 끝나 버렸다. 건우가 박수를 치자 모두 얼떨결에 박수를 따라 쳤다.

"좋은 말씀이시군."

건우는 교장의 말 중에 꿈과 열정을 자유롭게 발산할 수 있는 기회를 만들어주고 싶다는 말이 인상 깊었다. 아직 저학년들이라 그런지 많은 아이들이 힐끔 뒤를 바라보면서 자신의 부모님을 찾았다. 소원이도 살짝 뒤를 돌아보았다.

건우가 두 손을 마구 흔들고 있자 다시 한숨을 내쉬었다. 그러다가 작게 웃더니 손가락 두 개를 살짝 들어 올리고는 재빨리 내렸다.

건우와 소원이가 진희 몰래 만든 싸인이었다.

소원이는 아무 일도 없었다는 듯 앞을 바라보았다.

"…잘 자랐구나."

건우는 감동하며 고개를 연신 끄덕였다. 진희는 고개를 설레 저었다. 사실 진희도 그 싸인에 대해서 알고 있었지만 모른 척했다.

그 싸인의 뜻은 고맙다는 표시였다.

"그럼 지금부터 제13회 어린이 학예회를 시작하겠습니다!"

사회자를 맡은 선생님이 학예회 시작을 알렸다.

1학년부터 시작했는데 딱 그 수준에 맞는 공연이 이어졌다. 아이들의 모습이 귀여워서 지루하지는 않았다. 흐뭇한 미소로 바라볼 수 있었다.

"다음은 2학년 학생들이 모여서 만든 공연입니다. 밴드의 이름은… 음, 검은 폭풍! 네, 이소원 양이 리더로 있는 검은 폭풍 밴드입니다! 박수로 맞이해 주세요!"

드디어 소원이 차례가 왔다.

건우가 듣기로는 소원이가 직접 여러 반을 돌아다니면서 멤버를 모았다고 한다. 검은 폭풍 밴드의 리더인 소원이 메인 보컬을 맡았고 리온의 딸 혜연이가 메인 기타를 맡았다. 베이스와 드럼을 맡은 아이들도 있었다. 소원이의 지도하에 2달 동안 특훈을 했다고 한다.

"오! 소원이 차례야!"

건우는 흥분할 수밖에 없었다. 밴드라는 말에 석준이 눈을 동그랗게 떴다. 초등학생들이 밴드를 구성하는 일은 좀처럼 보기 힘든 일이었기 때문이다.

"소원아! 아빠다!"

"와아아!"

"우! 웃! 빛! 깔! 이소원!"

"꺄악!"

건우가 형광봉을 들며 외치기 시작하자 배우들이 환호를 질렀다. 진희도 분위기에 휩쓸리며 플래카드를 마구 흔들었다. 리더만이 침착하게 이 모든 모습들을 영상으로 담고 있었다.

소원이가 침착하게 마이크에 입을 가져다 대었다.

"곡의 이름은 거역하고 싶은 블랙입니다. 시작할게요."

소원이 검지를 들어 하늘을 가리키자 묵직한 록 분위기의 사운드가 흘러나오기 시작했다.

"오! 이예!"

소원이의 강력한 샤우팅으로 노래가 시작되었다. 학부모들은 모두 얼음이 되었다.

석준도 크게 놀라며 벌떡 일어났다. 록 장르이기는 하지만 건우에게 영향을 크게 받은 것 같았다.

"헤이! 헤이!"

소원이가 그렇게 외치자 관객들의 호응을 유도했다. 초등학교 2학년이라고는 믿을 수 없는 여유였다.

전체적으로 빠른 템포에 강력한 보컬이 들어간 곡이었다. 노래 가사는 사회에 대한 비판을 담고 있었는데, 학원으로 향할 수밖에 없는 어린 학생들의 슬픔과 그런 구조를 만든 어른들을 비판하고 있었다.

모두 소원이가 작사 작곡을 한 것이었다.

석준은 너무 충격을 받아 멍해져 있었다.

"우리 딸 멋지다!"

건우는 그저 딸이 예쁠 뿐이었다. 광란의 무대가 시작되었다. 혜연이의 멋진 기타 솔로가 이어지는 동안 소원이는 옆에서 헤드뱅잉을 했다. 학부모들은 모두 충격에 빠졌지만 건우 일행은 콘서트장에라도 온 듯 응원 열기가 엄청났다. 멀찍이 떨어진 곳에서 리온 부부도 환호를 지르고 있었다.

"대단하군요."

뒤늦게 도착한 마이클이 무대를 보며 감탄했다. 건우를 오랫동안 봐와서 그런지 웬만해서는 놀라지 않는데, 이 무대는 가히 충격적이었다.

소원이가 무대를 완전 장악했다. 학예회에는 리허설 같은 것이 없기에, 이제야 무대를 확인할 수 있던 선생님들도 반쯤 넋이 나가 있었다. 소원이의 담임 선생님은 비명을 지르며 좋아했다.

"이예!"

소원이의 깔끔한 샤우팅을 끝으로 노래가 끝났다. 멍한 표정이었던 학부모들이 큰 박수를 보냈다.

소원이는 다시 새침한 모습으로 돌아와서는 고개를 꾸벅 숙이고 무대 뒤로 퇴장했다.

건우는 감동으로 인해 눈시울이 살짝 붉어져 있었다.

"네, 네! 여, 열정적인 무대였습니다. 다음은……."

엄청난 무대가 나온 터라 이 뒤의 무대는 아예 눈에도 들어오지 않게 되었다.

건우 부부와 친구들은 학교 뒤 공터에 돗자리를 펴고 앉았다. 돗자리 위에는 엄청나게 크고 많은 도시락 통이 펼쳐져 있었고 소원이가 건우 옆에 앉아 있었다. 소원이를 바라보며 이야기를 나누는 잭과 리더, 배우들의 입가에서는 미소가 떠나지 않았다. 어디서도 볼 수 없는 신기한 광경이었다.

소원이가 건우를 올려다보았다.

"아빠, 어땠어?"

"엄청 좋았어! 역시 내 딸이라니까!"

건우의 기쁨이 가득 담긴 말에 소원이가 미소 지었다. 그러다가 다시 진지한 표정이 되었다.

"상업적으로는?"

"응?"

"진지하게 말해줘."

초등학교 2학년답지 않은 진지한 모습이었다.

소원이의 말에 건우는 고개를 끄덕이고는 잠시 생각했다.

"음, 약간 손볼 구석이 있긴 해."

소원이가 직접 만든 악보를 내밀었다. 건우는 악보를 보면서 이곳저곳에 표시를 했다. 소원이가 환하게 웃으며 악보를 집중해서 바라보았다.

진희는 웃으면서 고개를 저었다. 석준이 진희의 옆으로 다가왔다.

"소원이가… 언제부터 저랬어?"

"꽤 되었어요. 유치원 공연, 그날 기억하죠? 그때부터 아빠가 옆에서 기타 치는 걸 보고 따라 하기 시작하더니……."

"그, 그렇구나."

석준은 건우와 소원이를 바라보았다. 소원이의 입에서 나오는 말들은 꽤 전문적인 수준이었다.

미래가 너무나 기대되었다.

"아빠, 이건……?"

"음, 지금 말 안 해줄래."

"왜? 어째서?"

소원이의 물음에 건우가 소원이를 바라보면서 두 팔을 벌렸다.

"한 번 안아주면 알려줄게."

"윽."

소원이가 못 이기는 척 건우의 품에 안겼다. 건우가 소원이를 안고는 벌떡 일어났다.

"흐흐, 오랜만에 아빠랑 달려볼래?"

"응? 꺄악!"

건우가 소원이를 안고 전력 질주를 하기 시작했다.

참으로 밝고 아름다운 날이었다.

세상은 건우를 다양하게 불렀다.

불세출의 천재, 신이 내린 예술가, 세계 최고의 배우, 세계 최고의 가수, 세상에서 가장 잘생긴 남자, 최다 그래미상 수상자, 최다 아카데미 남우주연상 수상자, 월드스타……

그리고 톱스타 이건우.

하지만 가장 마음에 드는 말은 바로 소원이 아빠였다.

『톱스타 이건우』 완결